緋色の十字章

マーティン・ウォーカー

名物はフォアグラ，トリュフ，胡桃《くるみ》。人口約三千人，風光明媚なフランス南西部のサンドニで，長閑《のどか》な村を揺るがす大事件が発生する。ふたつの戦争で国家《フランス》のために戦い，戦功十字章を授与された英雄である老人が殺害されたのだ。彼は腹部を裂かれ，胸にナチスの鉤十字を刻まれていた。村でただひとりの警官にして警察署長のブルーノは，村人たちの助けを得て捜査をはじめる。就任以来初めての殺人事件を解決し平穏な村を取り戻すことはできるのか？　元英国ガーディアン紙のベテランジャーナリストが心優しき署長の奮闘を描く。清新な警察ミステリ。

登場人物

ブノワ・クレージュ（ブルーノ）……サンドニの警察署長
デュロック……国家憲兵隊隊長。大尉
ジェラール・マンジャン……サンドニの村長
ハミド・ムスタファ・アル＝バクル……被害者の老人
カリム・アル＝バクル……ハミドの孫、カフェの経営者
モハンマド・アリ＝バクル（モム）……ハミドの息子。数学教師
バシュロ……靴修理人
ジャン＝ピエール・クライエ……自転車屋
ジョー爺さん……ブルーノの前任者
イヴ・モンツーリ……共産党を支持する鉄道職員
セントゥー神父……教会の司祭
ロロ……学校長、モムの上司
バロン……サンドニの大地主

パメラ・ネルソン……………………………英国人、ゲストハウスの経営者
クリスティーン・ワイアット……………英国人、歴史家
リシャール・ジェルトロー………………ペリグーの高校生
ジェルトロー医師……………………………リシャールの父
ジャクリーヌ・クルトマン………………リシャールの恋人
ジャン＝ジャック・ジャリポー（J＝J）……国家警察刑事部長。警視
イザベル・ペロー……………………………同刑事官
ルシアン・タヴェルニエ……………………予審判事

緋色の十字章

警察署長ブルーノ

マーティン・ウォーカー
山田久美子訳

創元推理文庫

BRUNO, CHIEF OF POLICE

by

Martin Walker

緋色の十字章

警察署長ブルーノ

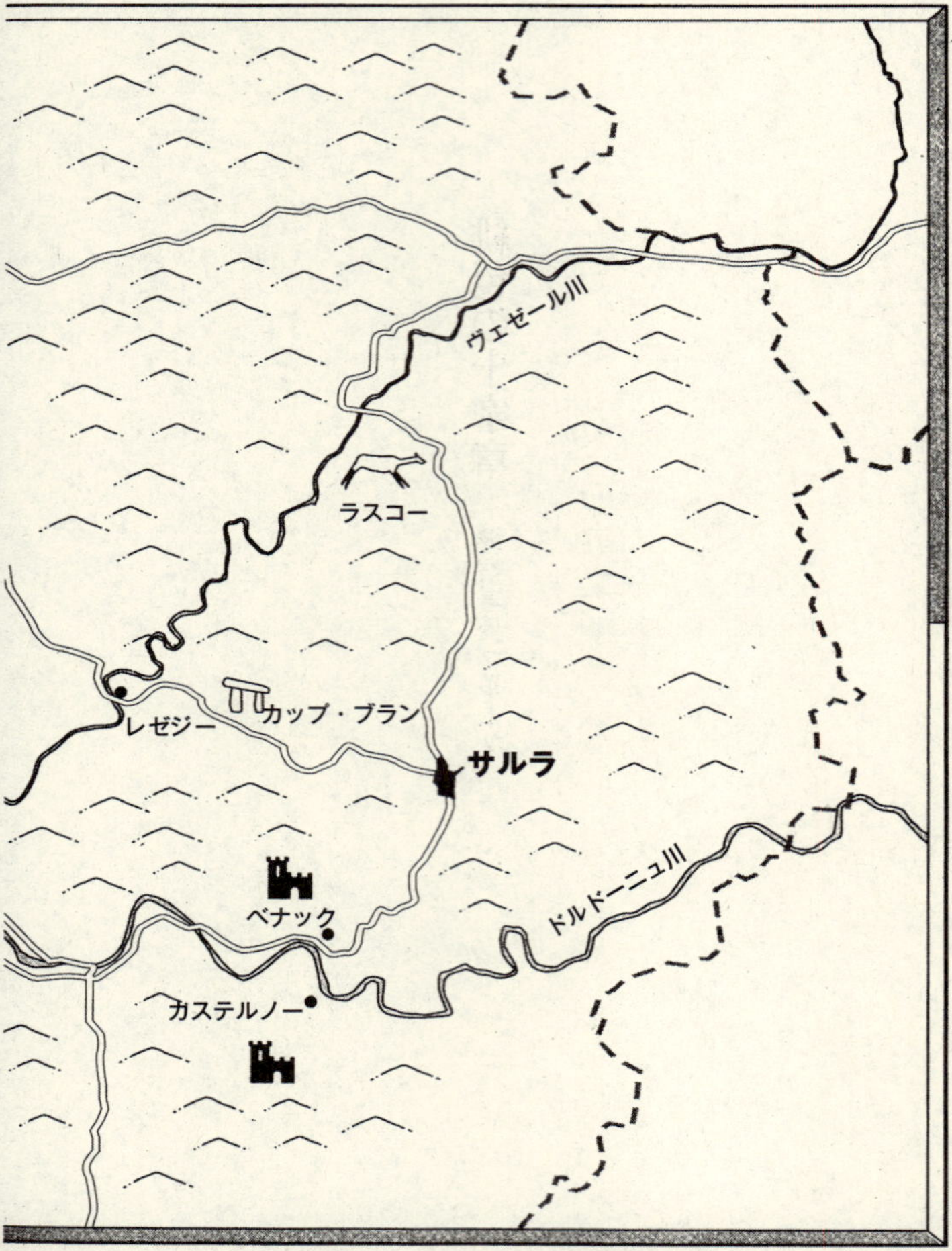
ヴェゼール川
ラスコー
レゼジー
カップ・ブラン
サルラ
ドルドーニュ川
ベナック
カステルノー

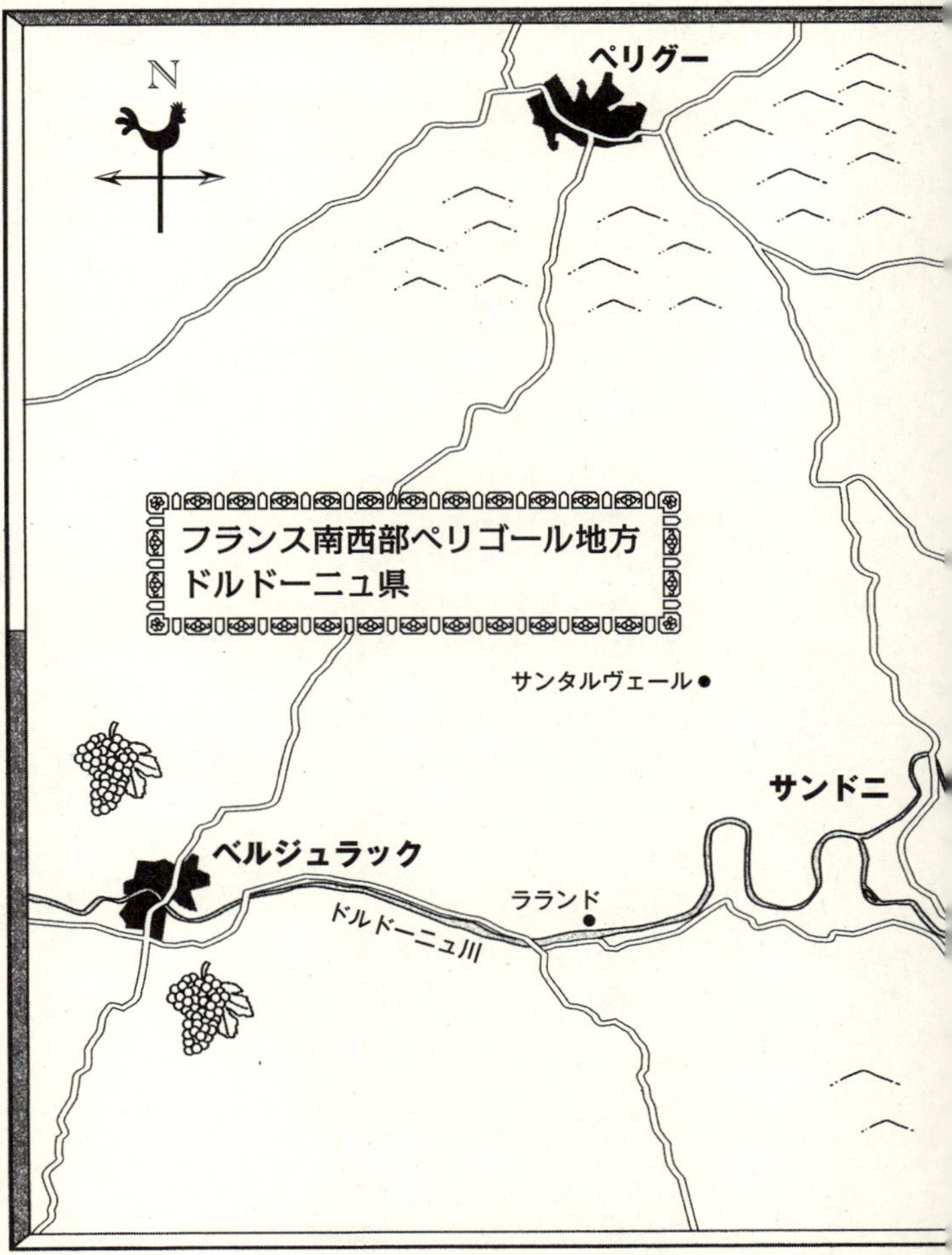
N
ペリグー
フランス南西部ペリゴール地方
ドルドーニュ県
サンタルヴェール
サンドニ
ベルジュラック
ラランド
ドルドーニュ川

ピエロに

フランス国家警察
プラス・デュベルナン
ペリグー

事件報告書
調査書類番号PN／24／MI／47398（P）

事件：変死。
死因：刺創、失血。
関連事件：不明、強盗の形跡なし。
日時：五月十一日。
場所：ドルドーニュ県24240、サンドニ村。
報告した警察官：地方警察署長、ブノワ・クレージュ。
予審判事：後日任命される。
担当警察官：国家警察刑事部長、ジャン＝ジャック・ジャリポー。
被害者：ハミド・ムスタファ・アル＝バクル。

生年月日：一九二三年七月十四日
出生地：アルジェリア、オラン。
職業：退役した陸軍軍曹、管理人。
　兵士認識番号　4793769 2A。
社会保障番号：KV47／N／79457463／M。
勤務先：（最後の記録では）陸軍工科学校、ソワッソン。
現住所：ラ・ベルジェリ、シェマン・コミュナル43、サンドニ、24240。

報告：クレージュ署長は、被害者の孫カリム・アル＝バクルより電話で通報を受け、デュロック国家憲兵隊隊長（エティエンヌ、ポスト24／37）とともに、市街から離れた故人の自宅へ向かった。サンドニ消防隊のアルベール・モリソ隊長が死亡を確認した。死因は胴体への複数の刺し傷による失血である。被害者は殴打され、両手を縛られていた。ベルジュラックから鑑識班が呼ばれた。

注意：以上すべてペリグー郡庁舎へ報告のこと。

1

うららかな五月の早朝、雄大な弧を描く川に靄《もや》の名残が低く立ちこめているころ、フランスの田舎町を見晴らす丘に白いバンがやってきて停車した。男がひとり降り立って路肩へ踏みだし、慣れ親しんだ風景を愛でながら力いっぱいのびをした。まだ若く、きびきびした身のこなしはいかにも健康そうであるものの、ひとたび力を抜くと、食を愛する腹が気になるのか肥満の徴候を調べるようにおそるおそるウェストをまさぐった。ラグビーのシーズンが終わって本格的な狩猟が解禁になるまでのこの時期は、毎年油断できないのだ。彼はくだけた制服姿——アイロンをかけた肩章つきの青いシャツ、ネクタイは締めず、紺のスラックスに黒いブーツ——だった。黒い豊かな髪はすっきりとカットされ、温厚そうな茶色の目にはきらめきがあり、大きめの口はいまにもにっとほころびそうだ。胸のバッジやバンの横っ腹には〈地方警察〉の文字。やや埃っぽい制帽が助手席にのっている。

バンの後部には、工具のバール、からまったバッテリーケーブル、産みたて卵の収まったたかご、初物のエンドウ豆を入れたべつのかごがおいてある。ほかにはテニス・ラケット二本、ラグビー・ブーツ一足、トレーニングシューズ、その他もろもろのスポーツ用品が入った大きなバッグに、釣竿からのびた糸で雁字《がんじ》がらめのがらくた。それら全部のどこか下のほうに、救急用品一式、小さな道具箱、毛布、ピクニック・バスケットが隠れている。バスケットの中身は、皿やグラス、塩や胡椒、ニンニク、水牛の角のハンドルとコルクスクリューがついたライヨールのソムリエナイフ。前部座席の下に押しこんであるのは、親切な農夫からもらった厳密には合法でないブランデー《オー・ド・ヴィー》一本。まだ青い胡桃《くるみ》が採れる初夏のうちに、これを使って個人消費用の胡桃ワイン《ヴァン・ド・ノワ》を仕込むつもりだ。ブノワ・クレージュ、サンドニの小さな村とその住民二千九百名を護る警察署長、通称ブルーノは、あらゆる不測の事態に対処できるようつねに備えを怠らない。

　まあ、だいたいは。ホルスターと拳銃つきの重たいベルト、手錠に懐中電灯、鍵や手帳といった、フランスの全警察官の身も心も重くしがちな荷は一切身につけていない。バンのがらくたをかき分ければ大昔の手錠が見つかるはずだが、ブルーノはとうに鍵の在りかを忘れてしまっていた。懐中電灯ならちゃんと持っているし、いつかそのうち新しい電池を買わなくてはと日々己に言いきかせてもいる。バンのグローブボックスには手帳とペンが何本か入れてあるが、手帳はここしばらくあれこれのレシピや、前回のテニス・クラブの試合結果（オフィスの信用できないむら気なおんぼろコンピュータにまだ入力していないので）、それに彼が指導しているラグビー教室に登録した少年選手《ミニム》たちの名前と電話番号で埋まっている。

ブルーノの拳銃、いささか古びたMABの九ミリ口径セミオートマチックは村の役場《メリ》内にある署長室の金庫にしまいこまれている。それを取りだすのは年にいっぺん、ペリグーの国家憲兵隊《ジャンダルムリ》射撃練習場へ再訓練コースを受けにいくときだけだ。地方警察に入ってからの八年間で勤務中その銃を携帯したのはわずか三度。最初は、隣村で狂犬が目撃されてサンドニに警戒態勢が敷かれたときだった。二度目は、フランス大統領が有名なラスコーの洞窟壁画を観にいく道中サンドニを通ったとき。大統領は旧友のジェラール・マンジャン、サンドニ村長でブルーノの上司でもある人物を訪ねるために立ち寄ったのだった。ブルーノは国家のリーダーに敬礼し、役場《メリ》前で銃を身につけて堂々と警備に立ち、彼とは比較にならないほど完全武装したボディガードたちと噂話に興じたのだが、話してみるとそのうちのひとりはブルーノの陸軍時代の同僚だとわかった。三度目は地元のサーカスからボクシングをするカンガルーが脱走したときだが、その話はまたべつの機会にとっておこう。とにもかくにもブルーノが勤務中に銃を発砲したことはかつてなく、口には出さないけれど内心それをたいそう誇りにしている。言うまでもなく、彼もサンドニ村のほとんどの男たち（それにかなりの数の女たち）と同じく狩猟シーズンには毎日のように銃を撃つ。いちばんの好物、捕らえにくいことで悪名高い鴫《しぎ》を追うときをべつにすれば、狙った獲物はたいがい仕留めている。

ブルーノは満ち足りた気分で村を見おろした。早朝の清々しさに包まれたサンドニは、まるで神様《ル・ボン・デュー》が奇跡的に一夜で創りあげたかのようだ。ヴェゼール川が古い石橋のアーチをくぐるあたりで渦巻く水面に朝陽がちらちら反射し、目を奪われる。柳の下草に魔法のごとくプリズムが生みだされ、赤や金色の光が一帯に満ちあふれて、川岸に並ぶ蜂蜜色の古い建物の壁で躍っている。教会の尖塔の風見鶏や、正午きっかりにブルーノも出席予定の式典が開かれる戦争記念碑のてっぺんの鷲や、医療センター裏手に駐まっている車やトレーラーのフロントガラスやクロム塗装も、きらり、きらりと輝いていた。

なべて平穏無事に見えるなかで日課がはじまり、本日最初の客たちがフォーケの営むカフェに入っていく。街を見晴らす高さにいるブルーノにも、レスピナスの煙草屋が店をあけるがらという金属音が聞きとれた。そこでは煙草のほかに釣竿や銃や弾薬も売っている。すこぶる合理的だ、とブルーノは思う。そうした命を奪う品々をひとまとめにして売るとは。マダム・レスピナスが店をあけるのをよそに、亭主が本日一杯目の白ワインを求めてカフェへ向かうのは、見なくてもわかる。そうして晩までに小ぶりのグラスで何杯も飲み、ほろ酔いかげんで一日を過ごすのだ。

役場《メリ》の職員たちもフォーケのカフェでクロワッサンをかじり、コーヒーを飲みながら《シュッド=ウエスト》朝刊の見出しに目を走らせているだろう。その隣では爺さんたちが競馬新聞をひろげ、その日最初の白ワインを味わっている。靴修理人のバシュロはフォーケのカフェで朝のグラスを傾け、彼の隣人で宿敵でもある自転車屋のジャン=ピエールはイヴォンの〈カフェ・ド・ラ・リベラシオン〉で一日のスタートを切る。バシュロとジャン=ピエールの敵対関係は第二次大戦中、対独抵抗運動《レジスタンス》に加わっていた時代にさかのぼり、一方が共産党員《コミュニスト》で、もう一方がシャルル・ド・ゴール将軍の秘密部隊に属していたのだが、どっちがどっちだったかブルーノにはどうしてもおぼえられない。知っているのはただ、老人たちが戦争以来ひとことも言葉をかわさず、たがいの家族にもこのうえなくよそよそしい〝どうも《ボンジュール》〟以上の会話を許さないこと、そして噂によれば双方とも相手の女房をたらしこむべく、控えめながらたゆまぬ努力に長い年月を費やしたということだけだ。あるとき一杯やって上機嫌な村長がブルーノに、あのふたりはどちらも目的を遂げたにちがいないよと言った。でも昨日《きのう》や今日警官になったわけではないブルーノは不義の噂の大半は眉唾ものだと思うし、そういった微妙な事柄では自分も用心深くプライバシーを守っているので、他人のことも同様にそっとしておけばよいと考えている。

　これら朝の活動は尊重すべき儀式である。たとえば、各家族が村に四軒あるパン屋のうち決まった一軒で毎日パンを買うといったような儀式だ。その店が休みの週にはよそで買わなければならず、そのたびに味や舌ざわりが変わってしまうのを嘆く。こうしたサンドニのこまごました習慣を、ブルーノは自身の朝の日課と同じぐらい知り抜いている。彼の儀式は〈ラジオ・ペリゴール〉を聴きながらのエクササイズ、抜け毛予防の特別なシャンプーと青りんごの香りの石鹼でシャワー。それからコーヒーを淹れるあいだ鶏たちに餌をやり、前日のバゲットを薄く切ってトーストしたものを飼い犬のジジと分けあって食べることだ。

　小さな支流の向こうの、石灰岩の崖に掘られたいくつもの洞穴がブルーノの目をとらえた。暗いけれど不思議に心惹かれる、古代の彫り物や壁画を内包するその洞穴は、この谷に学者や観光客を吸いよせる。観光案内所はそこを〝人類のゆりかご〟と呼ぶ。ヨーロッパでもっとも古くから人類が住みついてきた場所なのだそうだ。氷河期から気温上昇期、洪水や戦争や飢饉を通して、人々は四万年ものあいだここで暮らしてきた。見るべきなのに訪れていない洞穴や壁画がまだたくさんあると思う一方で、ブルーノはなぜ人がこの地を離れないのか胸の奥深くで理解している気がする。

川岸では、あの〝イカレた英国女性〟が朝駈けを終えて馬に水を飲ませていた。いつものように光沢のある黒いブーツ、クリーム色の乗馬ズボンに黒いジャケットという正装だ。きちんとした黒のライディングハットのうしろから、炎を思わせる赤褐色の髪を狐の尾のようにたらしている。なぜ彼女がイカレていると言われるのか。ブルーノはぼんやり考えた。彼の目にはいつだって非の打ちどころなく正常に映るし、ささやかなゲストハウスの経営も順調らしい。通じるフランス語をしゃべりさえする。サンドニに住んでいるほとんどの英国人はとてもそうはいかないのに。川沿いの道のもっと先へ目を向けると、地元農家の人々を毎週火曜の市《いち》へと運ぶトラック数台が見えた。ブルーノは片時も手放さない小道具のひとつ、携帯電話を取りだして、もう何度もかけている〈オテル・ド・ラ・ガレ〉の番号にかけた。

「なにか動きはありましたか、マリー」とたずねた。「やつらは昨日サンタルヴェールの市場を襲ったので、もうこの地方にいるはずなんですが」

「昨夜《ゆうべ》は来なかったよ、ブルーノ。博物館建設計画のおなじみの男たちと、スペイン人のトラック運転手がひとりだけ」と、駅前で小さなホテルを営んでいるマリーが答える。「でも忘れちゃだめ、前に連中がここへ来てなにも見つけられなかったあと、つぎは嗅ぎつけられないようにペリグーで車を借りようって相談しているのをあたしは聞いたんだから。〝ゲシュタポ〟どもが！」

名目だけのフランスの法律――とりわけその実体がブリュッセルで決められるEU法であるとき――よりも自分のコミュニティと村長に忠実なブルーノは、欧州連合《EU》の検査官たちと絶えずいたちごっこをくりかえしている。彼らの使命はEUの衛生基準をフランスの市場に守らせることだ。衛生管理大いにけっこう、だがサンドニの住人はEUなんてものを耳にする何世紀も前からチーズやフォアグラ・パテや豚肉のリエットを作ってきたのだから、なにを売ってよくてなにがだめと口出ししてくる外国のお役人をよくは思わない。ブルーノは近隣の警察官たちと協力しあい、市場に出店する人々にいち早く検査官の来訪を知らせる入り組んだ早期警告システムを確立していた。

ドイツによるフランス占領への抵抗を愛国者の義務と信じてきた人々から〝ゲシュタポ〟と呼ばれるこの検査官たちは、ペリゴール地方の市場訪問をベルギーの赤いナンバープレートをつけた公用車で開始した。彼らの二度目の訪問ではタイヤが四本とも切り裂かれたので、ブルーノは驚いて警戒した。つぎはパリから、パリの登録車だとひと目でばれる数字〝75〟を含むナンバープレートでやってきた。その車もまたレジスタンス流の扱いを受け、ブルーノは地元の対抗策が行きすぎて手に負えなくなるのではないかと懸念しはじめた。タイヤ切りがだれの仕業かおおむね察しはついていたので、事態の沈静化を願って個人的に忠告もした。情報システムによって検査官の到着前に市場の衛生状態がよくなるなら、暴力に訴える意味はない。

その後、検査官は戦術を変え、鉄道を利用して地元駅前のホテルに泊まるようになった。けれどもそれは宿の主人に見つかりやすくなるということであり、宿の主人にはかならずいとこやつきあいのある業者がいて、彼らが作っている山羊乳のクロタン・チーズ、フォアグラ、自家製ジャム、胡桃やトリュフ風味のオイル、コンフィはこの地方をフランス食文化の中心にしている食品だ。上司であるサンドニ村長をはじめ、選挙で選ばれた村会議員たち、それに共産党員のモンツーリにさえ支持されて、ブルーノは隣人や友人をブリュッセルの愚か者たちから護ることを務めとしている。やつらの考える食べ物とはせいぜいムール貝と揚げたジャガイモ《ポム・フリット》止まり、それだって自分の手でマヨネーズを作る根気もないので工場生産のマヨネーズを添えて申し分ないポテトをだいなしにしてしまうのだ。

そして今回、検査官たちは新たな策に出て、地元でレンタカーを借りた。より楽に奇襲攻撃をかけ、その後タイヤを切られることなく逃走しようというのだ。昨日はサンタルヴェールでまんまと四軒の屋台に罰金を申し渡していたが、七百年近い歴史を誇る名高いサンドニの市場ではそうはさせない。そこにブルーノがかかわるかぎりは。

わが身にゆだねられている楽園の小さな一角を最後にもういっぺん見つめてから、ブルーノは土地の空気を深々と吸いこみ、今日という日に向かう心の準備をした。ふたたびバンに乗りこむと、晴れた初夏の朝にはきまって頭に浮かぶ、ある旅行者から教わったドイツのことわざを思いだした。〝究極の幸福とはフランスで神のごとく暮らすこと〟。

2

数えたことはないけれど、市《いち》の立つ日の朝ごとにブルーノは百人ほどの女たちと挨拶のキスを交わし、少なくとも同じくらいの男たちと握手をする。今朝最初の相手は、学校に通うガキどもに〝太っちょジャンヌ〟と呼ばれている彼女。女性のすばらしき神秘に敏感なフランス人は、たぶん世界で唯一〝不細工なのに魅力的《ジョリ・レードゥ》〟という概念を尊重する国民だ。そうした女性は平凡、あるいは不器量でさえあっても、自身の豊満な体にそれは心地よさそうに収まり、心根がそれは明るいので、愛らしく感じられる。太っちょジャンヌは年齢は五十がらみ、体形はほぼ完全な球体のジョリ・レードゥだ。どれだけ想像力をたくましくしても美女ではないが、心にゆとりのある朗らかな人物である。いまそのジャンヌがブルーノに会えたうれしさで黄色い声をあげながら、市場で集めるささやかな出店料を入れた古い茶色の革製ショルダーバッグを彼の太腿にどしんとぶつけ、意表を突くすばやさでかわるがわる両頬を差しだしてキスを求めた。それから彼女がマダム・フェルニエの屋台から新鮮な苺をひと粒取ってブルーノに渡すと、ブルーノは連れあいに先立たれたその農家のかみさんのしなびた頬にも挨拶と感謝のキスをした。

「昨日《きのう》ジョジョがサンタルヴェールで撮った検査官たちの写真です」ブルーノはジャンヌに言

いながら、胸ポケットから数枚のプリントアウトを取りだした。昨夜《ゆうべ》向こうの警官仲間のもとへ車を走らせて、もらってきた写真だ。役場《メリ》のコンピュータに電子メールで送らせる手もあったが、用心深いブルーノは極秘の情報収集活動に電子的痕跡を残すのは危険かもしれないと思ったのだった。

「こいつらを見かけたら、電話してください。それにこれをカフェのイヴォンと食堂《ビストロ》のジャンノーと煙草屋のイヴェットに配ってくれませんか、お客に見せられるように。とりあえずあなたはそっちへ行って、教会の向こう側に店を出してる人たちに知らせて。ぼくは橋のほうの面倒を見ます」

百年戦争中のクレシーの戦いでフランス貴族の半数が英国軍に捕らえられ、偉大なるブリヤモン家が領主《シニュール》さまの身代金を払うために寄付を募らなければならなかった一三四六年以来、ペリゴール地方の小さな村サンドニには毎週火曜日に市が立ってきた。村民たちは彼らの封建君主を救うために銀貨五十リーヴルという多額の寄付を集め、その返礼として市場を開く権利を確保した。ドルドーニュ川とヴェゼール川が交わる地点、川の流れから古代ローマ時代の橋の土台が突き出ている付近にゆったりとひろがる小さな共同体に、その市が生計の手段をもたらしてくれるだろうという抜け目ない計算のもとに。

それからわずか十年後、鍛えられたフランスの貴族や騎士たちはいま一度鈍重な馬に拍車をあててイングランドの弓兵と長弓に戦いを挑み、大敗した。このポワティエの戦いのあと、ブリヤモンの領主はまたしても勝利した英国人に身代金を要求されることとなったが、そのころには市場の税がじゅうぶんな資金となって古代ローマの橋は復元されていた。そこで、村人たちはさらに五十リーヴルを出して、橋に通行料を課す権利をブリヤモン家から買い取り、かくして村の財産は永久に確保されたのだった。

これらはフランスの農民と収税官、国家権力を押しつける者たちのあいだで古来くりひろげられている闘いの、初期の小競りあいである。そしてここ最近おこなわれている検査官——フランス人ながらブリュッセルからの命令にしたがっている——による略奪行為は、終わりなき闘争における最新の作戦にすぎない。法律や規制がそっくりフランスのものであったなら、ブルーノもこれほど生き生きと、これほど嬉々として妨害行動に出るのは控えていたかもしれなかった。だが、さにあらず。彼らが振りかざしているのは遠く離れたEUの法律、ブリュッセルの法律であり、そのおかげで毎年夏になるとデンマークやポルトガルやアイルランドから若者たちがやってきて、フランス国民であるかのようにキャンプ場やバーで働いている。地元の農民たちは日々の糧を稼がなければならないし、市場のわずかな収入から検査官に罰金をむしりとられてはたまらないだろう。なによりも、彼らはブルーノの友人で隣人なのだ。

じつをいうと、抜き打ち検査を警告する相手がそう多くないことは、ブルーノも承知している。近ごろ市場には村の外から来た知らない顔がどんどん増え、そうした人々の屋台で売られるのはドレスやジーンズやカーテン類、安物のセーターやTシャツ、古着などだ。石炭のごとく真っ黒な肌のセネガル人ふたりが、色とりどりの民族衣装《ダシキ》、革のベルトやバッグを売り、その横で地元の陶器職人たちが品物を並べている。オーガニック・パンの屋台が一軒。地元のワイン醸造業者も何人か出店し、ベルジュラックや、全知全能の神がフォアグラに合わせるよう授けてくださったモンバジャックの甘いデザートワインを売っている。刃物の砥ぎ師や金物屋もいる。ベトナム人のディエムは手作りの春巻《ネムズ》を売り、ジュールズがナッツやオリーブを売っているそばで女房が湯気の立つパエリアの巨大な鍋の番をしている。果物や野菜、ハーブやトマトの苗を売っている屋台は——これまでのところ——ブリュッセルの役人たちから目をつけられていない。

けれども自家製のチーズやパテを売る屋台、もしくは白いタイルの食肉処理場で白衣にヘアネットをつけた従業員が処理したのではなく、農家の庭の古い切り株の上で自家用の斧を使ってさばいた家鴨《あひる》や鶏を売る屋台には、ブルーノは警告を発した。年輩のご婦人たちを手伝って品物をまとめ、羽毛をむしったばかりの鶏を大容量の布製バッグに詰めて、近くにあるパトリックの自動車教習所の事務所に隠した。もっと懐に余裕があって可動式冷蔵庫を持てる農家は、自分たちのと一緒にマリーおば《タント》さんやコレットおばあちゃん《グラン・メール》の若干違法寄りなチーズをしまえるスペースをつねに空けておいてくれる。市場ではみんなが共謀して秘密を守っている。

ブルーノの携帯電話が鳴った。「来たよ」ジャンヌが言った。本人は小声のつもりにちがいない声で。「銀行の前に車を停めたところで、マリー＝エレーヌが気づいたの。あたしがイヴォンに渡した写真を、コーヒーを飲みにカフェへ寄ったとき見たんだって。絶対やつらだと言ってる」

「マリー＝エレーヌは車を見たんですか？」ブルーノはたずねた。

「シルバーのルノー・ラグナだってさ、ほとんど新車の」ジャンヌはナンバーを読みあげた。

おもしろい、とブルーノは思った。それはコレーズ県のナンバーだ。彼らはブリーヴまで汽車で来て、ドルドーニュ県に入る前にその車を借りたのだ。地元のスパイ網が自分たちを監視しているとと感づいたにちがいない。ブルーノは歩行者専用区域をはずれて、古い石橋のたもとの中央広場へ出た。検査官たちはそこを通過せずに市場へ行くことはできない。ブルーノはその週に市が立つことになっているほかの地域の警察署長たちに電話をかけ、検査官の車情報とナンバーを伝えた。これでお役目はすんだ。もしくは、その半分が。友人たちを検査官からは護った。つぎは彼らを同胞から護らなくては。

そこでジョー爺さんに電話した。ブルーノの前任者として、サンドニの警察署長を四十年間務めあげた男だ。いまはバンの後部にいくらか積んでいる特大サイズのエプロンや作業着を折折販売するという名目で、地元の市を片っ端からめぐり、旧友を訪ねている。品物が売れるより、友と会ってお決まりの赤ワインを一杯やるほうが多いのだが、ひと昔前のジョーは役に立つラグビー選手だったし、いまでも地元クラブの中心的存在だ。彼は下襟にレジオンドヌールの受勲者であることを示す小さな赤いバッジをつけている。少年のころ、ドイツ軍に抵抗する本物のレジスタンスにメッセンジャーとして奉仕したご褒美だ。ジョーはタイヤ切りについてなにか知っているにちがいない、とブルーノは感じていた。おそらく計画に一枚噛んでいるだろう。ジョーはこの地域の住民をひとり残らず知っているし、その半分と親戚関係で、サンドニの地元ラグビー・リーグで恐れられている筋骨たくましいフォワードたちの大半はそこに含まれる。

「ねえ、ジョー」いつものぶっきらぼうな嗄《しゃが》れ声で電話に出たジョーに、ブルーノは早速切りだした。「検査官のほうは万事うまくいってます。市場は片づいてるし、こっちは向こうの顔を知ってます。今回は面倒を起こしたくないんですよ。かえって事態を悪くしかねませんから。わかってくれますね」

「銀行前に駐まっていたあの車か。シルバーのラグナ?」何十年もゴロワーズを吸い、自分で仕込んだ渋いワインを飲みつづけたせいでざらついている低音で、ジョーが言う。「なに、それなら手を打ってある。気に病むな、ブルーノ坊や。今日は〝ゲシュタポ〟に徒歩でお帰り願おう。前回同様にな」

「ジョー、村の人たちをトラブルに巻きこむことになりますよ」ブルーノは煉瓦塀と議論したほうがましだと知りつつも切羽詰まった口調で言った。なんでジョーがもうこの件を知っているのか。きっとジャンヌが写真を見せてまわったときにイヴォンのカフェにいたのだ。車のことはたぶん銀行でマリー＝エレーヌから聞いたのだろう、彼女はジョーの甥の嫁さんだから。

「気をつけないと厄介な状況になりかねません」ブルーノは続けた。「ぼくが行動を起こさなきゃならなくなることはしないでくださいよ」

携帯電話をぴしゃりと閉じた。橋を渡ってくる人々をざっと確認する。ほとんどは見知った顔だ。検査官が来ないか目を光らせていると、視界の隅に見おぼえのある車があらわれた。地元の国家憲兵隊員《ジャンダルム》が私服のときに乗るおんぼろのルノー・トゥインゴで、運転しているのはブルーノがまだ知りあう機会に恵まれない新参の隊長《キャピテーヌ》だ。ノルマンディーから来たとかいう痩せこけた気むずかし屋で、名前はデュロック、なんでも教科書どおりにやるタイプらしい。突如として頭のなかで警報が鳴りだし、ブルーノはふたたびジョーに電話をかけた。

「いますぐ全部やめてください。前回のことがあったんで、敵はますます警戒しているはずです。たったいま憲兵隊の新しい隊長が私服で通過しましたし、どこかに車を張りこませているかもしれません。いやな予感がするんですよ」

「くそ《メルド》」とジョー。「そいつは考えとくべきだったが、もう手遅れかもしれん。バーでカリムに言ったら、まかせてくれという返事だった。やめさせられるか電話してみるよ」

ブルーノはカリムと妻のラシダが営む〈カフェ・デ・スポール〉に電話をかけた。妊娠中でお腹が大きくても美しいラシダが言うには、夫はもうカフェを出た、たぶん携帯電話は持っていかなかったということだった。弱った《ビュタン》ぞ。カリムがまずいことにならないうちに銀行の駐車場にたどり着きたくて、ブルーノは幅の狭い橋を足早に渡りだした。

カリムのことは、八年前にこの村に来たときから知っている。図体のでかいむっつりしたアラブ人のティーンエイジャーで、やっつけようと挑んでくるフランスの少年たちと喧嘩が絶えなかった。そうしたタイプを過去にも見てきたブルーノは、気長に時間をかけ、カリムにアスリートとしてラグビー場で憤懣《ふんまん》を吐きだすことを教えた。週二回のラグビーの指導、土曜日ごとの試合、それに夏季のテニスを通して、トラブルに近づくなと教えこんだ。カリムを学校のチームに入れ、つぎに地元のラグビー・チームに入れ、ついにはその体の大きな若者がラシダと結婚して、カフェの資金を稼げるくらいのリーグへ入れてやった。結婚式でスピーチもした。やれやれ、困った《ピュタン、ピュタン》……。

この件でカリムが問題に巻きこまれたら、ただではすまないかもしれない。検査官たちは上司に働きかけてパリの警視総監に圧力をかけさせ、警視総監は国家警察に圧力をかけるか、ことによると国防省に訴えて援軍の機動憲兵隊を送りこむだろう。彼らがカリムとラシダに口を割らせるとすれば、どんな結果に行き着くかわかったものではない。国家の財産に対する犯罪的破壊行為は、カリムの煙草販売免許の剝奪、そしてカフェの営業停止を意味する。カリムは口を閉ざしても、ラシダは赤ん坊のことを思ってしゃべってしまうかもしれない。そこからジョー爺さんやラグビー・チームの全員に結びつき、たちまちのうちに静かで平和なサンドニの全ネットワークが疑いをかけられ、ほころびはじめるだろう。そんなことになったら一大事だ。

ブルーノは用心して歩調をゆるめながら村の掲示板のある角を曲がり、戦争記念碑の横を過ぎ、クレディ・アグリコル銀行前に色とりどりの兵士のごとく整列した車両に近づいた。憲兵隊のルノー・トゥインゴをさがすと、いつものように銀行のATM前に並ぶ人々のなかにデュロックの姿があった。ひとりおいてうしろには巨体のカリムがいて、ドライクリーニング店のコレットと楽しげにしゃべっている。ブルーノは安堵して目を閉じると、たくましい北アフリカ人のほうへ歩きだした。

「カリム」と呼びかけ、すばやく「ボンジュール、コレット」とつけ加えて、彼女の両頰にキスをしてから、カリムのほうへ向きなおった。「日曜の試合の件で話がある。ほんのちょっとだ、長くはかからないよ」コレットに挨拶し、デュロックにうなずきかけ、迷惑そうな若者の肘をつかんで橋のほうへ連れていった。

「気をつけろと言いにきたんだ。やつらは車に見張りをつけているかもしれない。憲兵隊に情報を流しているかもしれないぞ」ブルーノは言った。カリムは足を止め、うれしそうに顔をほころばせた。

「おれもそう思ったんだ、ブルーノ。そしたらATMの列にあの新米の憲兵隊長がいるじゃないか。けど、あいつがずっときょろきょろ目を光らせてるんで、おれはうしろに並んで待ってた。とにかく、もうすんだから」

「デュロックがあそこに立ってるのにタイヤをやったのか?」

「まさか」カリムは歯をむきだして笑った。「甥っ子にやらせたんだ、ほかのガキどもと一緒に。おれがコレットやデュロックとしゃべくってるあいだに、あいつらこっそり車に忍び寄って、マフラーにジャガイモを突っこんだ。十キロも走らないうちにエンジンが止まるぜ」

3

正午を告げるサイレンが物悲しく空へ飛翔し、村に鳴りわたると、ブルーノは役場《メリ》の前で気をつけの姿勢をとり、ドイツ軍の襲来を報せるサイレンもこれと同じ音だったろうかと考えた。昔のニュース映像がまぶたに浮かぶ。急降下する爆撃機、防空壕へ突進する人々。一九四〇年に凱旋門をくぐり、革長靴を踏み鳴らしてシャンゼリゼ通りを行進し、パリ占領を開始した勝者のドイツ国防軍《ヴェールマハト》。ともかく今日は報復の日だ、とブルーノは思った。五月八日のヨーロッパ戦勝記念日、フランスが最終的勝利を祝った日。いまのヨーロッパにおいては時代遅れで非友好的だという声もあるが、サンドニの村は毎年敬うべき退役軍人たちのパレードで解放の日に思いを馳せる。

花輪が無事に届けられるよう、ブルーノは通行禁止《ルート・バレ》の標識を立てて脇道をふさいだ。ネクタイを締め、靴も制帽のつばも磨いた。二軒のカフェそれぞれで老人たちにもうじきですよと声をかけ、役場《メリ》の地下室から国旗を運びだした。村長は立って待っていた。胸にレジオンドヌール受勲者のつける飾緒、下襟には小さな赤い薔薇飾りをつけている。憲兵隊員たちが苛立つ車の往来をさえぎり、足止めをくらった主婦たちは荷物が重くて持っていられないとぶつくさ文句を言い、いつになったら道を渡らせてくれるのとひっきりなしにたずねている。

自転車屋のジャン＝ピエールはフランスの三色旗を抱え、その宿敵であるバシュロはド・ゴール将軍と自由フランスのシンボル、ロレーヌ十字の描かれた旗を持っている。少女のころレジスタンス・グループの密偵《クーリエ》として働き、強制収容所に入れられたがどうにかして生き延びたマリー＝ルイーズおばあちゃんは、サンドニの旗を誇らしげに掲げている。共産党の村議会議員モンツーリはソビエト連邦の小さめな旗、そしてムッシュー・ジャクスンは故郷イギリスの旗――この計らいをブルーノはわれながら誇らしく思った。ジャクスン老人は学校教師を定年退職し、この村の保険会社に勤めるパスカルと結婚した娘のもとへ余生を過ごしにきたのだった。一九四五年の終戦間際の数週間に十八歳の新兵だったムッシュー・ジャクスンは、仲間の戦闘員として戦勝パレードの栄誉にあずかる権利がある。いつかは本物のアメリカ人を見つけるぞ、とブルーノは心に誓ったが、今回星条旗を持つのはラグビー・チームの星《スター》であるカリム青年だ。

村長の合図で、村の楽隊がフランス国歌《ラ・マルセイエーズ》を演奏しはじめた。ジャン＝ピエールはフランス国旗を掲げ、ブルーノと憲兵隊は敬礼し、ささやかなパレードがそよ風に雄々しく旗をなびかせながら橋を渡りはじめた。そのあとからサンドニの男たちが三列になって続く。彼らが兵役に就いたのは平時だったが、国家ばかりでなく村に対する務めとしてこのパレードに参加しているのだ。ブルーノは、旗を持つカリムを家族が総出で見にきているのに気がついた。しんがりを男子児童の一団が高い声で国家を歌いながら行進していく。橋を渡ると、パレードは銀行前で左に折れ、駐車場を抜けて戦争記念碑のほうへ進んでいった。それは大戦争――第一次世界大戦で戦ったフランス兵のブロンズ像で、像の台座の三面には戦死したサンドニの息子たちの名が刻まれている。像そのものは歳月を経て黒ずんでしまったが、兵士の肩に翼をひろげてとまっている勝利の大鷲《ボワリュ》は磨かれたばかりで金色に輝いている。村長の取り計らいだ。台座の残る一面は第二次大戦の戦没者、それに続くベトナムやアルジェリアの武力衝突の犠牲者を記してもまだ余白がある。ブルーノが短期間加わったバルカン半島での戦闘からは名前がない。それにはいつも救われる思いだ。一九一四年から一八年までの血なまぐさい戦争で、サンドニのように小さな村が二百以上もの若い命を失ったことには驚くとしても。

学童たちは記念碑の左右に整列し、幼稚園《マテルネル》の幼児たちは正面で親指をしゃぶったり、たがいに手をつないだりしている。そのうしろに立っているジーンズにTシャツ姿の子たちはもうすこし年上だが、この光景に呆然と見惚れるくらいには幼い。だが彼らの向かいには中等学校《コレージュ》に通うティーンエイジャー数人がだらけた猫背姿で立ち、やがて自分たちが受け継ぐ新しいヨーロッパがまだ国家の威信を示すこうした時代遅れな祝典を続けていることに、冷笑とかすかな戸惑いの表情を浮かべている。とはいえ、十代の子たちのほとんどがおとなしいことにブルーノは気づいた。祖父や曾祖父世代で生き残っている数少ない人々の面前にいることを意識しているのだろう。それに、台座に刻まれた戦没者名が自分たちの受け継ぐ遺産や、戦争の大いなる神秘、フランスがいつかまた国家の息子たちに要求するかもしれないなにかを語っていることとも。

六十年間たがいに口をきいていないかもしれないが、毎年おこなわれる式典の段取りはわかっているジャン＝ピエールとバシュロが、前へ進み出て、ブロンズの兵士と大鷲に敬意を表して旗をさげた。モンツーリも赤旗を傾け、マリー＝ルイーズは先が地面にふれるまで旗をおろした。タイミングがつかみきれなかったカリムとムッシュー・ジャクスンも遅ればせながら彼らに倣った。村長がおごそかに歩み出て、ブルーノが記念碑前に設置しておいた小さな演壇にのぼった。

「フランスの紳士淑女のみなさん《フランセ・エ・フランセーズ》」村長が小さな一団に呼びかけた。「並びに勇敢なる連合国を代表するみなさん。わたしたちは今日ここに、いまや平和の日でもある勝利の日を祝うために集まりました。五月八日はナチズムの終結、ヨーロッパの和解のはじまりを記念し、静穏で幸福な年月が末永く続くことを願う日であります。この平和をもたらしたのは、ここに名前を刻まれているサンドニの勇気ある息子たちと、みなさんの前に立っておられるご高齢の男女、侵略者の支配に決して屈しなかった方々なのです。フランスが致命的窮地に立たされるたび、サンドニの息子や娘たちはつねに要求に応えてきました。フランスのため、フランスが支持する自由、平等、友愛、人権のために」

村長は言葉を切って、パン屋のシルヴィにうなずいた。彼女が小さな娘を前に押しやると、その子は花輪を抱えていた。赤いスカートに青のブラウス、白の長靴下を履いた少女は、ためらいがちに歩きだして、村長に花輪を差しだし、村長が身をかがめて両頬にキスするあいだ怯《おび》えたような顔をしていた。村長はゆっくりした足取りで記念碑に近づき、少女から受け取った花輪を兵士のブロンズの脚に立てかけて、声高らかに言った。「フランス万歳《ヴィヴ・ラ・フランス》、共和国万歳《ヴィヴ・ラ・レピュブリック》」

それを機に、どちらも旗の重さがこたえるほどの高齢ながらジャン＝ピエールとバシュロが旗を垂直に立てて敬礼し、楽隊がレジスタンスの賛歌だった《パルチザンの歌》を奏ではじめた。ふたりの老人の頰を涙が伝い落ち、マリー＝ルイーズおばあちゃんもこらえきれずに持っている旗を震わせてすすり泣くと、子供たちはみな、ティーンエイジャーたちまでもが厳粛な面持ちになり、感動した様子さえ見せた。この老人たちが乗り越えてきた、自分たちには知りえない、なにかとてつもない試練の証拠を目の当たりにして。

音楽がやむと同時に、三連合国――ソビエト、英国、アメリカ――の旗が前進し、敬礼のしるしに掲げられた。つぎはサプライズだ。ブルーノが提案して村長とともに手配した劇的な計画で、一千年間も敵として戦ったあとにほんの百年間ほどフランスの連合国となった、かつての敵国イギリスを勝利の日に仲間入りさせるというものだった。

ムッシュー・ジャクスンの孫息子、さっきまで楽隊でトランペットを吹いていた十三かそこらの少年が、肩から赤いサッシュでぶらさげている真鍮《しんちゅう》の軍隊用ラッパに手を添えて進み出るのを、ブルーノは見守った。少年は記念碑の前に立ち、村長のほうを向いて敬礼し、儀式に初めて添えられたこのおまけに静まりかえった観衆が目を見かわすなか、ラッパを持ちあげて唇にあてた。軍の葬送ラッパの長く耳にまとわりつくような最初の二音で、ブルーノの目に涙がこみあげた。潤んだ目で見ると、ムッシュー・ジャクスンの肩がわななき、両手で握《ぬぐ》った英国旗が震えていた。最後の音の澄みきった残響が消えていくと同時に村長は涙を拭い、群衆は少年が洗練された手つきでラッパを脇におろすまで咳ひとつしなかった。つぎの瞬間どっと拍手が沸き起こり、カリムが少年に歩み寄って握手すると、つかの間星条旗が翻《ひるがえ》って英国旗やフランス国旗ともつれあった。そこここで一斉にカメラのフラッシュが光るのを、ブルーノは意識した。

おやおや《モン・デュー》。ブルーノは思った。葬送ラッパがこうもうまくいったんじゃ、これからは毎年恒例にしないといけないな。見まわすと、群衆は散りはじめていて、ふだんは《シュッド＝ウエスト》紙にスポーツ記事を書いているフィリップ・ドラロン青年が手帳を取りだしてムッシュー・ジャクスンとその孫息子に話しかけていた。まあ、生粋の英国人が勝利のパレードに参加したと新聞に小さく取りあげられても、害にはなるまい。いまやこれだけ多くの英国人が村に家を購入しているのだから。むしろ彼らが固定資産税やらプールの水道代やらについて文句を言いづらくなろうというものだ。そのときブルーノはやや妙なことに気づいた。五月八日だろうと大戦争が終結した十一月十一日だろうと、ド・ゴールが自由フランスを旗揚げした六月十八日だろうと、フランスが革命を祝う七月十四日だろうと、これまでジャン＝ピエールとバシユロはパレードが終わるとうなずきあうこともなくそっぽを向き、べつべつに役場《メリ》へ旗を返しにいったものだ。ところが今回、ふたりはじっと相手を見すえながら立っていた。会話こそないものの、なんらかの意思を通わせているようだ。ラッパひとつでここまで変わるものか、とブルーノは驚いた。来年アメリカ人をパレードに連れてくることができれば、たがいの女房のことはさておき言葉をかわしさえするかもしれない。でもいまは昼の十二時半、よきフランス人ならみなそうであるように、ブルーノの思いは昼食へと向かった。
まだ涙が止まらないマリー＝ルイーズと橋を渡って戻りながら、ブルーノは老婦人の手からそっと旗を取りあげた。すぐうしろには村長、ムッシュー・ジャクスンとその娘に孫息子が続いた。カリムと家族は前方にいて、ジャン＝ピエールとバシュロ、双子のようにそっくりな女房たちは押し黙ってうしろから歩いてくる。最高のトランペット奏者が抜けた楽隊はまたべつの、ブルーノをとろけさせる戦時中に流行った曲を奏でていた。《待ちましょう《ジャトンドレイ》》。一九四〇年代の、フランスの女たちの歌だ。彼女たちが出征を見送った男たちはやがて六週間の悲惨な戦闘を経験し、五年間の捕虜収容所生活を送ることになる。〝……昼も夜も、ずっと待っているわ、あなたの帰りを〟。フランスの歴史の重さは戦争の歌で量られるのだな、とブルーノは思った。多くは悲しく、なかには勇ましいものもあるが、どの歌詞もずっしりと喪失の重みを含んでいる。

　群衆はばらけて、それぞれ昼食をとりにいった。ほとんどの母親と子供たちは帰宅したが、なかにはこの日を祝って役場《メリ》の向こうのジャンノーのビストロや、橋の向こうのピッツァ店へ行く家族もある。いつもならブルーノは友だちと連れ立ってイヴォンのカフェへ〝日替わりランチ《プラ・デュ・ジュール》〟を食べにいく。たいがいステーキとフライドポテト《ステック・フリット》だが、イヴォンが地元のキャンプ場に宿泊していたベルギー女性に恋をしていた輝かしく情熱的な三か月間はムール貝とフライドポテト《ムール・フリット》だった。彼女が荷物をまとめてシャルルロワへ帰ってしまってからは何週間も日替わりランチ《プラ・デュ・ジュール》さえなく、悲嘆に暮れるイヴォンをブルーノが誘いだし、とことん酔わせるという荒療治を施したのだった。

　けれども今日は特別な日なので、パレードに貢献した人々のために村長が〝名誉の午餐《デジュネ・ドヌール》〟を用意している。ブルーノたちは何世紀ものあいだ踏まれて中央がすり減った古い階段をのぼり、こうした機会には宴会の間ともなる役場《メリ》の最上階の会議室にたどり着いた。会議にも正餐にも使えるこの部屋の古めかしい長テーブルは村の宝で、領主が二度までも英国人に捕らわれる以前の幸福な時代にブリヤモン家の城の大広間用に作られたと言われている。ブルーノは席数を数えはじめた。二十人分ある。室内にさっと目を走らせて、同席者の顔ぶれを確認した。

　村長とその奥方。それぞれ妻同伴のジャン＝ピエールとバシュロは、条件反射的に部屋の両端に分かれた。今回初めて招かれたカリム夫妻が立ち話している相手は、共産党員のモンツーリと、彼以上に左寄りなドラゴンのごとき妻だ。ムッシュー・ジャクスン、パン屋のシルヴィとその娘は、学校長のロロとしゃべっていた。ロロとブルーノ、それに村の楽隊の指揮者で教会の合唱隊の指導もしている音楽教師はときどき一緒にテニスをする仲だ。憲兵隊の新隊長も来るものと思っていたのに、姿は見えなかった。教皇庁での出世を切に願っているサンドニ教会の司祭で、丸々太って肌つやのいいセントゥー神父が、息を切らして新しいエレベーターから降りてきた。一緒に乗ってきたサンドニの大地主で引退した実業家、手ごわい男〝男爵《バロン》〟にはわざと話しかけずに。ブルーノはバロンに軽く会釈した。彼は徹底した無神論者で、やはりブルーノのテニス仲間である。

　市場の太っちょジャンヌがトレイにシャンパンのグラスをのせてあらわれ、すぐうしろから村長秘書の若いクレアが巨大なトレイでお手製の突きだし《アミューズブーシュ》を運んできた。クレアはブルーノに気があって、ここ何週間か彼に突き《アミューズ》だしのことばかり話し、村長の手紙のタイプもそっちのけで《マダム・フィガロ》や《マリ・クレール》のページをめくってはアイデアやレシピをさがしていた。トレイに並んでいるクリームチーズを詰めたセロリ、アンチョヴィ入りオリーブ、刻んだトマトをのせた薄切りトーストを見るかぎり、出来栄えにひらめきは感じられないなとブルーノは思った。

「ブルスケッタというイタリアの珍味なのよ」クレアがブルーノの目をのぞきこみながら言う。度を越して口数が多いけれど、美人ではある。だがブルーノは身近で面倒を起こさないという信条を固く守っている。たとえジュリエット・ビノシュが役場《メリ》で働いていたとしても、ちょっかいを出したりはしない。とはいえブルーノが自制してもクレアや彼女の母親を止められないことはわかっている。ましてやサンドニの母親たちに村でもっとも娘の結婚相手にふさわしい独身男と呼ばれることも。四十歳を目前にして、ブルーノはこうした思惑の対象となるのもおしまいではないかと思った。が、そうではなかった。ブルーノを〝つかまえる〟ゲームは村のちょっとした年中行事となり、女たちの噂話のネタにされ、ブルーノは勇者だがいずれは狩猟の女神の獲物となる運命だと思っている女房持ちの男連中の娯楽になっている。彼らはそう言ってからかうけれど、ブルーノが私生活で慎重に振る舞い、節度ある態度で村の母親たちをじれったがらせ、自由を保っている点には一目おいてくれている。

「おいしいよ」オリーブをひとつだけつまんで、ブルーノは言った。「上出来だ、クレア。あれだけ計画した甲斐があったね」

「まあ、ブルーノ」とクレア。「ほんとにそう思う？」

「もちろん。ほら、村長の奥さんはお腹がすいているみたいだ」足早に通りすぎる太っちょジャンヌのトレイからシャンパンのグラスをさっと取った。「まず奥さんに勧めたほうがいい」

クレアを窓際に立っている村長と夫人のほうへ送りだすと、斜めうしろに立っている長身の陰気くさい人影にふと気づいた。

「なあ、ブルーノ」モンツーリが重低音で言った。その大声はストライキ中の労働者の群衆に向かって熱い演説をぶちかますのに向いている。「よくも国民の勝利の日を英国王の祝典に変えてくれたな。あれはそういうつもりだったのか」

「ボンジュール、イヴ」ブルーノはにっと笑った。「その国民の勝利とやらはよしませんか。英国とアメリカの軍隊が来てくれなかったら、あなたやほかの共産党員はいまごろドイツ語をしゃべっていたんですよ」

「恥知らずが」とモンツーリ。「スターリンと赤軍がいなけりゃ英国人だってドイツ語をしゃべってたところだぞ」

「ええ、そしてスターリンたちがやりたいようにやっていたら、今日ぼくらはみんなロシア語をしゃべっていて、あなたが村長になってたでしょうね」

「よければ人民委員と呼んでくれ」モンツーリが言いかえした。ブルーノは知っている。モンツーリが共産党員なのは鉄道職員《シュミノ》だからであって、労働総同盟《CGT》がそうした仕事を党員に保証しているからだ。党員証と毎回の選挙運動をべつにすれば、モンツーリの政治的見解は明らかに保守的だ。あのやかましい過激派の女房にのぞかれる心配のない投票ブースでプライバシーを確保できたら、モンツーリはほんとうのところどの党に入れるのだろうとブルーノは思うことがある。

「みなさん、よろしければご着席を」と村長が大声で呼びかけ、つけ加えた。「スープがぬるくならないうちに」

ムッシュー・ジャクスンが英国人らしく楽しそうに笑ったが、ほかのだれもおもしろがっていないのに気づいて口を閉じた。シルヴィが彼の腕をとって席に導いた。ブルーノも自分の席へ行くと隣はセントゥー神父で、神父が短く食前の祈りをつぶやくあいだ一緒に頭を垂れた。こういう機会にはよく彼の隣に座らされる。ブルーノは冷たいヴィシソワーズのほうへ目を向けながら、神父がお決まりの質問をしてくるだろうかと思った。待つまでもなかった。

「村長はなぜわたしが祈りを捧げるのをいやがるんだろう、戦勝記念日のような公の行事で」

「共和国の祝典だからです、神父さま」とブルーノが説明するのはたぶん十四回目だった。

「一九〇五年の法律をご存じでしょう、教会と国家の分離を」

「でも勇気ある青年たちのほとんどはよきカトリック教徒で、神への務めを果たして倒れ、天に召されたのだよ」

「おっしゃるとおりなんですが」ブルーノは親切に言った。「でも明るい面を見ましょう。少なくともあなたは午餐に招待されて、しかも食前の祈りを捧げたじゃありませんか。たいていの村長ならそれも許さないでしょうに」

「そうだな、家政婦に苦行を課せられている身としては村長のごちそうはありがたい。彼女は敬虔な心の持ち主で、精一杯やってくれているんだがね」

司祭館を教会のお偉方が訪問したときの豪華な晩餐に招かれたことのあるブルーノは、無言で眉をつりあげた。それから太っちょジャンヌがスープ皿をひったくるようにさげ、代わりに彼女特製のオニオン・マーマレードを添えた厚切りのフォアグラをおいていくのを満足げに見守った。フォアグラに合わせてクレアが小ぶりのグラスに金色のモンバジャックを注いでくれたが、ブルーノはそれが村長のいとこの畑で収穫された葡萄から造られたことを知っている。乾杯に続いて、ラッパ吹きの少年が選ばれて賛辞を受け、シャンパンとモンバジャックが魔法の力をあらわしはじめ、堅苦しかった雰囲気はお祭り騒ぎの様相を呈しはじめた。鱒《ます》料理に合わせたドライな白のベルジュラック、仔羊と絶妙な相性の二〇〇一年のペシャルマンのあとは、このうえなく陽気な昼食会になった。

「あのアラブ人の若者はイスラム教徒なのかね?」セントゥー神父が何気ない口調をよそおって、カリムのいる方向へワインのグラスを振ってみせた。

「たずねたことはないですが」なにが訊きたいのだろうと思いながらブルーノは答えた。「だとしたら、あまり熱心な信者ではないですね。メッカに祈ったりしないし、大事な試合の前には十字を切っていますから。それに、あの子はこの国で生まれたんです。あなたやぼくと同じフランス人ですよ」

「だが告解にきたことはないぞ——きみと同じくな、ブルーノ。きみを教会で見るのは洗礼と結婚式と葬式のときだけだ」

「それに聖歌隊の練習と、クリスマスとイースターも」ブルーノは言いかえした。

「話題をそらすでない。わたしが興味をもっているのはカリムとその家族であって、きみではないんだ」

「カリムの宗教は知りませんし、とくにないんじゃないかと思います。でも父親のほうはまちがいなく無神論者で合理主義者ですね。数学を教えているせいでしょう」

「ほかの家族も知っているのか」

「カリムの奥さん、いとこたち、少年ラグビー教室に参加している甥っ子たち、テニスのジュニア選手権で優勝できそうな姪っ子のラゲダを知ってます。みんないい人たちですよ」

「もっと上の世代には会っているかね」司祭がなおもたずねた。

ブルーノは文句のつけどころのないタルト・タタンから辛抱強く目をそらして、司祭の目をまともに見すえた。

「これはいったいなんなんです、神父さま。カリムの結婚式でお祖父《じい》さんにも会いましたよ、会場はこの役場《メリ》でしたが司祭もイスラム教の聖職者《ムッラー》もいませんでした。ぼくになにか伝えようとしているんですか、それともなにかをぼくから引っぱりだそうと?」

「めっそうもない」セントゥー神父はおどおどした口調になった。「いや、ただたまたまその老人に会ったら、教会に興味がありそうだったのでね、だからもしかしたらと……教会に座っていたんだよ、ほかにだれもいないときに。祈っていたんだと思う。だから当然のこととして、彼がイスラム教徒かそうでないかを知りたかったのだ」

「本人に訊いてみましたか？」

「いや、わたしが近づくと同時にそそくさと逃げてしまったから。じつに奇妙だった。挨拶さえしなかったんだ。ひょっとしたらカトリックに関心があるんじゃないかと期待したんだが」

ブルーノは老人の宗教的関心にさほど興味をもてず、肩をすくめた。村長がナイフでグラスをこんこんと叩き、立ちあがっていつもの短いスピーチをした。まじめに耳を傾けているうちに、ブルーノは食後のコーヒーが飲みたくてたまらなくなった。そのあとはオフィスの使いこんだ寝椅子で軽く昼寝もいいな。退屈な午後の書類仕事に備えて元気を取りもどしておかないと。

4

　ブルーノは地元の憲兵隊と良好な関係を築くことをつねに心がけている。村はずれの憲兵隊分屯所には男性六名、女性二名が所属しており、彼らはその向かいの小さなアパルトマンに住んでいる。フランス最大の県の大農村地帯にある複数の市町村が管轄なので、統括するのは大尉、この場合はデュロックである。いま頭に血がのぼっている軍服姿のデュロックは挑みかかるようにブルーノの乱雑な机に身を乗りだして、彼をにらみつけていた。

「この件で県知事殿から直々に電話があったのだ。つぎにはパリの国防省から命令が届いた」とげとげしい口調。「このいまいましい蛮行をやめさせろとな。やめさせて、犯人どもを逮捕し、見せしめにしろと。われわれフランス人がヨーロッパ嫌いの一部英国人のように振る舞っているとブリュッセルから恥ずべきクレームをつけられるのは、知事にとって不本意なことなのだ。パリのわが司令官は検査官のタイヤがこれ以上破壊されないことを望んでいる。検査官はただするべき仕事をし、公衆衛生法を徹底させているにすぎないのだ。さて、この村で起きることはなにひとつ漏らさずきみの耳に入ると、わたしは信頼すべき筋から聞かされているぞ、警察署長。よって正式にきみの協力を要請しなくてはならない」

　デュロックは〝協力を要請〟を吐き捨てるように言い、〝警察署長〟に嘲《あざけ》りをこめた。なんとも食欲をそそらない男だ。ひょろりと背が高く、やつれたと言っていいほど痩せこけ、やけに目立つ喉ぼとけが不吉な腫瘍かなにかのようにシャツの襟の上に突きだしている。しかし大目に見てやったほうがいい、とブルーノは思う。デュロックは最近昇進したばかり、指揮官として初の任地で上からの命令に神経をとがらせているのは明らかだ。それにこの男はこれから少なくとも二年はサンドニにいるのだから、出だしを誤ると今後不幸なことになりかねない。サンドニの利益を考えるなら、如才なく振る舞ったほうがいいのはわかっている。さもないと、ラグビー・クラブのダンスや狩猟クラブのディナーがある晩に交通取り締まりの憲兵が酒気探知機ともども自宅にとどまるという確約をもらうことは今後もうできなくなるかもしれない。地元のスポーツマンたちが特別な夜に何杯か余計にワインを飲んで検問にあったりすれば、ブルーノはいつまでもそのことを責められるだろう。

「よくわかります、隊長」ブルーノは雰囲気を和らげるような口調で言った。「おっしゃるとおりですし、ご命令は至極もっともです。このフーリガン的蛮行は法を順守する平和なこの村の名声を不愉快に汚すものであり、わたしたちは団結してこの件に取り組まなければなりません。全面的にご協力しますとも」

ブルーノは机をはさんでデュロックに笑いかけた。デュロックの紅潮した顔にはいまや白く血の気のない斑点がふたつ浮いている。言うまでもなく、たいそうご立腹なのだ。

「では、だれなんだ」デュロックが詰め寄った。「そいつらをしょっぴいて尋問したい。名前を教えたまえ——だれがやったか知っているんだろう」

「いえ、知りません。当てずっぽうなら言えますが、所詮当て推量です。推量は証拠じゃありませんから」

「それはわたしが判断する」デュロックがまた吐き捨てた。「なにが証拠かもわからんくせして。きみはただの田舎警官で、せいぜい交通巡査ほどの権限しかない。きみにできるのは地元の情報を伝えることだけであって、あとは手を出さずにプロにまかせておけばいいのだ。わたしに名前を教えれば、証拠はこっちでなんとでもする」

「証拠は簡単には出ませんよ、こうしたヨーロッパの法律はイカレてるとほとんどの住民が思っている、こんな小さな村では」ブルーノは肩をすくめて侮辱を振りはらい、理性的に言った。そのうちにデュロックもブルーノの地元情報がどれほど必要か気づくだろうし、ここは自分の利益のためにもぐっとこらえてこの男に教えてやらなくては。「このへんの人々はおたがいにとても忠実になりがちなんです、とりわけよそ者の前では」とブルーノは続けた。「あなたにはしゃべらないでしょう――少なくともあなたが彼らをしょっぴいて厳しく締めあげるかぎり」

デュロックは口をはさもうとしたが、ブルーノは立ちあがり、片手をあげて沈黙を要求すると、ゆっくりと窓辺に歩み寄った。

「外をごらんなさい、隊長。そして分別ある大人らしく一緒に考えようじゃありませんか。どうです、この眺め。あの川、あそこの崖を下っていくと柳の木々があって、釣人たちはそこに何時間でも座っています。ナポレオンが作った古い石橋を見てください。古い教会の塔がある広場にはテーブルがいくつも出ている。テレビ撮影におあつらえ向きの眺めです。撮影隊がしょっちゅう訪れるんですよ。パリから。外国のテレビもときどきやってきます。これこそわたしたちが見せたいフランスのイメージなんです。わたしたちが誇るフランスです。それをだいなしにしたと責められる人間にはなりたくない。あなたのおっしゃるように行動したら、強硬に疑わしい子供たちをつかまえれば、村じゅうが黙っちゃいませんよ」

「どういう意味だ、子供たちとは」デュロックが眉根を寄せた。「これをやってるのは市場の連中だ、大人たちだろう」

「それはどうでしょうか」ブルーノはゆっくりと言った。「地元の情報をお求めなので申しあげますが、これをやっているのは少数の子供たちだとわたしはかなり確信しているんです。そしてあなたが子供たちをしょっぴきはじめたら、結果はおわかりですね。激怒した親たち、抗議の行進、憲兵隊分屯所前でのデモ。教師たちは共感してストライキを起こし、村長は彼らの側について親たちを支持せざるをえなくなるでしょう。マスコミが押しよせて、政府を困惑させ、反乱を起こしたフランスの中核地域のおもしろそうな映像をテレビが撮ってまわるでしょう。彼らには天から授かったようなニュースですから——子供を脅し、よきフランス市民を脅す野蛮な警察。心ないブリュッセルの官僚から自分たちの生活様式を護ろうとしているよきフランス市民。メディアがどんなものかはご存じですよね。それから突如として県知事はあなたになんらかの命令を下したことを忘れ、パリの司令官とは連絡がとれなくなり、あなたのキャリアは終わるんです」

向きなおると、デュロックはにわかに思案顔になっていたので、さらにひと押しした。「それだけの騒ぎを起こすリスクをお望みですか。若すぎて法廷に召喚することもできない子供二、三人を逮捕するだけのために」

「子供、なのか」

「子供です」ブルーノはくりかえした。この話しあいがあまり長引かないことを願って。夏のイベント用花火の契約を見なおさなければならないし、六時にはテニス・クラブへ行くことになっている。

「この村の子供たちならよく知っています」と続けた。「ラグビーやテニスを教え、成長して地元のチームでプレイできるようになるのを見守っていますから。この一件の裏に子供たちがいるのはほぼ確実です。おそらくは親たちに影響されてですが、それでもただの子供にすぎません。だれも逮捕できませんし、ブリュッセルにフランスの正義を見せつけることもできない。ただ村民を激怒させて、あなたがたいへん困った立場になるだけです」

ブルーノは部屋を横切って戸棚に近づき、グラス二個と古めかしいボトルを出した。

「わたしの胡桃《くるみ》ワインをお勧めしてよろしいですか、隊長。この小さな地方にたくさんある愉しみのひとつなんです。自分で仕込むんですよ。わたしたちの協力のためにアペリティフをおつきあいくださいますね」それぞれのグラスになみなみと注いで、ひとつをデュロックに手渡した。「さて」とブルーノは続けた。「そうした不愉快な事態を避けるのに役立ちそうな、ちょっとしたアイデアがあるんですが」

デュロックは疑っている表情ながら、顔色はふだんどおりに戻っていた。彼は苦々しそうにグラスを受け取った。

「もちろん、わたしに村長を呼べとおっしゃるならべつですが。この一件をあなたから村長に訴え出たいというのであれば」ブルーノは言った。「そうすれば村長はわたしにその子供たちをしょっぴけと命じるかもしれません。ただ親たちは有権者で、選挙が間近に迫っていることを考えますと……」意味ありげに肩をすくめた。

「アイデアがあるんじゃないのか」デュロックはグラスのにおいを嗅ぎ、ちょっぴり、だが見るからにうまそうに中身を口に含んだ。

「ええ、もしわたしの推測どおり、ただ何人かの子供たちが悪さをしているだけならば、わたしが直接話してきかせ——ついでに親たちにも内々で話をして——蕾のうちに刈り取ることができるんじゃないかと。あなたは未成年の二、三人がやったことで、こちらで処理していると上に報告すればいいんです。騒ぎも、マスコミも、テレビもなしに。パリの大臣が意地の悪い質問攻めにあうこともない」

デュロックはブルーノをにらんだまままたっぷり間をとり、それから目を窓の外に向け、考えこみながらまたワインに口をつけた。

「こいつは上物だ。きみの自家製だって?」さらにひと口。「わたしがノルマンディーから持ってきたカルヴァドスをぜひ飲んでもらわなければな。たぶんきみの言うとおりだ。たんに子供の仕業だというなら無駄に事を荒立てるにはおよばない、これ以上タイヤが切られることがないかぎりは。とはいえ、知事には明日なんらかの報告をしておくほうがよかろう」

ブルーノは無言で、礼儀正しく微笑み、グラスを掲げた。検査官たちがまだジャガイモの一件を訴え出ていないことを祈りながら。

「われわれ警官は団結しなければ、な？」デュロックはにんまりして、身を乗りだし、ブルーノのグラスに自分のをカチンと合わせた。その瞬間、苛立たしいことに、机にのっていたブルーノの携帯電話が聞き慣れたやわらかい電子音で《ラ・マルセイエーズ》を歌いだした。ため息とともに、デュロックにすまなそうに肩をすくめてみせてから、電話を取った。

カリムだった。激しく息を切らしていて、声が甲高い。

「ブルーノ、すぐ来て」カリムが言った。「じいちゃんが、死んでる。たぶん――殺されたんだと思う」ブルーノの耳に泣き声が聞こえた。

「どういうことだ。なにがあった。いまどこにいる？」

「じいちゃんの家だよ。夕食だから迎えにきたんだ。そこらじゅう血まみれで」

「なにもさわるな。できるだけすぐ行くから」電話を切って、デュロックに向きなおった。

「さて、子供の悪ふざけの件はここまでです。本物の犯罪が起こったらしいので。殺人かもしれない。わたしの車で行きましょう。一分待ってください、消防隊《ポンピエ》に電話をかけます」

「消防隊？」とデュロック。「なぜ消防士が必要なんだ」

「ここらでは消防士が救急隊員を兼ねているんです。救急車を呼ぶには手遅れかもしれませんが、それが決まりですから教科書どおりにやったほうがいいでしょう。あなたも憲兵隊に連絡してください。もしほんとうに殺人なら、ペリグーから国家警察を呼ばないと」

「殺人だと?」デュロックがグラスをおろした。「サンドニで?」

「電話ではそう言ってました」ブルーノは消防署に電話をかけて指示を与え、制帽をひっつかんだ。「行きましょう。わたしが運転しますから、あなたは部下に電話を」

5

顔面蒼白のカリムがコテージの戸口で待っていた。いままで吐いていたかのように見える。カリムが脇にどくと、ブルーノとデュロック隊長は室内に踏みこんだ。

アラブの老人は腹を切り裂かれていた。床に上半身裸で倒れていて、腹部の大きな裂け目から腸がこぼれだしている。現場にはそのにおいが充満し、早くもハエが飛びまわっている。たしかにどこもかしこも血の海で、老人の胸にもどろりとした血だまりができていた。

「なにかの模様みたいだな」ブルーノは調べを開始し、遺体を取り巻く乾きかけの血液に靴跡をつけないようにしながら顔を近づけた。見極めるのは容易ではなかった。老人は妙な姿勢で倒れている。血のせいで見えないなにかにもたれているかのように、背中が持ちあがっていた。

「たまげたな」デュロックがしげしげとのぞきこみながら言った。「鉤十字《ハーケンクロイツ》だ。気の毒に、胸にナチスのシンボルが彫られている。こりゃ憎悪犯罪だな。人種差別犯罪だ」

ブルーノは注意深く周囲を見た。小さなコテージだ。寝室はひとつ、大きな石の暖炉があるこのメインルームはキッチンと食堂と居間を兼ねていて、片側にごく小さなバスルームが取りつけられている。食事の途中だったのか、バゲットが半分とソーセージとチーズをのせた皿が一枚テーブルの上におかれ、その横に中身の残っている赤ワインのボトルと、割れたグラスがあった。椅子が二脚ひっくりかえり、壁に掛かった一九九八年のワールド・カップで優勝したサッカーのフランス代表チームの写真が傾いている。部屋の隅に放ってある布きれに目がとまった。近づいて、目を凝らした。それはシャツで、老人の体からむしりとられたかのようにボタンがひとつ残らず飛んでいた。血は付着していない。ということは、だれか力の強い者がナイフを使いだす前にやったのだ。ブルーノはため息をついた。バスルームや整頓された寝室をのぞいたが、異状はなんら見つからなかった。

「携帯電話がどこにもない、それに財布も」彼は言った。「ズボンのポケットかもしれませんが、鑑識チームが到着して現場検証をおこなうまでさわらないほうがいいでしょう」

「どっちにしろ血でぐしょぐしょだ」とデュロック。

遠くで消防車のサイレンが鳴った。ブルーノは外へ出て、街からこんなに離れた場所でも電話がつながるかチェックした。携帯電話の画面にアンテナ四本中一本が立った。かろうじて使える。村長に電話して状況を説明すると、それからはすべてが同時に起こったように思えた。消防士たちが到着し、生命維持装置を持ちこみ、デュロックの補佐が大型の青いバンに憲兵隊員二名を乗せてきて、そのうちひとりは大きくていささか旧式なカメラを、もうひとりは犯罪現場を立入禁止にするオレンジ色のテープのロールを持っていた。たちまちどこもかしこも人だらけになった。ブルーノはカリムのそばへ行った。若者は車のドアにがっくりともたれ、両手で目をおおっていた。

「いつここへ来たんだ、カリム」

「あんたに電話する直前。せいぜい一分前ぐらいだよ」顔をあげると、頬が涙で濡れていた。

「ああ《ピユタン》、ちくしょう《ピユタン》。だれがこんなひどいことをしたんだ、ブルーノ。じいちゃんにはこの世にひとりも敵なんかいなかった。ただ曾孫《ひまご》を見るのを楽しみにしてただけなのに。もうそれもかなわない」

「ラシダに電話はしたのか」

「まだ。できない。あいつはじいちゃんが大好きなんだ」

「モムには？」カリムの父親は地元の学校で数学を教えていて、ラグビー・チームの夕食会には巨大な容器にたっぷりクスクスを作ってくる人気者だ。名前はモハンマドだがみんなにモムと呼ばれている。

カリムは頭を振った。「あんたにしか知らせてない。親父には言えないよ、じいちゃんをすごく愛してるから。おれたちみんなそうだった」

「生きているお祖父《じい》さんを最後に見たのはいつだ？　または、最後に話したのは」

「昨日の晩、親父の家で。みんなで食事をした。親父が車で送っていって、それがじいちゃんを見た最後になった。おれたち順番にじいちゃんを食事に呼ぶみたいなことをしていて、今夜はおれの番で、だから迎えにきたんだ」

「なにかに手をふれたか？」これはブルーノにとって初の殺人事件で、彼の知るかぎりこの村にとっても初だった。亡くなった人は大勢見てきたが。葬儀の段取りをし、嘆き悲しむ家族を世話するのはブルーノの役目だし、悲惨な交通事故現場に立ち会って血を見るのにも慣れている。だけどこんなのは初めてだ。

「いや。ここへ着くと、いつものように大声でじいちゃんと呼びかけて、家に入った。いつもどおりドアはあいてて、そうしたらじいちゃんが。くそ、血《ビュタン》だらけだった。それにあのにおい。じいちゃんにはさわれなかった。それどころじゃなかった。あんなの見たことないよ」

カリムは顔をそむけて、またえずいた。ブルーノはごくりとつばを呑んだ。デュロックが家から出てきて、ほかの憲兵隊員にテープを張るよう指示した。まだ体をふたつ折りにし、口から最後のつばを吐きだしているカリムに目を向けた。

「その男は？」デュロックがたずねた。

「被害者の孫です」ブルーノは答えた。「〈カフェ・デ・スポール〉をやっています。いい青年で、わたしに電話をくれたのは彼です。もう話は聞きました。なにもさわらずに、着いて発見するなり知らせてきたんです」カリムに顔を向けた。「カリム、ここへお祖父さんを迎えにくる前はどこにいた？」

「カフェに、午後じゅういたよ。今朝あんたに会ったあとずっと」

「まちがいないか」デュロックがきつい口調で言った。「調べればわかるんだぞ」

「そのとおり、調べればわかります。とりあえずいまは帰宅させてやりましょう」ブルーノはなだめるように言った。「ショックを受けてますから」

「いや、ここにいてもらったほうがいい。ペリグーの部隊に知らせたら、国家警察を呼ぶと言っていた。刑事たちが彼の話を聞きたがるだろう」

消防隊長のアルベールが、額を拭《ぬぐ》いながら出てきた。ブルーノを見て、首を振った。

「死後二時間、またはそれ以上だ」アルベールが言った。「こっちへ来てくれ、ブルーノ。話がある」

ふたりは車寄せを歩いて、老人の丹精こめた小さな菜園と堆肥の山のほうへ行った。引退した老人には心安らぐ場所だったことだろう。丘が背後の森へとゆるやかに傾斜し、家から谷までが一望のもとに見渡せる。

「胸のあれを見たか?」アルベールがたずねた。ブルーノはうなずいた。「ひどいもんだ。しかもあれだけじゃない。気の毒に、爺さんの両手は背中で縛られてた。だからあんなふうに体がそりかえってたんだ。即死ではなかったろうな。でもあの鉤十字は? おれにはわからん。こいつは厄介だぞ、ブルーノ、ここらの人間の仕業のはずがない。おれたちはみんなモムとカリムを知ってる。家族みたいなものだろ」

「そう思っていないやつがいたんだ」ブルーノは言った。「でなきゃあんな鉤十字は残さない。なんてことだ、まるで人種差別犯罪、政治的な殺人みたいじゃないか。このサンドニで」

「モムに伝えるのはおまえさんの役目だ。おれじゃなくて助かった」

コテージのほうから声があがった。デュロックが手招きしていた。ブルーノはアルベールと握手し、歩いて戻った。

「政治犯のリストはあるか」デュロックが詰問口調で言った。「ファシスト、共産主義者、トロツキスト、極右の国民戦線《フロント・ナシオナル》、その他の活動家——そういったものの」

ブルーノは肩をすくめた。「いえ、ありません。必要もなかったので。村長はだれがどこへ投票したかをだいたい知っていますし。たいがい前回と同じなんです、自分の父親が支持した政党に入れるんですよ。村長は選挙の前日に票のゆくえが読めますし、読みちがうとしても十票かそこらです」

「国民戦線支持者をだれか知ってるか。ネオナチとか。ファシストとか」

「ルペン党首はいつも何票か獲得していますね、前回はたしか五、六十票。でも熱心な活動家はひとりもいません」

「街で見かけるポスターや落書きはどうなんだ」デュロックの顔はまた赤らみはじめていた。「道路標識の半分に国民戦線の頭文字――FN――が落書きされているように思うが？　だれかがやったにきまってるだろう」

ブルーノはうなずいた。「そうなんです。前回の選挙戦の最中にいきなりあらわれまして。でもだれも深刻に受け止めてはいません。選挙では毎回そういった類のことがあるんですが、だれがやったか手がかりはないんです」

「これもまた子供たちのやったことだと言うつもりか」

「いえ、そんな、わたしには見当もつきませんから。言えるのは、ここには国民戦線の支部がないということだけです。何十票かは獲得するかもしれませんが、これまでに議員はひとりも出ていません。過去に選挙集会を開いたことさえないんです。ビラを目にした記憶もないですね。ここの住民のほとんどは右派か左派政党、または環境保護派の緑の党に投票します。ＣＰ

NTはべつとして」

「なんだ?」

「ハンターや漁師のための政党です。それが党名なんですよ。狩猟《Chasse》、釣り《Peche》、自然《Nature》、伝統《Traditions》、略してCPNT。緑の党の代わりというか。田舎のことなどひとつもわかっちゃいない都会ずれしたエコ派が集まる、本物の緑の党を嫌ってる人向けの政党です。ここではそれが十五パーセントほどの票を占めます——候補が立ったときは、ですけど。ノルマンディーにはそういう党がないんですか」

デュロックは肩をすくめた。「知らんね。政治にはあまり興味がなくてな。昔はそれでよかったんだ」

「じいちゃんは前回CPNTに投票した。そう言ってた」とカリム。「狩りをしてたし、伝統ってものをすごく大事にしてたから。アルキだったのは知ってる? ベトナムでフランスの戦《クロ》功十字章《ワ・ド・ゲール》をもらって、その後アルジェリアで戦った。だから国を離れてこの村へ来なきゃならなかったんだ」

デュロックは虚ろな表情になった。

「アルキとはアルジェリア戦争でフランス側について戦ったアルジェリア人のことです、フランス陸軍の兵士として」ブルーノが説明した。「フランスがアルジェリアから撤退したとき、取り残された彼らは新政府に追われて捕らえられ、反逆者として殺されたんです。なかにはフランスへ逃げてきたアルキもいます。何年か前にシラク大統領がすばらしいスピーチをしました、彼らがフランスのために戦ったのにどれほどひどい仕打ちを受けてきたかについて。それは共和国大統領からアルキへの公式な謝罪みたいなものだったんです」

「じいちゃんはその場にいたんだ」カリムが誇らしげに言う。「招待されてシラクのスピーチのパレードに参加したんだよ。旅費をもらって。鉄道の切符やホテル代やなにもかも。じいちゃんは戦功十字章をつけた。それをずっと壁に飾ってたんだ」

「戦争の英雄か。願ってもないな」デュロックがうめいた。「マスコミが一斉に飛びつくだろうよ」

「壁に勲章を飾っていた？」とブルーノ。「気づかなかった。どこにあるか教えてくれないか」すさまじいにおいが充満しつつある室内に戻った。消防士たちが道具を片づけていて、憲兵隊のカメラのフラッシュが続けざまに光っていた。カリムは祖父の遺体からきっぱり目をそむけたまま、暖炉の脇の壁を指差した。壁には釘が二本刺さっていたが、どちらにもなにも掛かっていなかった。

「なくなってる」カリムが頭を振った。「そこに掛けてあったのに。最初の曾孫にやるんだと言ってたのに。勲章が消えてる。それに写真も」

「写真とは？」ブルーノはたずねた。

「じいちゃんのサッカー・チーム。若いころマルセイユでプレイしてたときの」

「いつの話だ」

「知らない。三〇年代か、四〇年代、だと思う。当時フランスにいたんだ、まだ若いころ」

「戦争中か」

「知らないよ」カリムは肩をすくめた。「若いころの話はあまりしてくれなかったから、よくサッカーをしたってことのほかは」

「お祖父さんは狩りをしていたと言ったね」デュロックがカリムに言った。「銃は持っていたのか？」

「見たことはないんです。もう何年も行ってないので。年をとりすぎた、って言ってました。まだ釣りにはよく出かけてたけど。釣りは得意で、父とよく学校がはじまる前の早朝に行ってました」

「銃があるなら、さがしたほうがいいな。ここで待っていたまえ」デュロックが命じて、部屋を出ていった。ブルーノはまた携帯電話を取りだして、役場《メリ》のミレイユにかけ、故人に狩猟か釣りの許可証が発行されているか調べてほしいと頼んだ。カリムに名前を確認した。アル＝バクル、ハミド・ムスタファ・アル＝バクルだ。

「アルのA、バクルのBを見てくれ。もしそれで見つからなければ、ハミドのH、Mの項でムスタファも」ファイル整理がミレイユの得意分野でないことは知っている。彼女が見事な腕をふるうのは仔牛の頭の煮込み《テット・ド・ヴォー》をこしらえるときで、村長がミレイユを事務員として雇ったのは夫が若くして心臓発作で亡くなったあとだった。

デュロックが戻ってきた。「あとは刑事の到着を待つだけだ。おそらくたっぷり時間をかけて念入りに調べるんだろう」不機嫌そうに言った。憲兵隊は国家警察の刑事に好意をもっていない。憲兵隊は国防省に属するが、国家警察は内務省の管轄下にあり、どちらがなにをするかで絶えず争っている。村長の指揮系統に属しているブルーノは、そのどちらでもなくてよかったと思っている。

「近所を見てきましょう」ブルーノは言った。「なにか聞いたり見たりしているかどうか、調べてきます」

6

コテージからいちばん近い家は裏手の街道方面にあった。その道はサンドニ観光の目玉である巨大な洞窟へ通じている。洞窟の石筍《せきじゅん》と鍾乳石は人工的に照明をあてられていて、ガイドはいくらか想像力を働かせればこれが聖母マリア、あれがシャルル・ド・ゴールだと観光客に思いこませることができる。ブルーノは鍾乳石が上下どちらにのびるのかもおぼえられないし、本音では教会のばかでかいパイプオルガンみたいだと思っているけれど、夏季に催されるジャズやクラシックのコンサートの場所としては気に入っていた。それに、この洞窟が最初発見されたとき、恐れ知らずの探検家が長いロープを使って底へおり、気がつくと骨の山の上に立っていたという話も好きだ。骨はこの道を使ってロカマドゥールやカドゥインの聖堂から遠いスペインのコンポステーラまで旅した巡礼者たちのもので、彼らは道中待ち伏せていた盗賊に襲われて命を落としたのだった。

家の持ち主は、洞窟の管理人ヤニックと土産物店で働いている妻だ。夫婦とも一日じゅう家をあけているし、娘たちはサルラの高等学校《リセ》に行っているので、ブルーノはあまり期待しないで玄関のベルを鳴らした。だれも出てこないので、ひょっとしてよく手入れされた庭でヤニックが作業をしていないかと裏にまわってみた。トマト、玉葱、豆やレタスが整然と並び、兎よけの金網の柵が周囲に張りめぐらされている。ヤニックの姿はない。ブルーノはいったん街道まで車で戻り、ヤニックの家のつぎに近い隣家、イカレた英国女性の家へ向かった。彼女の家はカリムの祖父のコテージから低い丘と谷ひとつ越えたところにあったが、同じ道路の一部を共有しているので、なにか見るか聞くかしているかもしれなかった。

ブルーノは丘のてっぺんで速度をゆるめ、車を停めると、彼女のゲストハウスの敷地に目を丸くした。かつて古い農場だったそこには小さな農家風の母屋と二軒の納屋、厩舎《うまや》と鳩小屋が中庭を三方から囲むように立っていて、どの建物にもこの地方の蜂蜜色の石が使われていた。家の背後にはほどよく枝切りしたポプラの大木が二本、両腕をひろげるようにのびている。冬には風よけになるが、建物や庭への日光をさえぎるほど近くはない。鳩小屋の一面を蔦が這いのぼり、古い鉄鋲《てつびょう》つきのドアのまわりは早咲きの薔薇のまばゆいピンクに彩られている。中庭のまんなかに凜としたトネリコの老木が一本あり、ゼラニウムの咲き乱れる大きなテラコッタの鉢が砂利の上に色彩をまき散らしている。大きいほうの納屋の横に葡萄棚つきのテラスがあって、長い木のテーブルがおいてあり、夏に食事をするにはすてきな場所に見えた。その一方に菜園と温室と車を駐められる平らな場所があった。反対側の薔薇のからみついた低いフェンスの向こうにはプールの一端がのぞいている。

牧草におおわれた長くなだらかな斜面の上から見ると、午後遅い陽を浴びたその土地は愛らしく、ブルーノはうっとり見惚れた。村を幾度となく巡回するうちに立派な家や小さくても威厳のある館をいくつも見てきたが、これほど平穏であたたかく迎え入れるような場所にはほとんど出会ったことがない。ハミドのコテージでショックと恐怖の光景を目の当たりにした直後だけに、安らぎが胸にひろがり、ほんの一キロも離れていないふたつの場所が同じ世界に存在していることが信じられなかった。そこを見ていると気持ちが落ち着き、いつもの自分が戻ってきて、やるべき仕事があることを思いだした。

いつの日か美しい並木道になりそうな、まだ若い果樹が両側に並ぶ砂利道にゆっくり車を転がして、駐車場に入れた。イカレた英国女性の古いブルーのシトロエンの隣に、英国のナンバープレートをつけたVWゴルフのコンバーティブルの新車が駐まっていた。制帽を頭にのせて、エンジンを切ると、テニス・ボールを打つなじみのある音が聞こえた。のんびり母屋の裏手へまわり、二頭の馬が牧草を食んでいるあけ放たれた納屋の前を過ぎると、思いもよらなかった場所に芝のテニス・コートが見えてきた。

ミニのテニス・ウェア姿の女性ふたりが、ブルーノが来たことにも気づかないほど集中して球を打ちあっていた。練習熱心だがさほどの才能に恵まれていないブルーノは、女性たちの美しさだけでなくプレイにも感心した。ふたりともほっそりとしてしなやかな筋肉がつき、脚や腕は優美で、すでに陽灼けした肌がウェアの白によく映えている。イカレた英国女性――パメラ・ネルソンと呼ばれているのをブルーノは聞いたことがあった――は赤褐色の髪をポニーテールにまとめ、黒髪の対戦相手は白い野球帽をかぶっていた。ベースラインぎりぎりに安定したボールを返す、見事なプレイだ。パメラのなめらかなストロークを見て、ブルーノは彼女が思っていたより若いことに気がついた。その芝コートはさほど球が速くならず、表面はでこぼこでイレギュラーなバウンドもしていたが、刈り立てだし、白線も最近描かれたばかりだ。ここでプレイしたらさぞ気持ちがいいだろう。それにパメラとならいいゲームができそうだった。ブルーノの考えではラリーを六打以上続けられればまずまずの腕前なのだが、このふたりはすでに十打を超えていて、まだ止まる気配がなかった。ボールは深く、コーナーではなく相手に向かって飛んでいる。真剣試合ではなく乱打の最中なのだろう。その後、パメラがネットにボールをひっかけた。相手の女性がコートのうしろを向いてボールを拾いだしたとき、ブルーノは大声で呼びかけた。「マダム、よろしいですか」

パメラが振り向き、目の上に手をかざしてこちらを見た。傾きかけた太陽が髪にまばゆい金色の光を投げかけた。彼女はコート・サイドに歩いていき、優雅に膝を折ってラケットをおくと、ゲートを開いてブルーノに微笑みかけた。美人というより端整な顔だとブルーノは思った。整った目鼻立ち、意志の強そうなあごに高い頬骨。テニスをしたせいで肌が上気して輝き、うっすら汗ばんだ額に髪が数本貼りついて、チャーミングな巻き毛になっている。

「ボンジュール、おまわりさん《ムッシュー・ル・ポリシエ》。これは職務上の訪問かしら、それとも飲み物をお勧めしてもいいの？」

ブルーノは近づいて、驚くほど力強い手を握り、帽子を脱いだ。彼女の目は涼しげな灰色だった。

「残念ですが、マダム、まったくの職務なんです。この近くで重大犯罪が発生したので、この二十四時間になにか異常なものを見かけなかったかご近所すべてにたずねてまわっているところです」

もうひとりの女性が近づいてきて「ボンジュール」と挨拶し、ブルーノと握手した。やはり英国訛りがある。パメラのほうが長身だが、ふたりとも魅力的で英国人の透きとおるような肌をしている。霧に包まれた島の湿気のなかで一年じゅう暮らしているからだと、どこかで聞いたことがある。わざわざペリゴールにやってくるわけだ。

「重大犯罪ですって？　この、サンドニで？　ごめんなさい、失礼をするところだったわ。わたしはパメラ・ネルソン、そしてこちらはマドモワゼル・クリスティーン・ワイアット。クリスティーン、この方は警察署長のクレージュさんよ。ねえ、わたしたちはただ乱打をしていただけで、そろそろひと息入れてもいいころなの。わたしたちは一杯飲むから、あなたにも軽いアルコールをお勧めしていいでしょ」

「残念ですが遠慮しておきます、マダム。勤務中ですから。アラブのご老人、ムッシュー・バクルのことなのです、ヤニックの家のそばの小さなコテージに住んでいる。今日もしくは最近あの人を見かけましたか。またはだれかよそから来た人間を」

「ハミド、のことね。ときどき訪ねてきて、わたしの薔薇の剪定《せんてい》はまるっきりまちがってると教えてくれる、あのかわいいおじいさん？　いえ、二、三日見かけてないけど、でもそれはよくあることよ。週にいっぺんぐらい散歩でぶらりと通りかかって、うちの土地についてなにかちょっとしたお世辞を言ってくれるの、薔薇の剪定のしかたはべつとしてね。最後に見かけたのは今週のはじめごろ、カフェでお孫さんとしゃべってらしたわ。なにがあったの？　泥棒に入られたとか？」

ブルーノは故意に質問をかわした。「今日は朝からずっとこちらに？　なにか聞いたり見たりしませんでしたか」とたずねた。

「昼食まではここにいたわ。テラスで食事をとって、それからクリスティーンが街へ買い物にいって、そのあいだわたしは明日到着のお客さまのために納屋を掃除したの。クリスティーンが戻ってから一時間ばかりテニスをしていたところへあなたがいらっしゃったのよ。郵便配達がふだんどおり十時ごろに来たほかは、だれも訪ねてきてないわ」

「すると、あなたは一日じゅうここを離れてないんですね」ブルーノは確認した。なぜ一時間もやっていたのにまだ試合でなく乱打なんかしているんだろうと不思議に思いながら。

「そうね、朝駈けには出かけたけど。でもそれは川のほうで、ハミドのコテージとはべつの方向ね。橋まで行って、市場でパンと新聞と野菜を買って、昼食のローストチキンも買ったわ。ふだんとちがうことにはとくに気づかなかったけど。でも教えて、ハミドは無事なの？　なにかわたしで力になれることはあるかしら」

「ありがたいんですが、マダム、なにもないんです」ブルーノは言った。「それに、マドモワゼル・ワイアット。あなたが買い物にいらしたのは何時でしたか」

「正確にはわからないけど。ランチのあと、たぶん二時過ぎぐらいで、ここへ帰ってきたのは四時ちょっと過ぎよ」彼女のフランス語は文法的には完璧だったが、口を正しくあけられないような、英国人らしいぎこちないアクセントがあった。「お茶を飲んで、それからテニスをはじめたの」

「あなたもこちらの宿泊客ですか」クリスティーンは黒い目がそれは美しく、眉を丁寧に抜いて整えているが、化粧はしていなかった。手や爪は手入れが行きとどいている。指輪はしていない。装飾品は首の細いゴールドのチェーンだけだ。ふたりともたいそう魅力的だし、たぶんぼくと同じ年ごろだ、とブルーノは思った。もっとも、女性の年齢を言いあてるのは不可能に近いけれど。

「そういうわけじゃないの、明日到着するお客さんたちとはちがうのよ。パメラとは同じ学校で、それ以来ずっと友だちなの。だからわたしは宿泊料を払っていないんだけど、その代わりに買い物にいってワインを買う。今日はスーパーマーケットと道の突き当たりのあの大きなワイン・カーヴへ行ったわ。それからガソリンスタンドに寄って、帰ってきたの」

「それじゃ休暇でいらっしゃってるんですね、マドモワゼル」

「というわけでもなくて。ここで本を執筆しているのよ。英国の大学で歴史を教えていて、書きあげなければならない本があるので、午前中はその仕事をしているの。あなたのおっしゃっているそのアラブの男性に会ったことはないと思う。スーパーへの行き帰りにほかの車や人を見かけた記憶もないし」

「なにがあったのか教えて、ムッシュー・クレージュ」イカレた英国女性が言ったが、彼女がイカレていないことは確かだった。「押込み強盗？　ハミドは怪我をしたの？」

「すみませんがいまの段階では話せないんです、おわかりいただけるでしょうけれど」型どおりの警察官を演じなければならないときはきまってそうなのだが、なんだかばからしく感じた。ここはなんとか埋めあわせをしておいたほうがいいだろう。「ブルーノと呼んでください。みんなそうですから。ムッシュー・クレージュなんて呼ばれたら、おじいさんがいるのかときょろきょろしてしまいます」

「了解、ブルーノ、じゃあなたもパメラと呼んでくれなきゃだめよ。ほんとうに一杯お勧めしてはだめ？　ミネラルウォーターか、フルーツジュースなら？　暑い日だったし」

ブルーノはついに折れ、三人でプールのそばの白いメタルチェアに腰かけた。パメラが作りたてのレモネード《シトロン・プレッセ》を入れた見るからに涼しげなピッチャーを運んでくると、ブルーノは椅子の背にもたれてひとときを楽しむことにした。心地よい場所に冷えた飲み物、ひとりならずふたりのチャーミングで興味をそそる女性たちと同席だなんて、こんないい思いはそうそうできるものじゃない。いまごろハミドの家で憲兵隊と刑事と法医学の専門家たちがくりひろげているであろう小競りあい、めちゃめちゃな混乱状態にくらべたら極楽だ。そこで頭が現実に戻り、つぎの仕事はモムのところへ行って父親の死を告げ——もし村長がまだ知らせていなければ——、正式に本人と確認してもらうことだと思いだした。イスラム教徒の葬儀にはなにか独特の手順があったろうか。調べておかなくては。

「ここにテニス・コートがあるとは知りませんでした」ブルーノは言った。「だからクラブではお会いしないんでしょうか」ブルーノはサンドニのテニス・クラブを誇りに思っている。三面のハード・コートと冬場もプレイできる屋内コートが一面。バスルームつきのクラブ・ハウスに更衣室、バーや大きな厨房もある。村長がパリでの政治的コネを利用して、政府に補助金を出させたのだ。

「そうじゃなくて、コンクリートのコートのせい」パメラが説明した。「以前スキーで膝を痛めたので、ハード・コートはよくないの」

「でもラバーの屋内コートもあるんですよ。そこでプレイしたらどうでしょう」

「夏にお客さまが来るようになると、ここがけっこう忙しくて。客室が三つとも埋まると、自分の時間はほとんどとれないの。だからこうしてクリスティーンが来てくれて、一緒にテニスができるのはとってもありがたいわ。たいしたコートじゃないし、ウィンブルドンとはほど遠いけど、もしも芝のコートでプレイしてみたければいつでも電話して。うちの電話番号はネルソンで載っているから」

「あなたがたの有名なトラファルガー海戦のネルソン提督と同じつづりでしょうか」

「残念ながら血のつながりはないけどね。イングランドではわりとよくある名前なの」

「では、パメラ、今度ほんとうに電話して芝コートで試合ができるかおたずねしますよ。よかったら友人を連れてきますからミックス・ダブルスをやりませんか」クリスティーンを見た。

「こちらには長くいらっしゃるんですか」

「夏にここが満室になるまで。つまりこの美しいドルドーニュにあとひと月ばかりいられるわ。そのあいだにボルドーへ行って公文書をさらに調べて、細かい点の確認をしなくちゃ」

「いまが最高の時期よ、学校が休みになって観光客がやってきて道路や市場を埋めつくす前の」とパメラが言う。

「国の公文書はパリにあるのかと思いました」ブルーノは言った。

「そうよ。こっちのは地方の記録で、ジャン・ムーラン記念館内に専門の資料室があるの」

「レジスタンスの指導者ジャン・ムーランですか。ドイツ軍に殺された」

「そう、あそこにはレジスタンスに関する最高の資料が揃ってて、わたしはヴィシー政権下のフランスの生活に関する本を書いているところ」

「ああ、だからそんなにフランス語が上手なんですね」とブルーノ。「でも研究するにはつらい時代でしょうね。フランスにとってはつらく、意見の分かれる時代です。この村にもたがいに口をきかない家族がいるんですよ、戦時中に敵同士だったからという理由で——それも占領軍への協力者ばかりじゃなく。街の自転車店のジャン＝ピエールをご存じですか。あの人は共産党系のレジスタンス、義勇遊撃隊にいました。通りの向かいで靴の修理店をやっているバシュロはド・ゴール派のレジスタンス、秘密部隊です。当時彼らは敵対していて、いまだにそうなんです。六月十八日にさえ、パレードで並んで行進するのにひとことも言葉をかわさない。あれから六十年も経つのに。ここでの記憶は長く消えないんです」

「六月の十八日に特別な意味があるの？」とパメラがたずねた。

「一九四〇年のその日に、ド・ゴールがフランスにドイツへの徹底抗戦をと訴えたのよ。ロンドンからBBC放送で」クリスティーンが答えた。「レジスタンスの大切な記念日、フランスが名誉を取りもどし、自由フランスが戦いつづけることを宣言した日よ」

『フランスは戦闘に敗れた、だがまだ戦争に負けたわけではない』」ブルーノはド・ゴールの演説を引用した。「ぼくたちはみな学校で習うんです」

「それがワーテルローの戦いでナポレオンが敗北した日だってことも教わるのかしら」クリスティーンがパメラに目くばせしながら、からかうようにたずねた。

「ナポレオンが敗北？　ありえない！」ブルーノはにやりと笑った。「このサンドニにあのすばらしい石橋を作るような人間が敗れるはずはない、ましてや不実な英国《アルビオン》になど。われわれは百年戦争であなたがたをフランスから追いだしませんでしたっけ、ジャンヌ・ダルクの偉大な先導のもとに」

「ところが英国人は戻ってきたの！」クリスティーンが言った。「あれは一時的な後退。でもいまは英国がまたフランスを取りもどしつつあるようね、家一軒一軒、村ひとつひとつ」

「この人、あなたをからかってるのよ、ブルーノ」とパメラが言う。

「とにかく、いまではみんなヨーロッパ人ですから」ブルーノは笑った。「それにこの村の人たちの多くは英国人が来て荒廃していた農場や家をよみがえらせるのをよろこんでます。村長もよくそのことを話していますよ。英国人が旅行にきてくれなかったら、家を買い取って修復にお金をかけてくれなかったら、ドルドーニュ県全体が大不況に陥っていたと。この地方は十九世紀にワイン商売で敗れ、それに代わる煙草産業もいまや落ち目で、個人の小さな農家は北部の大農場には到底太刀打ちできない。だからあなたがたは大歓迎なんです、パメラ、それにおめでとうと言わせてください、ここはほんとうに美しく生まれ変わりましたね」

「庭の木が枯れて花もない真冬だったら、そうは言ってもらえないかもしれないけど、ありがとう。あなたに認めてもらえて鼻が高いし、わたしはここでとても幸せよ」パメラが言った。ブルーノは腰をあげた。「悲しいことに、そろそろおいとまして仕事に戻らなければなりません」

パメラがにっこり微笑んで、立ちあがった。「また来てくださいね。ミックス・ダブルスの挑戦をお待ちしてるわ。それにもしハミドのためにわたしでできることがあれば、たとえば彼になにか食べ物を持っていくとか、どうか知らせて」

「かならずご連絡します。それにお心遣いに感謝します。ですが当局がなにもかも手配するでしょう」ブルーノは堅苦しい仕事口調に戻っているのを意識した。

「もし押込み強盗があったのなら、ふだんより用心しておくべきかしら」パメラはすこしも心配そうではない。明らかにさぐりを入れているのだった。「夜はいつもドアと窓に鍵をかけて、警報ベルをセットしてるけど」

「いえ、こちらが危険にさらされていると考える理由はありません」ブルーノは答えたものの、殺人の件が早晩彼女の耳に入るのはわかっているので、なにか安心させることを言ったほうがいいと思った。

「ここには警報ベルがあるし、この名刺にぼくの携帯電話の番号も載ってます。いつでも遠慮なくかけてください、昼夜問わず。元気がよみがえる飲み物をごちそうさま。楽しいひとときでした、ご婦人《メダム》がた」テーブルに名刺をおいて、一礼し、歩いて駐車場に向かい、馬たちのいる角を曲がるときに手を振った。来たときよりもずっと気分がよくなっていた――モムを訪問しなければならないことを思いだすまでは。

7

モムは川沿いの小さくてモダンな家に住んでいる。それは強い通貨をもつ英国人にはじきだされて昔ながらの家が買えない地元民用の、近ごろ続々とあらわれている安い建売住宅のように見えた。そうした住宅の例に漏れず、寝室ふたつ、居間、キッチンとバスルームが水回りを共有するよう隣りあい、そのすべてがコンクリートの土台にのっている。丸みのある赤いタイルを使ったどことなく地中海風の屋根は、ペリゴールではだいぶ違和感がある。けれど、何度か浮かれ騒ぎの夜を過ごしたその家が見えてきたとき、地中海風の外観のほうがわが家らしく感じられるのかもしれないと、ブルーノはモムの気持ちを思いやった。違法駐車された車が団子状に道をふさぎかけているのを見て、ブルーノはため息をついた。なかでもいちばん邪魔になっているのが村長の車だった。いつもの彼らしくもない。でも村長が来ていることは慰めになった。モムにはもう話してくれただろう。ブルーノは百メートル先まで車を進めて合法的に駐車し、なにを言い、なにをしなければならないか考えた。まず葬儀の段取りを考え、つぎにカリムがすぐ帰宅できるようにして家族を安心させてやることだ。あとのことは村長が手配済みだと仮定するならば。

ブルーノは歩いて家まで引きかえした。屋内はすべての明かりが煌々と灯され、女性の泣いている声が聞こえてきた。帽子を取りながら家に入ると、モムはソファにぐったり座っていて、肩に村長の手がおかれていたが、ブルーノに挨拶しようと立ちあがった。モムは息子ほどではないがたくましい大男で、胸板が厚く、肩幅も広い。手は大きくて、手首は肉体労働者並みに太い。そのがっしりした外見だけでも生徒たちを行儀よくさせるに足りるのだが、子供たちはすぐに敬意からおとなしくなる。モムはよい教師だという評判で、数学の授業がおもしろくなるよう工夫を凝らしている。ブルーノが聞いた話では、生徒たちに地元ラグビー・チームの全選手の体重を合計させ、つぎにサンドニの全住民の体重、つぎはフランス全国民、しまいには世界の全人口の重さを計算させたという。その声は深く豊かに響き、日曜午後のラグビーの試合では息子を応援する彼の声がきまって聞こえる。モムはブルーノと頬をふれあわせて挨拶してから、新しい情報がないかたずねた。ブルーノは首を振った。

「お悔やみを申しあげます、モム。こんなことをした犯人を見つけるまで警察は一日たりとも休みません」ブルーノは言った。村長と握手し、その部屋にいたほかの男たちとも握手した。モムの上司で地元の学校長であるロロをのぞけば、全員がアラブ人だった。ロロがコニャックのボトルを掲げて一杯勧めてくれたが、ブルーノはほかの人々がなにを飲んでいるか見まわし、アラブ人たちと同じアップル・ジュースをもらった。ここは彼らの家で、彼らの悲しみの時間なのだから、その流儀にしたがおう。いずれにせよ勤務中なのだし。

「コテージから来たんですが」ブルーノは言った。「向こうはまだペリグーから来る刑事と鑑識を待っているところです。彼らが到着して、監察医の検死がすむまで、なにも新しい情報は出てこないでしょう。憲兵隊が現場を封鎖していますが、刑事たちの仕事がすんだら、あなたにあちらへ行って、なにかなくなったり盗まれたりしたものがないかよく見ていただかなければなりません。写真が一枚と勲章が見当たらないほかは、押込み強盗や空き巣のあからさまな痕跡は見られませんが、一応調べないと。警察の調べがすんだら、ご遺体は葬儀社へ運ばれますが、そのときどのようにしたいか伺っておきたいんです、モム。なにか宗教的な決まりごとや特別な習慣があるのかどうか」

「父はずっと昔に信仰を棄てていた」モムは重々しく言った。「できるだけ早く、通常の方法で、この村の墓地に葬るつもりだ。カリムはどうしている？　まだ向こうにいるんだろうか」

ブルーノはうなずいた。「ご心配なく。型どおりの手続きですから。刑事は遺体発見者と話さなくてはなりませんが、たぶん長くお引き留めはしませんよ。ぼくはお悔やみを申しあげて、ご葬儀のことを確認したかっただけなんです。これからすぐあちらへ戻って、カリムから目を離さないようにします。ひどいショックを受けたんですから」

先刻いったんハミドのコテージに戻ったとき、ブルーノはデュロックとまたしても意見がぶつかっていた。デュロックは国家警察の到着がなぜこんなに遅れているのか問い詰める怒りの電話の合間に、カリムを現場に引き留めておくべきだと主張した。憲兵隊のしたことといえばそれだけだった。公共事業課に電話をかけて、最低限の電気しかない、屋外の明かりもないコテージにポータブル発電機や照明を運ばせるのはブルーノにまかされた。地元のピッツァ店に憲兵隊用の食べ物や飲み物を届けさせたのもブルーノだ。デュロックが思いついてもよさそうなのに。

　奥の部屋から聞こえていた泣き声がいつのまにかやんでいて、ドアの陰からモムの妻が顔をのぞかせていた。これまで西洋の服を着た彼女しか見たことがなかったが、今日は黒いスカーフをかぶり、それでヴェールのように口元をおおっている。たぶん喪服なのだろう、とブルーノは思った。

「なにか教えてもらえないのか」モムが言う。「わたしが確実に知っているのは父が殺されたということだけで、それさえまだ信じられないんだ」

「いまの段階ではぼくたちにもそれしかわからないんです、鑑識班が仕事をするまでは」ブルーノは答えた。

「そいつはおれが消防署で聞いたのとちがうぞ」公共事業課の運転手のひとり、ボランティアで消防士もしているアフメドが口をはさんだ。サンドニの小さな消防署には本職が二名いて、残りはアフメドのような地元民のボランティアで、役場《メリ》の屋根に残っている古い戦時中のサイレンが鳴ると必要に応じて招集される。消防士は救急隊員の役割も兼ねており、突然死や危篤の際に呼ばれる最初の人間であるため、秘密を守ることはまず不可能なのだった。ボランティアたちは女房にしゃべり、女房たちはたがいに情報交換し、数時間のうちに村じゅうが火事や死や交通事故について知ることになる。

「残忍な殺人、刺殺だ。いまのところほんとうにわかっているのはそれだけだ」ブルーノは用心深く言った。アフメドがほかの消防士からなにを聞いたかはじゅうぶん想像がつく。

「人種差別者、ファシストの仕業さ」アフメドが断言した。「ハミド爺さんの胸になんて彫られてたか聞いたぞ。やったのは国民戦線の豚どもだよ。無力な老人を襲ったんだ」

くそ。このニュースは恐れていた以上に伝わるのが速い。広まるにつれてますます毒《ピュタン》をまき散らすだろう。

「きみがなにを聞いたか知らないが、アフメド、ぼくは自分がなにを見たか知っている。あれがなにかの図案や文字をあらわしているのか、抵抗したときにできた傷なのかはわからないんだ」アフメドの目を見すえながら冷静に言った。「噂は話を大きくふくらませる。いまは事実にだけ目を向けようじゃないか」

「ブルーノの言うとおりだ」村長が静かに言った。小柄で痩せた見た目と穏やかな物腰からは意外に思えるが、ジェラール・マンジャンには人に耳を傾けさせる力がある。彼はブルーノがこの仕事に就いた八年前よりはるか昔からサンドニの村長だった。生まれたのもこのサンドニで、家族は先祖代々この土地で暮らしてきた。マンジャンは奨学金を得て、競争率の高い試験に受かり、フランスのエリート教育機関であるパリの高等大学《グランゼコール》のひとつに進んだ。その後経済省で働くかたわら、ジャック・シラクというド・ゴール主義政党の若き希望の星と手を結ぶ。シラクの政治秘書となり、欧州委員会におけるシラクの目と耳としてブリュッセルに送られ、そこで助成金を確保するための手練手管を学んだ。一九七〇年代にサンドニの村長に選出され、ドルドーニュ県でシラクの党を支持し、その見返りとして在職期間中に他界したある男の任期を引き継ぐ形で議員の座に任命された。マンジャンがパリやブリュッセルにもつ人脈のおかげで、サンドニは繁栄を遂げたのだった。修復された役場《メリ》やテニス・クラブ、老人ホーム、ささやかな工業地区、キャンプ場に水泳プール、農業研究センターは、村長が確保した助成金によって建設された。また、彼が市街の計画や区分に精通していたおかげで、商業センターには新しいスーパーマーケットができた。マンジャン村長がいなければ、彼の政治的コネがなければ、サンドニは滅びていたかもしれない。ペリゴール地方のいくつもの小さな村々がそうなったように。

「友人のみなさん、モムは大きな喪失に苦しみ、わたしたちは彼とともに悲しんでいます。でも事実を突きとめるまでは、その喪失を怒りに転じてはなりません」村長がいつもの明快な演説口調で呼びかけた。モムの手を握り、たくましいアラブ人を脇に引きよせてから、アフメドやモムの友人たちを見まわした。「友人の悲しみを分かちあうためにいまここに集まっているわたしたちは全員、このコミュニティを引っぱっていく存在です。そして全員、捜査が円滑におこなわれるよう協力する義務があることを承知しています。予審判事や警察にできるかぎり協力し、手をとりあって愛するサンドニの村の結束を護らなければなりません。これからの日日、みなさんを頼りにしていますよ。この困難にともに立ち向かいましょう」

村長はまずモムと、ついでほかのひとりひとりと握手をかわし、ブルーノに一緒に外へ出るよう合図した。戸口で振り向いて、校長に呼びかけた。「ロロ、わたしが妻を迎えに戻るまで、しばらくいてくれ」それから、ブルーノの腕をそっとつかんで、とっぷり暮れた屋外へ連れだし、車寄せを進んで屋内のだれにも声の届かないところまで行った。

「胸に鉤十字が彫ってあったって?」強い調子でたずねた。

「はっきりしてはいないんですが、憲兵隊と消防士はそうだと思っています。おそらくそのとおりなんですが、ぼくがさっき言ったことはごまかしじゃありません。確信はありませんよ、遺体をきれいにするまでは。腹部を刺されて、はらわたがこぼれだしていたんですから。彫られていたのはモナリザだったかもしれないし、断言はできません」ブルーノはぎゅっと目をつぶっておぞましいイメージを締めだし、頭を振った。腕をつかんでいる村長の手に力がこもった。

「あれは虐殺ですよ」一瞬おいて、ブルーノは続けた。「被害者の両手はうしろで縛られていました。盗みの痕跡はなく、昼食をとっていたところを襲われたように見えました。カリムによれば、なくなったものが二点あるそうです。老人がアルキとしてフランスのために戦って授与された戦功十字章、それに昔所属していたサッカー・チームの写真です。近隣の住人はなにも異常なものを見たり聞いたりしていないようでした。いまのところわかっているのはそれが全部です」

「その老人には会ったことがないように思うんだが、だとするとこの村ではめずらしい存在だな」と村長。「きみは知りあいだったのか」

「そうとは言えませんね。老人がここへ越してくるすこし前に、カリムの結婚式で会ったことがあるんですけど、社交辞令程度の会話しかしませんでしたし、どんな人物かはわかりません。自分の殻にこもって、食事もかならずひとりか家族とだけでとっているようでした。市場や銀行で見かけたことも、買い物をしている姿を見たこともありません。あの森に囲まれた小さなコテージで隠遁者のように暮らしていたんです。テレビも車もなく。なにもかもモムとカリムに頼って」

「そいつは妙だな」村長は考えこんだ。「アラブの家族はまとまって暮らすものなのに――年寄りは成長した子供たちの家で暮らすのがふつうだ。だがアルキで戦争の英雄だった？　報復を恐れていたのかもしれないな、血の気の多い若い移民連中の。ほら、近ごろはアルキをアラブの大義への裏切り者と考える輩がいるだろう」

「たぶんそんなところでしょう。それに無宗教でしたから、イスラム教の過激派からは信仰を冒瀆していると見られたかもしれない」ブルーノは言った。とはいえ、イスラム教の過激派がだれかの胸にハーケンクロイツを彫りたがるとは思えなかった。「ですがこれは臆測にすぎません。この件についてはあとでモムと話してみます。モムやカリムにとっては楽でない日課だったはずです、毎日夕食ごとに老人を車で迎えにいって、また送っていくというのは。あの老人には見た目以上の隠れたなにかがあったんでしょうか。父親がプレイしていたサッカー・チームについて記憶していることがないか、あなたからモムに訊いていただけませんか。その写真が消えたんだとすると、重要な意味があるのかもしれません。三〇年代か四〇年代にマルセイユでプレイしていたらしいんです」

「訊いておくよ、ブルーノ。さて屋内《なか》へ戻って、妻を連れてこなくては」村長は回れ右して、拳を掲げた。やるべきことを頭でリストにするとき、よくそうして指を一本ずつひろげながら説明していくのだ。たいてい、項目は少なくとも三点はあるが、四点を超えることはない。それには指が足りなくなるからだろうとブルーノは思い、この老人に対する愛情で胸がいっぱいになった。「扱いのむずかしい事件になりそうなのはわかっているな」マンジャンは言った。「おそらくマスコミの注目を集めることになる。政治家たちがこの機に乗じて演説したり、デモ行進やあれやこれやがあるだろう。その方面はわたしにまかせてくれ。きみには捜査のトップにとどまって、逐一情報を伝えてもらいたいのだ。なにかトラブルが起きかけているとか犯人がつかまりそうだとか聞いたら、早めに頼むぞ。さて、最後に質問がふたつある。ひとつ、この村に犯人の可能性がある極右か人種差別主義者の心当たりはあるかね」

「いいえ、まったく。もちろん、国民戦線に投票する人たちはいますが、それだけです。ふだんけちな事件を起こすような連中のなかに、あんな残虐行為をやり遂げられる者がいるとも思えませんし」

「よし。ではもうひとつ。なにかわたしに手伝えることはあるかな」二本目の指がぴんと立てられた。

「ふたつあります」ブルーノは村長を相手にするとき、できるかぎりこの年長者と同じように無駄のない話しかたを心がけながら、果たすべき務めと愛情の両方を意識する。「まず、国家警察にはサンドニでの拠点が必要になります。電話が引いてあって、机と椅子があり、コンピュータを何台もおけるだけの場所が。美術展に利用している観光案内所の二階はどうでしょうか。いまのところ展覧会はありませんし、広さはじゅうぶんです。明日あなたからペリグーの知事に電話をかけて話してくだされば、先方はあそこを利用するための賃料を払うでしょう。警察のバンを駐車する場所もあります。強化された警察の存在を村の人たちに見せる意味でも役に立つかもしれません。そうすれば、サンドニはあちらに貸しができます。国家警察はこの村の施設、つまりこちらの縄張りにいることになりますから、サンドニの人間を締めだすことはできないというわけです」

「それから?」

「なによりも、ぼくがこの事件の捜査からはずされないようサポートしていただきたいんです。あなたがペリグーの憲兵隊准将と、国家警察のトップに電話して、ぼくをこの事件の捜査からはずさせないという確約をもらっていただけたら、とても助かります。政治的に微妙な事件ですし、デモがおこなわれたり村が緊張状態になる恐れもありますから、大事なことなんです。ご存じのように、サンドニの警察はヒエラルキーでそう高いところにないので。ぼくを村長の連絡役ということにしていただければと」

「わかった。やっておこう。ほかには?」

「あなたならあの老人の軍歴、履歴や戦功十字章の受勲記録を、ぼくが憲兵隊を通すよりも早く入手できますよね。いまのところ被害者についてはほとんどなにもわかっていないんです。あのコテージが持ち家なのか賃貸なのかさえ。どうやって生計を立てていたのか、年金はどうなっているのか、かかりつけの医師がいるのか」

「個人的な記録は明日調べられるようにしよう。国防相のオフィスに電話しておく——大臣とはパリ時代の知りあいだし、側近のひとりがわたしと同窓なのだよ。ハミドのファイルは今日のうちに手に入れておく。さて、きみはコテージに戻って、カリムを連れ帰れるまでついていてやってくれ。家族が心配しているからね。なにか問題が起きたら、わたしの携帯電話にかけてくれよ、寝ているところを叩き起こしてもかまわんから」

ブルーノは元気づけられて出発した。陸軍時代、自分の行動を信じ、かつ部下を信頼して最大限の能力を引きだす優れた上官についていたときのような気分だ。そうした組みあわせはめったにない。ほかのだれにも口に出して認めはしないけれど、ブルーノはジェラール・マンジャンが自分の人生にもっとも重要な影響をおよぼしたひとりだと思っている。マンジャンはボスニアでのあの恐ろしい任務からブルーノを引き抜いてくれた。ある戦友の推薦だったのだが、その戦友はたまたまマンジャン村長の息子だったのだ。そのときから、孤児だったブルーノは生まれて初めて家族の一員になったように感じ、そのことだけでも村長に絶対的な忠誠心を抱いている。ブルーノは車に乗り、ハミドのコテージへ向かう長い坂をのぼっていった。あのしち面倒くさいデュロック隊長をどう言いくるめれば監禁中のかわいそうなカリムを救いだせるか、思いめぐらしながら。

8

国家警察の地方支部は新しい刑事部長を送りこんできた。ジャン＝ジャック・ジャリポー、当然ながらニックネームはJ＝Jだ。ブルーノは以前、サンドニで最初で最後の銀行強盗事件の際、J＝Jと友好的に協力して捜査にあたった。J＝Jはその事件を解決したばかりか、銀行の金の一部を取りもどしさえしたのだが、それは二度昇進する前の話だ。いまJ＝Jは自分のチームを率いる身分で、そのなかにはブルーノが初めて見る若い女性の刑事官もいた。彼女は紺のスーツを着て襟元にシルクのスカーフをあしらい、髪はブルーノがこれまでに見た女性のだれよりも短かった。展示室に設置されたばかりのコンピュータに向かって座り、まわりではほかの警官たちが電話のプラグを差したり、机を取りあったり、ほかのコンピュータやコピー機を設置したり、壁に捜査状況を書きこむホワイトボードを掛けたりしていた。ふだんは地元画家の手による長閑《のどか》なペリゴールの風景や水彩画が飾られている部屋をいま支配しているのは長いホワイトボードで、そこには殺人現場の身の毛もよだつ写真が貼ってある。ハミドの縛られた両手、洗浄されていまや鉤十字がくっきり見てとれる胸のクローズアップ写真も。

「じゃ、はじめましょ。極右のならず者の写真展。あなたの目の調子がいいことを祈ります、見てもらう写真は何百枚もあるから」若いペロー刑事官が言う。紹介されたとき、彼女は有能そうにきりっと微笑んで、イザベルと呼ぶようブルーノに言っていた。「まず指導者や名の知られた活動家から、つぎに彼らのおこなったデモの写真に移りましょう。見おぼえのある人物がいたら大声で教えて」

最初に見せられた三人の顔はテレビで見て知っていた。党の指導者たちの広報用写真だ。つぎはそのうちのひとりが集会で演壇から聴衆に呼びかけている写真。そのあとは群衆を無作為に撮影した写真が続いた。見知らぬ人々、党の幹部に呼びかけられているフランスのふつうの男女。どの写真にもその党幹部の名前と地位が入れてあり、そのなかには各省庁の議長、秘書、会計担当者、地方議長、委員長、有名活動家、地元の議員が含まれていた。老人や若者、太ったのや痩せこけたの、イケメンやあばた面——ブルーノが市場やラグビーの試合で見かけるような人々だ。実際、ひとりのタフな容貌の若者はドルドーニュ県の反対端、ボルドーへ向かう途中のモンポンのラグビー・チームでプレイしていたやつだった。

「この男だけだ」ブルーノは言った。「ラグビーの関係で知ってる。ここで一、二度プレイしたことがあった」

刑事官はメモをとり、先へ進んだ。イザベルのショートヘアからブルーノがテニス・クラブでなじみのあるスポーツ用シャンプーの香りがした。毎日走っているかトレーニングをしているみたいに健康的だ。脚はすらりと長く、履いている靴は警官にしてはエレガントすぎるし、刑事官の給料がいいにしても高価すぎる。

「これだけの写真をだれが集めたんですか」彼女の手を見ながらブルーノはたずねた。爪は短くカットされているが、キーボードの上を躍る指は長く上品だ。

「わたしたちがあちこちから集めたの」彼女が答えた。地方のアクセントがないきれいな話しかたで、その響きはクールだが耳に心地よく、テレビでニュースを読むアナウンサー風でもある。「ウェブサイトや選挙のビラ、プレス用写真やテレビの映像から。なかには中央総合情報局からのものもあって、それは本来わたしたちが知るはずのない情報だけど、最近のコンピュータ・セキュリティがどんなふうかは言うまでもないわね。わたしたちはデモ行進や集会の写真も撮っておくの、どういった人々かを知るために。極右だけでなく極左についても同じようにしてるから、まったく公平でしょ」

イザベルはモニターにつぎつぎと写真を表示していった。ペリグーのメイン広場で開かれた選挙前の集会らしく、バルコニーから撮られた群衆の写真がしばらく続いた。どの写真にも数十もの顔が写っていて、ブルーノは極力漏れがないよう丁寧に見ていった。ひとりの顔に目がとまったが、集会の隅っこで煙草をくわえ、煙に目を細めながらノートと鉛筆を構えている《シュッド＝ウエスト》紙の記者だと気がついた。ブルーノは目をこすって、イザベルに続けるよう合図した。

「ほんとうに休憩しなくていいの、ブルーノ？」イザベルが訊いた。「画面をじっとにらみっぱなしだと神経がどうかなっちゃうわよ、とくにこういう作業に慣れていないなら」

「そうなんだ」ブルーノは言った。「こっちではあまりコンピュータを使わないから。タイピングとメールのほかは使いかたもよく知らなくて」

イザベルは手を止めて、窓の外を見て目を休めるように言うと、部屋の隅に間にあわせでおいたホットプレートからどろりとしたコーヒーを持ってきた。「どうぞ」とブルーノにプラスチックのカップを手渡し、自分のカップを左右の手で持ちかえながら、空いているほうの手でロワイヤルの箱をさがしだし、一本抜いて火をつけた。

「このコーヒーはひどいな」とブルーノは言った。「だけど気遣ってくれてありがとう。五分間休みをとれるなら、隣の角にカフェがあるんだけど」

「J=Jがどんなに奴隷をこき使うか忘れちゃったのね」イザベルが微笑んだ。「彼のもとで働きだしたころはトイレに行く勇気もなかったわ。朝に行ったら、あとはひたすら我慢。年取ったらツケがまわってくるんじゃないかしら」

「とはいってもここはサンドニだ。昼食のためにすべてが中断するんだよ。そう決まってるんだ」ブルーノは言った。誘ってると受け取られるだろうか。ふたり分払うだけの現金が財布にあったかどうか確信がない。

「でもわたしたちにはその余裕がなさそう」イザベルは感じよく言うと、またモニターに戻った。

今度の写真はさっきと同じ広場の同じ集会だが、べつの見晴らしのいい場所から撮影されたものだった。ブルーノはまたひとりひとりの顔を見ていった。知らない、知らない——そこで目がとまった。知っている顔。サンシプリアンにあるセントラルヒーティング会社のセールスマンで、ブルーノは一度その男に駐車違反切符を切ったことがあった。今度もイザベルはメモして、スクロールを続けた。同じ集会、けれどもさらにべつの角度から撮った写真が続いたが、新たに見おぼえのある顔はひとつも出てこなかった。

「いいわ、これがペリグーの集会。つぎはサルラでの集会よ」イザベルは慣れた手つきでコンピュータ画面をクリックしていった。おそらくこのようなマシンを毎日使っているのだろう。サンドニの役場《メリ》にあるコンピュータは住民の税金や社会保障の記録用に数台ある大型マシンと、村長秘書とブルーノが共用している一台のみだ。サルラの集会はペリグーより小規模だった。今度もラグビーを通じて顔を知っている人物が二名、ほかにテニスのトーナメント関係が一名、だがサンドニの住人はひとりもいなかった。つぎにイザベルがベルジュラックの選挙集会の写真を表示すると、三枚目の写真でブルーノははっと小さく息を呑んだ。

「だれか見つけた？　よければ顔をいくらか拡大できるわよ」

「よくわからない。そこの若い人たちのグループなんだけど」

　写真を拡大したが角度がよくなかったので、イザベルは残りの写真もスクロールして、べつの位置から撮った写真をさがした。すると、演壇のそばにブルーノがよく知っている若者がふたりいた。ひとりは二十キロばかり離れたラランドに住んでいる金髪のきれいな娘、昨年の夏にサンドニのテニス・トーナメントで準決勝まで進んだ子だ。そして一緒にいる少年、演壇よりも彼女に目を奪われているのはリシャール・ジェルトローという名で、サンドニの医師のひとり息子だった。

「もしかするとツキがあるかも」写真をプリントアウトし、リシャールの名前を書きとめてから、イザベルが言った。「ベルジュラックの党本部は銀行の二軒隣にあって、銀行にはセキュリティの監視カメラがあるの。どうするかは訊かないで、でもRGは録画テープを入手して、選挙期間中に出入りする全員の顔写真を作成するのよ」

「それは合法なのかな」

イザベルは肩をすくめた。「さあ。法廷で証拠として使うんじゃなく、捜査のためのものだし……まあ、そういうことよ。なにかあるぞと感じたら、RGが保存している共産主義者や左翼の資料を見ればいいの――記録は戦前にまでさかのぼってるわ」

RG――中央総合情報局はフランス警察の情報部門で、内務省に属し、一九〇七年以来フランス国家やその秩序と繁栄への脅威に対する情報を収集してきた。謎に包まれているとしても、恐ろしげな噂があり、ブルーノがその仕事を実際に見るのは初めてだ。国民戦線党本部事務所に出入りする人々の写真はあまりいい出来ではなかったが、ブルーノは感心した。遠すぎてピンぼけでも、リシャール青年を見つけるのは雑作もなかった。入るときは連れの娘と手をつなぎ、出ていくときは彼女を護るように腰に腕をまわしていた。

その後もイザベルの写真の残りに目を通したが、サンドニと明らかなつながりがあるのはリシャール・ジェルトローただひとりだった。

「この子についてあなたが知っていることは?」イザベルが椅子を回転させて、デスクからノートパッドを取りあげた。

「この村でクリニックをやっている医師の息子で、両親と丘の上の大きな屋敷に住んでいる。

父親は生まれも育ちもこのサンドニ、地域社会の中心人物で、奥さんは元薬剤師だ。いまもスーパーマーケットの並びにある大きな薬局の半分は彼女の所有になっていると思う。女の子のほうはラランドの住人だ。去年ここでテニスをしたから、名前はクラブで簡単に調べられる。リシャール坊やはここで地元の学校に行き、いまはペリグーのリセで一年目を終えたところだ。平日はペリグーにいて、週末だけこちらの家に帰ってる。もう十七歳にはなったかな、ごくふつうの子で、テニスがうまくて、ラグビーにはあまり興味がない。両親が金持ちなので家族でよくスキーにいく。それにもちろん彼もモムに数学を教わった――モムとは数学教師で、死んだ老人の息子だ」

「地元の知識ってすばらしいわね。それがなかったら、わたしたちどうしていいかわからない」イザベルが微笑みかけた。「ありがとう、ブルーノ。ちょっとここにいてね、J＝Jに伝えてくる。なんでもないただの偶然かもしれないけど、いまのところこれが唯一の手がかりだから」

鑑識チームは作業中で、指紋の報告はまだ届いていなかったが、イザベルの机にのっている仮報告書はじゅうぶん明確だった。ハミドはおそらく気を失わせる目的で顔面を強打されてから、しばらくのあいだ縛られていた。農場でよく使う赤色の粗い紐をゆるめようとしてできた手首のみみず腫れは、被害者が数分以上生きていて束縛から逃れようとしたことを示している。長く鋭いナイフで下腹を深く刺してから、〝日本の切腹のように〟まず上、それから横に切り裂いている、と報告書は述べていた。猿ぐつわをかまされた形跡はないので被害者は悲鳴をあげただろう、と続いていた。目と薄い頭髪からは赤ワインが検出された。何者かが顔にグラスを投げつけたかのように。死亡推定時刻は正午から午後二時のあいだ、おそらく一時前後。鉤十字が胸に刻まれたのは死後と考えられる。その点にブルーノはいくばくかの救いを見いだした。

窃盗の痕跡は見つからなかった。ハミドの財布はズボンの尻ポケットで見つかった。中身は四十ユーロ、身分証、パリの凱旋門のそばでパレードに参加している本人の新聞写真、ラグビーの試合でトライを決めたカリムの写真。古い請求書や切手をべつにすれば、それで全部だった。抽斗にクレディ・アグリコル銀行の小切手帳があり、一緒に年金の伝票と銀行からの未開封の手紙が入っていて、そのほとんどは軍人恩給の入金通知だった。あの老人は銀行に二万ユーロ以上預けていた。ブルーノはそれを見て眉をつりあげた。モムとその父親が二年前に七万八千ユーロの現金払いであの小さなコテージを買ったことは役場《メリ》の記録からわかっている。地元の仲介業者が英国人やオランダ人を食いものにするべくぼろぼろの廃墟の値を片っ端からつりあげていることを思えば、悪い取引ではない。

老人はコテージに贅沢品をなにひとつおいていないばかりか、冷蔵庫さえ持っていなかった。蓄えは小さな戸棚にしまっていた――ワイン、パテ、チーズ、果物、袋入りのナッツがいくつか。安いデイリー・ワインの二リットル瓶に、九八年のシャトー・カントメルルというかなり上質なワインが一本。少なくともたまにはなにを飲むか気にすることもあったのだ。袋を密封していない安物の挽いたコーヒー豆が棚にあり、その下の小さなコンロは湯沸かし器同様にガスボンベ式だった。田舎の家ではよくあることだ。ブルーノもガスボンベで料理したり湯を沸かしたりしている。ブルーノはリストの下へと目を走らせた。ハミドは銃も狩猟の許可証も所持していなかったが、最新の漁業許可証と高価な釣竿を持っていた。テレビはなく、安い電池式ラジオは〈フランス＝インター〉に合わせてあった。新聞も雑誌もなかったが、棚には戦争や歴史に関する本があり、報告書には書名も載っていた。ド・ゴールに関する本、アルジェリア戦争、ベトナムにおけるフランス軍の戦い、第二次世界大戦とレジスタンス。植民地に独立をもたらそうとするド・ゴールの暗殺を企てた、フランス系アルジェリア人の武装地下組織OASに関する本が二冊。これにはなにか意味がありそうだ、とブルーノは思ったが、鉤十字との関連は思いつかなかった。多額の銀行残高と、消えた勲章と写真のことをべつにすれば、孤独で素朴とさえ言える生活に手がかりとなりそうなものはさして見当たらない。

仮報告書のファイルの裏に、年金課のコンピュータから最近プリントアウトした明細が添付されていた。ハミドはほぼ二年前ぐらいまで北のほうで暮らしていた。妻のアリダが死ぬまでのおよそ三十年間、ソワッソンの同じ住所に。その後、ドルドーニュ県に住所を移している。ブルーノは計算してみた。老人はカリムが結婚した一か月後に、おそらく残っている唯一の家族がいるここへ引っ越してきた。職業は管理人《ガルディアン》となっている。年金記録のプリントアウトに最後までざっと目を通した。老人は陸軍工科学校で働き、そこで兵舎の小さな部屋を与えられていた。そう、戦功十字章を持つ老いた元戦友なのだからそんなこともあるだろう。それなら家賃を払わなくてすむので預金の説明がつく。書類に医療上の問題は記載されておらず、主治医の名前もなかった。

それで思いだした。ブルーノは役場《メリ》のミレイユに電話をかけて、国防省から情報が届いていないか訊いてみた。まだだったが、ミレイユによればハミドの名は地元のどの医院やクリニックや薬局のカルテにもなく、社会保障記録のコンピュータにも医療費の支払い請求は見つからなかったという。たいそう健康な老人であったらしい。おそらくかつてサッカーをやっていたおかげだろう。その写真がなぜ勲章とともに消えたのか。

「やあ、ブルーノ。最近いい銀行を襲ったかい?」J=Jが満面に笑みを浮かべながら、イザベルをしたがえて部屋に入ってきた。「あの強盗団を裏で操っていたのはきみにちがいないとずっと思っていたんだ。おれたちが逮捕したあのまぬけどもには賢すぎる手口だったからな」

「お会いできてうれしいです、J=J」ブルーノは心からのよろこびで微笑みながら握手した。J=Jとブルーノは事件解決後に銀行の地方支店長に招待され、レゼジーの〈ヘル・サントネール〉ですばらしい祝賀ディナーを楽しんだのだった。そこはミシュランの二つ星レストランで、ブルーノがそれまでに味わったなかでも最上のワインを二本あけ、帰りも運転手つきの車で家まで送ってもらった。翌日は仕事を休まなければならなかった。「いまじゃ大物ですね、県の警察官のトップじゃないですか」

「だけどここでのきみの暮らしを思い、羨望に胸が疼《うず》かない日は一日とてないよ、ブルーノ」J=Jは愛情をこめてブルーノの背をぴしゃりと叩いた。「だからこの凶悪な殺人に興味を惹かれたんだ——この土地にはまるでそぐわない。イザベルに聞いたが、その医者の息子に手がかりがあるかもしれないときみは思っているそうだな」

「手がかりとまで言えるかどうか、でも写真のなかでぼくが気づいたサンドニの人間は彼ひとりです。今日は平日だからペリグーの学校にいるはずですが」

イザベルは首を振った。「いま調べてみたの。先週から学校には来ていないそうよ。病欠の報告で、学校は医師である父親の署名入り手紙を受け取ってるわ」

「ジェルトローが息子のために病欠の手紙を書いたって？ それは確認をとったほうがいいな」

ブルーノはイザベルのすばやい行動に感心しながらも、彼の前ではなくどこかほかの場所へ行って電話をかけたことに警戒心を抱いた。チーム・プレイヤーというわけじゃなさそうだな、このイザベルは。「ジェルトローの親父さんは病欠の手紙を書くのが嫌いなんだ。患者の半分を仮病だろうと疑ってるくらいだからね。ぼくは風邪だと言われて、あとで肺炎だったとわかったことがある。それに医者は自分の家族に厳しいとされているし」電話に手をのばした。

「おれがなぜこの男を好きかわかるだろ」J＝Jがイザベルに言う。「地元の知識。これぞ本物の警察活動だ。こういうつまらんコンピュータ頼みとはちがう」

「マダム・ジェルトロー？」ブルーノは電話に向かって言った。イザベルがすばやく動けるなら、こっちだって。「リシャールにかわっていただけますか。ブルーノですが、テニスの件で。それともお加減がよくないですか？ ペリグーの学校にいらっしゃる？ おや、ぼくの勘違いでした。病気でご自宅にいると伺ったので。いいんです、急ぎではありませんから」電話を切った。

「ますます深刻になってきたな」とJ＝J。「偽の病欠届、そして本人は学校にも家にもいない」

ブルーノはイザベルと車でテニス・クラブへ行き、記録を調べた。ラランド在住の準決勝進出者はジャクリーヌ・クルトマンという名前だった。ブルーノはラランドの警察署長、若き退役軍人のカトルメルに電話した。彼のことはあまりよく知らなかったが、ジャクリーヌの住所と、家族についていくらか教えてもらった。お返しに、彼女と一緒にいる可能性がある少年をさがしていると説明し、国家警察が大挙して到着するまでジャクリーヌの家を監視しておくといいかもしれないと教えた。

つぎに前年引退したカトルメルの前任者、ルネという古くからの狩猟仲間に電話して、同じ質問をし、情報を交換しあった。ジャクリーヌの両親は別居、おそらく離婚していて、妻は裕福な夫の金でパリ暮らし、夫は家族の家具店を相続して儲かるチェーン店へと拡大し、現在ではこの地方一帯に展開しているという。仕事と愛人たちで忙しく、家にはめったに帰らないので、ジャクリーヌは村はずれの大邸宅をほとんど独占し、自分の車も持っている。ルネは彼女が秋には大学へ進学すると思っているが、やんちゃだという評判もあると言った。ブルーノは家への道順を手早くメモし、その間にイザベルがJ＝Jに電話をかけた。ブルーノはルネに、カトルメルが手伝いや助言を求めるかもしれないと言っておいた。「それにおたくの村長にも忠告を」とつけ加えて、ブルーノは電話を切った。

イザベルはすでに自分の車で待っていた。ベルジュラック方面へ向かう街道へ出ると、路肩に車を寄せてＪ＝Ｊを待った。後部座席をまさぐって磁石式の青色灯を取り、ルーフにのせたとき、Ｊ＝Ｊの大きな黒塗りのシトロエンがライトを点滅させながら、すぐ後方に警察車両一台をしたがえて近づいてきた。小さな車両集団はラランドを指して出発した。

9

警察の車列はララランドの低い丘からドルドーニュ川の絶景を見おろす一戸建ての大邸宅に到着した。川のこのあたりは幅はあるが浅く、高台から平らな農地に流れこんでいて、そこでは一世紀ものあいだゴロワーズの黒い煙草になる原料の葉が生産されている。その邸宅は伝統的なペリゴール様式で、とがったタイル屋根に高い煙突、魔女の帽子を思わせる小塔を頂き、新築らしく石がまばゆい光を放っていた。広い砂利敷きの前庭に車四台、オートバイ一台にモビレットと呼ばれる小型スクーター二台が乱雑に駐まっていた。家の裏側は広大な庭園で、土地はそこからふたたびゆるやかに上昇し、はるかベルジュラックへとのびる丘になる。騒々しいロック・ミュージックが開いた窓から聞こえ、廊下には空のワインボトルが一本転がっていた。「なんともあたたかい歓迎ぶりだな」とJ＝J。「全開のドアに、大麻の香りか――ってことは彼女を麻薬所持容疑でパクることもできるわけだ」二台目に乗ってきた刑事たちを裏手へまわらせ、開いた木製のドアをそっとノックし、一瞬待ってから踏みこんだ。

虚ろな表情のティーンエイジャー数人が、奥のパティオとプールに面した広いダイニングルームのテーブルを囲んでだらしなく座っていた。部屋の一辺は長いバーカウンターになっている。ビールの缶やワインのボトルがテーブルに並び、汚れた皿やチーズボード、果物のボウルものっている。窓越しに、頭を剃ってタトゥーを入れた若い男三人と、上半身むきだしの女ふたりがプールで戯《たわむ》れているのが見えた。J＝Jは高価そうなステレオに歩み寄り、ボタンを押した。音楽がきゅんと悲鳴をあげ、ついで心安らぐ沈黙が落ちた。テーブル周辺にもプールにもリシャール・ジェルトローの姿はなかった。

「マドモワゼル・クルトマン？」J＝Jが呼びかけた。沈黙。もういっぺん名前を呼ぶ。沈黙はさらにのびた。「マドモワゼル・クルトマンもしくはこの家の住人は在宅かな？　これは警察の捜査なんだが」

テーブルを囲んでいる女のひとりが片手を口にあて、幅の広い階段のほうをちらりと見た。J＝Jがそちらへ頭を振ると、イザベルがすばやく階段をのぼった。

「そいつを押収しろ」J＝Jがテーブルの上の大麻の袋と巻紙を指しながら、ほかの刑事に指示した。「それから全員の名前と身元を訊いておけ。表の門からあの地元警官を入れてやれ。ここにいるほとんどの顔を知っているだろう。警官の名はなんだったか、ブルーノ？」

「カトルメル」

「よし、さてもういっぺん訊くぞ」J＝Jがテーブルを囲む若者たちにいった。「リシャール・ジェルトローをさがしているんだが」

反応なし。プールの女たちは両手で乳房を隠している。男たちはきょろきょろしており、おそらく逃げるつもりなのだとブルーノは思ったが、そのとき家の横からさらに多くの警官たちがなだれこんできた。ブルーノはだれか知った顔がいないか、若者たちの顔に目を凝らした。

プールにいる連中にうっすら見おぼえがある気がしたが、先ほど見た監視カメラの写真のせいかもしれなかった。半裸の若い娘たちについつい目が吸いよせられる。ブルーノが十代のころは決してこんなふうではなかった。もしそうだったら、自分だってどんなに怪しげな政治的グループに加わっていたかわからない。

「J=J」イザベルが二階から呼んだ。「こっちです」

J=Jはブルーノに一緒に来るよう合図した。幅の広い立派な階段を横並びにのぼる。踊り場はふつうの家のリビングほどの広さがあった。まっすぐ前方に廊下がのびていて、街に面した側に閉じたドアが連なっていた。ふたりはイザベルの声をたどり、庭園側と思われる翼へ向かった。入った部屋は広く、カーテンが開いていれば明るくて風通しがよさそうだが、いまは低く落とした照明とテレビのちらつく光だけで暗かった。乱れたベッドに眠りを妨げられた若いカップルがいた。女はシーツを引っぱりあげて身を隠そうとしている。黒のブラジャーをつけていて、枕の上に黒いつばのキャップがおいてある。男のほうは裸で、動けずにいた。両手と両足首をスカーフでベッドの柱にくくりつけられているのだった。

ブルーノはベッドのカップルから目をあげて、壁の二枚のポスターを見た。一枚は国民戦線の党首ジャン=マリー・ルペンのもの。もう一枚は映画《アルジェの戦い》のオリジナル宣伝ポスターのようだ。ベッドの上の壁にはさまざまなものがぶらさげられ、銃剣や短剣、ドイツ国防軍のヘルメットなどが一枚のタブローを形成している。ベッドの若者は突然の明かりに顔をそむけ、うめいた。リシャールだった。顔をめぐらせてブルーノを認めると、もう一度うめいた。

「なんなのよ、あんたたち」女が怒鳴った。「出てってよ」

「テレビを見てください、Ｊ＝Ｊ」イザベルが言った。「ナチス・ポルノです」

いかにも。黒の制服に鉤十字の腕章とＳＳの記章をつけた男ふたりが、若い女ふたりの奉仕を受けている。女の一方は金髪の白人で見るからに乗り気、もう一方は黒人で手錠をかけられている。

ベッドの女が身をよじって脇へ移動すると、Ｊ＝Ｊがすばやく近づいた。力強い手で手首をつかんで、背中のほうへねじりあげると、女はきゃっと悲鳴をあげた。Ｊ＝Ｊは相手をつかまえたまま、彼女が手をのばそうとしたテーブルを見た。剃刀の刃の横に小さな鏡があり、その上に白い粉がのっていた。

「いけない子だ」Ｊ＝Ｊは若い娘の手をがっしりつかんだまま言った。「コカインか。これだけで三年は食らいこむぞ」ポケットからペンを取りだし、鏡の横の小さな箱の蓋《ふた》をつついた。箱のなかの小さな白い錠剤を見て頭を振り、急におとなしくなった娘を見た。彼女がもがくのをやめると、ベッドのシーツは床にずり落ち、身につけている黒のストッキングとそれを留めている剃りあげた恥骨の上の黒いサスペンダーがあらわになった。

「ＭＤＭＡ《エクスタシー》もか」Ｊ＝Ｊが静かに言った。ブルーノにはＪ＝Ｊが心底ショックを受けているように見えた。「これだけあれば密売容疑にじゅうぶんだ。刑務所に十年いることになるぞ、マドモワゼル。古顔のタフなレズビアンたちと楽しくやれるといいな。これから長いつきあいになるんだから」

イザベルのほうを向いた。「このお嬢さんに手錠をかけてくれ、それからおれたちで現場の写真を撮っておこう。鑑識にこの部屋を調べてもらわないと。あと、家にあるナイフも一本残らず押収しろ。ペリグーの鑑識班はまだサンドニにいるから、ベルジュラックに応援を頼まないといけないかもな、あと麻薬課もよこしてくれ。捜査には通常より人手が要るかもしれないぞ。でかい屋敷だから」

J＝Jはブルーノを見た。「ブルーノ、おれたちはこのお嬢さんの親である家の所有者の居場所を突きとめないとな。知らせてやらなきゃいかんし、きみはこの坊やの父親にもそうしてやったほうがいい。それからうちの警官たちに地所全体を捜索させるが、まず階下《した》のガキどもを全員逮捕だ。違法薬物所持容疑でしょっぴいて、あとは独房で話を聞かせてもらおう。こいつはほんとうにリシャール坊やなんだろうね」とJ＝Jが言い、ブルーノはうなずいた。「写真のまんまだな。イザベル、このふたりの写真をどっさり撮ってくれ、しっかりピントを合わせてくれよ。それがすんだらマドモワゼル・クルトマンのビデオやフィルムのコレクションをすべてチェックしてくれ」

「彼女自身のもですね」イザベルがうしろの壁を指差しながら、冷ややかに言った。ブルーノもJ＝Jも気づいていなかった小さなビデオカメラが三脚にのっていて、ベッドに向けられていた。カメラの横の赤いライトがまだ点滅していた。

黄昏が迫るころ、さらに警察車両の一団が到着し、総勢八名の若者を連行するバン二台もやってきた。ジャクリーヌは手錠をかけられたまま待っていた。警察のカメラマンが寝室の撮影を終え、鑑識班がサンプルを採取したのち、リシャールはようやく手枷を解かれた。彼とジャクリーヌはそれぞれ鑑識の着るビニールの白いつなぎ服を与えられ、また手錠をかけられて、ペリグーの地方支部へ連れていかれた。ブルーノは家族の居場所を突きとめた。ジャクリーヌの父親はフィンランドへ出張していたが、翌日帰宅することになった。母親はパリから車で向かっている。リシャールの父親はペリグーで息子たちと面会するという。弁護士が手配されたが、捜索の結果すでに離れの一棟から靴箱四個分の錠剤が発見され、麻薬捜査課刑事がエクスタシーだと確認した。

「末端価格は二万ユーロだそうだ」J＝Jがアメリカの煙草に火をつけながら言った。彼とブルーノは家の前の広いテラスに立って、ラランドの小さな村と雄大なドルドーニュ川を見おろしていた。「ついさっきあの娘の車からまたひとつ靴箱が見つかったよ、スペアタイヤの下に隠してあった。指紋がべたべたついていた。言い逃れはできまい。それにプールにいたタトゥーだらけの連中は保安部隊のメンバーだったよ、国民戦線が独自に雇った警備員だ。どこかの党大会でルペンと一緒に撮った写真を持っていた。やつらの車にはドラッグがあったし、財布には現金がしこたま入っていた」

「パリにはもう知らせたんですか？」ブルーノはたずねた。「政治家たちが舌舐めずりするでしょうね。国民戦線の支持者が麻薬を垂れ流すギャングどもとかかわっていて、フランスの青少年に道を踏みはずさせているとは」

「ああ、たしかに」とJ＝J。「が、おれが追っているのは殺人犯だ。政治にはあまり関心がないんだ、あのナチのやつは好かんけどな。まったく、この国が戦争であああいう目にあったあとで、若い者たちがあの穢《けが》れたナチにはまっているのを目にするとは……それに、ドラッグや、変態セックスか。いまどきの若いもんはどうなっちまったんだ、ブルーノ。きみは子供がいるのか？」

「子供はいません、J＝J、妻もまだ」と答えて、自分の声に悲しげな響きを聞きとり、ブルーノは驚いた。なぜこんな気持ちになったのか。そして話題を変えた。「それにぼくは正常なセックスでじゅうぶん満足です。あんなふうにナチのコスチュームでぼくを縛りたがる女性に出会ったら、腹の皮がよじれてまともに相手はできませんね」

「ま、おれもあのポルノ映画じゃ興奮できないね」とJ＝J。「もっとも、この年齢《とし》だと燃えあがること自体めったにないんだよ」

「それでも昔はその気にならないほうが少なかったでしょう。あなたの名声はいまだにひとり歩きしてますよ、J＝J。あのイザベルが鎧《よろい》をつけていないのに驚いているんです」

「近ごろの新しい規則のもとではその必要もないんだ、ブルーノ。セクシュアル・ハラスメントだの、女性の権利だの――きみはそういうことにかかわらず、この小さな村にいられてラッキーだ。最近は女の同僚に目を向けただけでクビになりかねないんだ」

「ここも同じですよ。どこでも一緒です。ぼくたちもよそのすべてで起こっていることから保護されてるわけじゃない」ブルーノは言った。「ここがよそとはちがうと思っていたのは、勘違いだったかもしれません。毎週小さな市《いち》が立つ平和な村で、子供たちがみんなスポーツをしてトラブルに近づかないなんてね。家庭を築くのにいい場所だと思うでしょう、ところがこんなものですよ。J＝J、これはぼくにとって初の殺人事件捜査なんです」

「で、きみはいつ自分の家庭を築きはじめるんだ、ブルーノ？　人はだんだん若くはならないんだぞ。それとも農家のかみさんたちにモテモテなのか」

ブルーノはにやりと笑った。「だといいんですけどね。農夫たちの拳骨を見たことはありますか」

「いや、それに農家のかみさんたちも見たことはない」J＝Jは声をあげて笑った。「だが冗談抜きで、身を固める予定はないのか？　きみならよい父親になるだろうに」

「この女《ひと》という相手が見つかってないので」ブルーノは肩をすくめ、いつもの手で半分だけ真実を語りだした。プライバシーを守るため、かつて愛して失い、救ったのちに助けられなかった女性の思い出をそっとしておくためだ。それはほかのだれにも関係のないことだから。「二度ばかりそうなりかけたんですけど、そのときはまだ心の準備ができていなかったのか、神経質になっていたのか、相手のほうがしびれを切らして去っていきました」

「鉄道の仕事をしてたあのダークブラウンの髪の美女はどうした――ジョゼットだっけか。おれたちが一緒に捜査してたころ、つきあってたじゃないか」

「人員整理がおこなわれたとき、終わったんです。英語が堪能だったので、ユーロトンネルで働くために北のカレーへ異動になったんです。なつかしいな」ブルーノは言った。「一度パリで会って一緒に週末を過ごしましたが、どこか以前とはちがってしまって」

J＝Jはなにもかも承知しているかのように、ふむとつぶやいた。女性の強さ、時間という腐蝕効果、それを説明することも理解することもできない男の不甲斐なさ。眼下の川に闇がひろがると、ふたりはしばらく無言で立ちつくした。

「実際おれは幸せ者なんだろうな、ふつうの家庭生活に近い暮らしができて」J＝Jが言う。「警官の結婚はたいがいうまくいかない、妙な生活時間帯やら、しゃべっちゃいけない事柄やらで。警察の外で友だちをつくるのもむずかしいし。民間人はおれたちがいるとそわそわしだすんだ。だがそんなことはきみもわかってるか——それともここじゃちがうのかもしれないが。小さな田舎町の警官だと、だれもがきみを知っていて、きみに好意をもっていて、きみもみんなの名前を知ってるんじゃないかな」

今度はブルーノがふむとつぶやく番だった。たしかにサンドニでは、少なくとも自分にとっては事情がちがうと思っているが、J＝Jはそういう答えを聞きたがってはいないだろう。

「いま女房が唯一おれにこぼす愚痴といったら、孫のことだ」とJ＝J。「なぜうちの子たちは結婚して子供をつくらないのかとそればかりだよ」ため息。「きみも同じことで家族にせっつかれてるんだろうね」

「というわけでは」ブルーノは短く答えた。いや、このまま流すことはできない。「ぼくが孤児なのはご存じかと思いました」

「悪かった、ブルーノ。そんなつもりでは――」J＝Jは風景から向きなおり、目をすがめてブルーノを見た。「たしかだれかからそう聞いていた、でも頭から抜け落ちてたよ」

「親の顔は知らないんです」ブルーノはJ＝Jを見ずに、淡々と打ち明けた。「父親についてはなにひとつ知りませんし、母親は赤ん坊のぼくを教会におき去りにしました。司祭さんが洗礼を施して、ブノワと名づけたんです、祝福された者という意味で。なぜ自分ではブルーノと名乗ってるかわかってもらえますよね」

「いやはや、ブルーノ。ほんとうにすまなかった」

「五歳までは教会の孤児院にいて、その後母はパリで自殺したんです。でもその前にベルジュラックに住むいとこに手紙を書いて、ぼくをおいてきた教会を教えた。そのベルジュラックのいとこがぼくを育ててくれたんですが、決して裕福な家ではなかったので、なかなかたいへんでした。だから学校を出るとすぐに陸軍に入りました。幸せな子供時代とは言えませんが、ぼくにとって家族にいちばん近い存在はその母のいとこたちの一家で、その家にはほんとうの子供が五人いるのでぼくにはなんのプレッシャーもないんですよ」

「いまでも会っているのか？」

「結婚式や葬式がほとんどですけどね。親しくしている若いやつがひとりいます、そいつがラグビーをやってるので。何度か狩りにも連れていきましたし、陸軍に入隊するなと説得しました。ぼくの言うことが聞こえてはいたようです、代わりに空軍に入りましたから」

「軍の生活は楽しめたのかと思ってたよ。いろいろ話してくれたじゃないか、一緒に食事に招《よ》ばれたあの夜に」

「いいこともありました。ほとんどがそうでしたね。でもぼくはつらかった話はしないほうなんです。忘れちゃうんですよ」

「ボスニアか」

そう、ボスニア内戦だ。ブルーノは国連の平和維持軍とともに戦地へ行ったのだが、維持すべき平和などたいしてないのだとすぐにわかった。国連軍では百人以上が死に、千人もの負傷者が出たのに、だれもそのことをおぼえていない。当時でさえほとんど気にとめる者もいなかった。国連軍は、セルビア人、ボシュニャク人、クロアチア人、すべての側から狙撃され、迫撃砲で狙われた。ブルーノは友人たちを喪ったが、反撃してはならないというのが国連の命令だった。自分の身を護るためでさえ。栄光に満ちた時代とは言いがたい。彼がここへ来て住むようになった理由の一部はそれだった。フランスの田舎の静かな心臓部。少なくとも胸に鉤十字を刻まれたアラブ人の死者が出るまでは静かだった。ブルーノはこうした話をすべてではなく、かいつまんでJ＝Jに語った。

「まあ、いろいろあったにもかかわらず、きみはよくやってる。孤児だったこと、ボスニア、いろいろとな」ややあってJ＝Jが言った。「そしておれは穿鑿《せんさく》好きのおせっかいな年寄りだ。職業柄かな。でも、女房について言ったことはほんとうだよ、気立てのいい女なんだ。おれは果報者だよ」一瞬おいて、つけ加えた。「おれにゴルフをやらせたのは彼女なんだ」

「まさか」ブルーノは話題と気分が変わったことをありがたく思って、笑った。

「あれが女友だちとゴルフをはじめてな、それからおれにもレッスンを受けろとしつこいんだ。退職後になにか共通の趣味をもたなきゃいけないんだとさ。なかなか楽しいものだよ。屋外を気持ちよく歩いて、あとで軽く飲めるし、クラブ・ハウスには品のいい人々がいる。この夏はゴルフ休暇でスペインに行く計画なんだ——毎日プレイして、レッスンを受けて。ちくしょう、まいったな、一杯飲まずにいられない。ここにいてくれ。すぐ戻る」

ブルーノは家のほうを振り向いた。照明がすべて灯され、窓の向こう側を白衣の人影が往ったり来たりしている。これだけ大勢の警官を見るのは自分の訓練コースの卒業パレード以来だ。J＝Jがなにを言おうとしていたのかわかる気がした。本件は政治やメディアや国益にかかわる、きわめて厄介な事件になりそうで、J＝Jは捜査からブルーノをはずしたいのだ。ブルーノ自身はそれでかまわない。ただし、彼の仕事はサンドニの人々の利益を護ることであり、それにはどうしたらいいのか皆目わからないのだった。

「ともかく、あの気の毒なアラブの老人を殺《や》った主要容疑者はつかまった」J＝Jのシルエットが家の明かりを背に浮かびあがり、ブルーノにグラスを差しだした。氷を入れすぎず、ちょうどいい具合に水で割ったリカールだった。家具業界の大物は酒が二杯分ぐらい減っても気づかないだろう。

「あくまで状況的な判断です、鑑識がなにか証拠を見つけるか、警察が凶器を入手するまでは」ブルーノは言った。

「しかし壁にナチの短剣が飾られていたんだぞ、鑑識には特別注意して調べるよう言っておいた」

「ひとたびパリの国家警察総局が介入してきたらこの事件はあなたの手を離れてしまいますよ。政治がからみすぎてる」

「だからこそ早急に片をつけたいんだ」とJ＝J。「パリは予審判事をよこすつもりだ、プレスを処理するメディア・コーディネーターとやらも一緒にな。夕方のニュースの視聴率と、大統領になりたい内相の野心のために、なにもかもしゃべっちまうだろう。大臣がこちらへ直々にお出ましにならなかったら驚くよ、被害者の葬儀に来たって不思議はない」

「村長はすでに懸念していますよ、大臣たちがトップ・ニュースにならなくてもこの夏の村の観光に影響が出るんじゃないかと。いまから見出しが目に浮かぶようです」ブルーノは頭を振った。「〝サンドニ、憎悪の渦巻く小村〟」

「おれがきみの立場なら、かかわらないようにする。大物たちに仕事をさせて、彼らが去ったあと割れた陶器を片づける。それがうまいやりかただ」

「うちの村長の場合はちがいますね」ブルーノは言った。「あの方がパリでシラクのスタッフだったことをお忘れなく。共和国大統領のために働いたような人間はだれにも劣らぬ策士なんです。そして彼はぼくの上司ですよ」

「たしかに、きみをクビにはできんだろう」

「そういうことじゃなく。村長はずっとぼくによくしてくださり、力になり、多くを教えてくれました。あの人をがっかりさせたくないんです」

「つまり、きみにはいなかった父親の代わりだと?」

ブルーノは一瞬言葉を失い、J＝Jをじっと見すえてから、深く息を吸って、落ち着けとみずからに言いきかせた。「心理学のペーパーバックでも読んだんですか」意図したよりも辛辣《しんらつ》な口調になってしまった。

「くそ《メルド》、ブルーノ、べつになんの含みもないんだ」J＝Jは顔を近づけてきて、腕にそっとパンチをあてた。「ちょっと口がすべっただけだよ、わかるだろ……?」

「いいんです、あなたの言うとおりかもしれない」ブルーノは言った。「あの方はたしかにずっと父親のようでした。でも村長のためだけじゃなく、この村そのもの、この事件がもたらしかねない損害が心配なんです。ここはぼくの家で、ここを護るのがぼくの仕事ですから」

10

雨が降っている。夏の雷雨のように激しく叩きつける雨ではないが、しとしと一、二時間は降りつづきそうなので、四人の男たちは濡れた草の上を走って、ブルーノが誇りに思っている屋根つきコートへ急いだ。そこは古い飛行場の使われていない格納庫にも見える。半透明の波形プラスチックの屋根に、壁代わりの防水シート。けれどもその内側のコートはしっかりしていて、審判席やスコアボード、観客用のベンチまで備わっている。地元企業や《シュッド＝ウエスト》紙の小さな広告板が、金属のフレームにずらりとぶらさがっている。

ブルーノは男爵《バロン》と組んでいた。本物の男爵ではなく、この地方の大地主で、ときに横柄な態度をとるのでそのニックネームが定着し、本人はそのことをおおっぴらによろこんでいる。いつものようにグザヴィエとミシェルが敵方となり、四人は乱打をはじめた。ゆったりと、そこそこの技量で、毎週の儀式であるゲームを楽しむために。ブルーノがサーブのボールを手にしても、バロンはベースラインのあたりに彼と並んだままだった。自分は後方でプレイし、〝若いブルーノ〟にネット際でボレーをさせるほうが好きなのだ。いつものように、めいめいファーストサーブが入るまで好きなだけ打つことを許された。そして、いつもどおり、ブルーノの一本目は強すぎて入らなかったが、二本目はちょうどいい地点に落ちた。グザヴィエがバロンにリターンし、バロンは相手を惑わす得意のドロップショットで返した。ミシェルのほうが技術は上だが、男たちはたがいの試合運びや限界を知りつくすほど頻繁にプレイしている。ダブルフォルトに、ボレーのミスがあり、ブルーノがいつか自分も達人になるんじゃないかと思う見事なサーブをきめたあと、男たちはコートチェンジした。

「犯人はつかまえたのかい?」ネットの脇をすれちがいざまにミシェルがたずねた。ミシェルは地元の公共事業課長だ。部下は十六人おり、ミシェルはトラックと掘鑿《くっさく》機数台ずつ、それに小型ブルドーザー一台を管理している。背は高くないがパワフルな肉体の持ち主で、がっしりと引き締まり、腹はちょっぴり突き出ているがたるんではいない。村の生活においてはいっそうパワフルで、どんな建築許可にも彼の署名が必要とされる。トゥーロンで海軍の設営隊員として二十年勤めたあと、サンドニへ移ってきたのだった。

ブルーノは肩をすくめた。「ぼくの手を離れてしまったから。いまは国家警察が取り仕切っていて、パリの総局も乗りだしてきてるんです。あなたより知っていることはたいしてないし、知っていたとしても話せないのはわかってるはずでしょう」

仲間がそれで見逃してくれないのはわかっている。この四人はサンドニの影の内閣だ。バロンは土地を所有し、テニスやラグビーのクラブが今日のように機能しつづけられるよう裏で寄付をするほど金を持っている。ミシェルは現実に影響力があり、グザヴィエは副村長として管理業務の大半をこなし、役場《メリ》の日常業務をつかさどっている。父親がルノーのディーラーで、義父が大規模な製材所を経営する故郷のサンドニに帰るまでは、サルラの副県庁で働いていた。

ブルーノや村長とともにこの男たちは地元のビジネスを動かしている。口外しないことを学んでいるし、ブルーノがつねに情報を伝えてくれるのを期待している。とりわけこうした毎週金曜の集まりでは。

ミシェルがボールを高くトスして力強く振りきるクラシックなスタイルで、ファーストサーブを入れた。ブルーノのフォアのリターンがネットの縁に当たり、相手コートに転がり落ちてポイントを取った。

「すみません」ブルーノが声をかけると、ミシェルはいいんだと言うように手を振り、つぎのサーブに備えてボールを弾ませた。デュース——彼らはエガリテと呼ぶ——になったとき、男ふたりがコートに入ってきて、顔の雨水を振りはらった。学校長のロロはいつもすこし遅れてくる。手を振って挨拶し、バロンの隣人で飲み友だちのスコットランド人ドゥーガルとベンチに腰かけ、そのセットの終わりを見とどけた。ほどなくロロとドゥーガルが立ちあがって順番を代わった。これがふだんの取り決めだ。一セットやり、敗れた側と交替要員二名が試合する。ブルーノとバロンは座って観戦した。ロロは技術より熱意でプレイするタイプで、ネット際の勝負が大好きだが、ドゥーガルはクラブで活躍していた時代もあり、彼のグラウンドショットはいつ見ても惚れ惚れする。

「多くはしゃべれないんだろうが」バロンが自分では声を落としたつもりで切りだした。

「すこしもですよ」ブルーノは答えた。「わかってください」

「ただ昨夜《ゆうべ》ラランドでちょっとした逮捕劇があって、きみもそこにいたと聞いたんでな。わたしの友人がきみを見かけたんだよ。その件が、われらがアラブ人とつながりがあるのか知りたいだけなんだ」

「われらがアラブ人、いまやそういう存在なのか」ブルーノは言った。「ある意味じゃそうなんでしょうね。ここで暮らして、ここで死んだんだから」

「われらがアラブ人さ、本気で言ってるんだ。わたしはきみと同じくらいモムとカリムをよく知っている。老人がアルキだったことも知ってるし、アルキには特別な感情を抱いてるんだ。アルジェリア戦争では彼らの小隊を指揮したからね。最初の一か月はいつ彼らのひとりに背中を撃たれるかと思っていたが、その後は戦争が終わるまでくりかえし命を救ってもらった」

ブルーノは顔を向けて、バロンを興味津々に見つめた。この村で、彼はばりばりの国粋主義者だという評判で、もしもシャルル・ド・ゴールの思い出を大切にしていなければ国民戦線に投票するだろうと言われている。

「あなたはこうした北アフリカからの移民に反対なのかと思ってました」エースを決めたミシエルに拍手を送ってから、ブルーノは言った。

「そうさ。いったいいまどれだけいるんだ。六百万、七百万のアラブ人やムスリムがやってきて、この国を圧倒している。パリはもはやパリかどうかもわからん。でもアルキはべつだ。彼らはフランス軍として戦った、だからこっちには借りがある――なのにわれわれは受け入れきれないという理由であんなにも多くのアルキを見捨てて、彼らが喉を切り裂かれても放っておいたんだ。フランスのために戦った男たちなのに」

「そう、あの老人はアルキだった。そればかりじゃなく、勲章も持っていた。ベトナムでもフランスのために戦い、そこで受勲したんです」

「だったらアルキとはちがうな。非正規兵だ。陸軍に所属していたみたいだな、おそらくズアーブ兵かティライユールだ。アルジェリア人の歩兵はおおむねそう呼ばれていた。戦争が終わったとき彼らはフランスに戻ることを許されたが、アルキの大半は入国を拒まれて喉を切り裂かれた。フランスに入れた者たちのほとんどは収容所に送られた。恥ずかしい時代だ。フランス軍のなかには手を尽くしたやつもいる。わたしも部下の若者たちを何人か軍の輸送船で連れ帰ったが、それは家族を国に残してくることでもあったから、多くはとどまって賭けに出る決断をした。ほとんどがその報いを受けたが」

「彼らが殺されたとどうしてわかったんです？」ブルーノは知りたかった。

「フランスへ連れてきた若者たちとは連絡をとりつづけて、仕事を見つける世話をしたりしたんだ。わたしの事業をやらせた者もいる。彼らはどうにかして故郷の家族と連絡しあっていた。きみも知ってるとおり、わたしは教会に通うタイプの人間じゃないが、部下だったアルキが殺されたと耳に入るたびに、行ってキャンドルを一本灯したものだよ」黙って、自分の足に目を落とした。「それがわたしにできる精一杯だったんだ」とつぶやいた。咳払いして、顔をあげた。「だからわれらがアラブ人のことを教えてくれ、フランスのよき兵士のことを。殺した犯人はわかってるのか」

「いいえ。引きつづき捜査中です、警察のスポークスマンじゃないけど。まだスタート地点に立ったばかりだし、ぼくは捜査にちゃんとかかわってもいない。さっきも言ったように、担当しているのは国家警察ですから。観光案内所の二階に即席のオフィスを設けたんです」

「ラランドのほうは?」

「つながりすらないかもしれない。どちらかといえば麻薬がらみの手入れだったみたいです」

ブルーノは友人に全面的な嘘はつかないよう気をつけた。

バロンは試合に視線を据えたままうなずいた。ロロが続けて二度ダブルフォルトをしたところだった。

「わたしたちがどうやってアルジェリアを去ったか、話したことがあったかな」唐突に言った。

ブルーノは首を振った。

「オランにいたんだ、港に。ひどい混乱状態だった。ド・ゴールがエヴィアンで平和協定にサインし、その後アルジェリアで空挺部隊と陸軍の半分があのとんでもないクーデターをおっぱじめた。わたしは部隊でただひとり加わるのを拒んだ士官だった。加わってもおかしくなかったんだが、そうしなかったのはたんにド・ゴールに敵対する気がなかったからだ。いずれにしても、わたしの部下たちもまず加わりはしなかっただろう。そのころまでにわたしは徴集兵の小隊、フランスの若者たちを率いていた。やつらはみな最新の日本製小型トランジスタ・ラジオを持っていて、ロック・ミュージックを聴くことができた。でもその当時彼らはド・ゴールの放送も聴いていた。共和国に、ド・ゴールに、フランスに対して武器を取らせたがる士官にはしたがうなと説いていた。だから徴集兵は兵舎にとどまって動こうとしなかった——それがクーデターを止めたんだ。彼らは輸送船がやってきて祖国に連れ帰ってくれるまでそこを動かなかったよ」

「それはあの〝六一年〟のことですね」ブルーノは言った。「OASを創設するサラン将軍とその一味、ド・ゴール暗殺を企てた連中でしょう?」

「そうだよ」バロンが暗い声になった。「ともかく、わたしは小隊を輸送船に向かわせ、その途中で見つけだせた元部下のアルキたちや、急いで脱出したほうがいいと察するくらいに賢い者たちを拾った。戦争のあいだずっと行動をともにしてきた軍曹がアルキたちを気に入って、手を貸してくれた。われわれは軍服をかき集め——いくらでも余っていたが——、彼らを一緒に船に乗せた。乗船者名簿などはなく、役人も船員もほとんどいないので、ただ全員を乗りこませたんだ」

「それで、フランスに着いたときは?」ブルーノはたずねた。「どうやって上陸させたんですか」

「全員でトゥーロンの海軍基地に行くわけにはいかなかった、少なくともそこにはなんらかの制限があったはずだから。そこでマルセイユの商業港に船を着けると、陸軍が何十台ものトラックをよこして、なるべく近くの基地へ運んでくれた。だがどの小隊がどの基地へ行くというシステムはなかったので、その軍曹とわたしは部下たちに二、三日家に帰れと言った。一週間以内に軍に戻るならわたしがうまくやっておくと。わたしたちは全員急いで下船し、おんぼろのトラックに乗り、アルキたちを含む部下たちは曲がり角ごとに荷台から降りていった。船倉から背嚢《はいのう》を略奪してきていたから、彼らには一般市民の服と数フランを持たせた。それをべつにすれば、彼らはわたしの名前と住所しか持っていなかった」

「冗談みたいだ」ブルーノは言った。「アルジェリア戦争の終わりがめちゃめちゃだったのは知っていたけど、まさかそんなこととは」ドゥーガルがいつものおかしな訛りで「ファイブ・フォウ」と言うのがかすかに聞こえ、四人の男たちがコートチェンジしていた。セットはもう終わりかけているようだった。ほとんど気づかないうちに。

「忘れてもらっちゃ困るが、その当時はコンピュータがなかったんだ」バロンが続ける。「ただ紙の名簿があるだけだった。うちの部隊の名簿は混乱のどさくさでなくなっていたし、輸送船は大混雑でまともに点呼などとれる状況じゃなかった。紛失しなかった名簿はわたしと軍曹とで焼いたんだ、フレジュスの連隊基地に戻るときに。なにしろ最後まで忠実だった士官はわたしだけだからな、厳しく調べられるはずもなかった。大佐は褒めてくれさえしたよ、部下たちをよく帰らせたと」

「ゲーム・セット」ドゥーガルの声がし、コートではテニス・ボールを拾い集めはじめた。

「なにより思いだすのは」バロンが言う。「最後の瞬間だ。わたしは船のタラップの先にとどまって、全員が乗りこんだか確認しようとしていた。わたしはぎりぎりに乗船したなかのひとりだった。アルジェリア人の港湾労働者がひとり、繋船柱《けいせんちゅう》のそばに立っていて、いまにも船のロープを投げこもうとしていた。そいつはわたしの目をまっすぐに見て、言ったんだ。『つぎはこちらが侵略しにいく』、そういった意味のことを。わたしが向きを変えて船に乗りこむまで、じっとこっちを見つめていた。一生忘れないよ。いまのフランスを見ると、あの男の言ったとおりだったとわかる」

雨はあがりかけていたので今度はのんびり歩いて、いつものように試合後はクラブ・ハウスに戻った。シャワーを浴びてから、金曜恒例の昼食会用の食材を各自の車から取ってきた。ブルーノは家の鶏が産んだ卵、自家菜園でとれたハーブを持参した。春の初めならタンポポの小さな緑の蕾を摘むところだが、いまはニンニクの新芽とイタリアンパセリ、それに自宅で収穫して冬からオイル漬けにしておいたトリュフだ。ミシェルは自家製パテとリエットで、それは彼らがEUの規則に嬉々として逆らい、二月に集合して解体した豚でこしらえたものだ。ドゥーガルはパンとチーズとスコッチ・ウイスキー一本。スコッチはクラブ・ハウスのバーに集ってまず生ビールで喉を潤《うるお》したあと、すでに食前酒として味わっていた。ロロはビーフステーキ、グザヴィエはサラダと林檎《ポム》のタルト。バロンはワインで、試飲した結果その九八年のサンテミリオンは最高の飲みごろだと判断された。

料理担当は毎回ブルーノと決まっており、テーブルの用意が調ってサラダが出されると、男たちはキッチンとカウンターの狭い隙間に並んだ。ふだんならジョークやゴシップが飛び交うところだが、いま全員の頭にある話題はひとつだけだった。

「ぼくに言えるのは、まだ確固とした証拠が見つかっていないこと、だから明らかな容疑者もいないってことだけです」ブルーノは一ダースの卵を割り、ステーキを焼くグリルに点火し、フライパンに無塩バターひとかけらを放りこんだ。それからトリュフをごく薄くスライスしてはじめた。「いくつか追っている手がかりはあります。各方面に。だけどぼくはこの捜査の端っこに追いやられているので、知らないこともある。言えることはそれで全部です」

「医者の息子が逮捕された、国民戦線のごろつきどもと一緒に」とグザヴィエ。「そこまでは知っている」

「無関係かもしれない」とブルーノ。

「関係ありそうに見えるぞ」とミシェル。「国民戦線の悪党どもと、気の毒な爺さんの胸に刻まれた鉤十字。ほかのだれがそんなことをするってんだ」

「殺人犯が疑いをそらすためにしたことかも」ブルーノは言った。「そう考えてみましたか」

「どの医者の息子だ」とロロ。

「ジェルトローだよ」とグザヴィエ。

「リシャール坊やか?」ロロは仰天した。「まだリセの生徒じゃないか」

「先週からリセをずる休みしていたんですよ。父親からの手紙を偽造して」ブルーノは言って、泡立つバターと生のニンニクのなかへ溶いた卵をざっと流し入れた。オムレツのベースができかけたところへ、薄切りのトリュフを放りこんで、フライパンを揺するようにゆっくりまわした。

「国民戦線? リシャールが?」ロロが信じられないといった声でくりかえす。「うちのコレージュにいたころからは考えられんよ。そりゃ、あのころはいまより子供だったが」いったん言葉を切った。「そういや、こんなことがあったな、モムの甥っ子のひとりと喧嘩になったんだ。深刻なものじゃない。ふたりが鼻血を出し、悪口を言いあうような、よくある喧嘩だ。ふたりとも一日停学処分にして、親に手紙を出したよ」

「アラブ人と？　モムの甥と喧嘩して、それからモムの親父が殺されただって？」とバロン。

「そいつは意味ありげに聞こえるな。悪口とは？　汚いアラブ野郎《サル・ブール》、その類のことか」

「そんなようなことだ」ロロの口調がこわばる。「なあ、わたしはなにも……あれはたんなる男の子同士の取っ組みあいだよ。しょっちゅう起こることだ、知ってるだろう。こんなことを口にするんじゃなかった」

沈黙がおり、全員の目がブルーノに注がれた。彼は重い鉄のフライパンを持ちあげて傾け、木のスプーンで迷いなくさっさと二回中身を寄せ、どろりとした混合物にハーブを投げこむと、その巨大なオムレツを折りたたんだ。男たちは一語も発することなくぞろぞろとテーブルに移動して、席についた。バロンがワインを注ぎ、ブルーノは非の打ちどころのないオムレツを皿にのせた。六枚の皿に切り分けると、熱が伝わりはじめたトリュフから大地の香りが立ちのぼった。

「きみのなかでも最高の出来じゃないか、ブルーノ」バロンが言って、ベルトのポーチからライヨールのナイフを取りだし、大きなカントリーブレッドを薄く切った。話題を変えようとしているのではなかった。男たちはひとり残らず、たったいま重要なことが口にされ、その件を放ってはおけないと理解していた。

「だがもう口にしてしまったんだよ、ロロ」バロンは話の続きに戻った。「いまやきみはわれわれの好奇心を満たすだけじゃなく、この件が引き起こすにちがいない法的な疑問に答えなければならないんだ。われらが友人ブルーノは優しすぎて追及できないかもしれないが、いまなにが問題になっているかはわかっているだろう」

「ただの子供たちだ」ロロは言った。「子供がどういうものか知ってるだろうに。ひとりが鼻血を出し、ひとりが目に痣をこしらえ、それから親友になるんだ」順番にみなの顔を見たが、だれひとりロロと目を合わせていなかった。

「それで、そうなのか？」ミシェルが言った。

「そうって、なにが？」ロロが語気を荒らげた。この話の進みかたが気にくわないのは明らかだ。

「彼らは親友になったのか」

「二度と喧嘩はしなかった」

「友だちなのか？」

「いや、でもそれだからってなにも意味しない。折りあいはついていた。モムがリシャールを家に招きさえした。家族と一緒に夕食の席につかせ、フランス人の家庭とどこも変わらないことを自分の目で見せるためにだ。ちがいなどないんだ。モムはリシャールが気に入ったと話してくれたよ。聡明で、人に敬意を払う少年だと。家に来るときは花を持ってきたそうだ」

「母親の入れ知恵だったんじゃないのか」とグザヴィエ。

「母親は左翼だったな」とミシェル。

「緑の党だ」そうした忠誠関係にうるさいグザヴィエが言う。「製材所の環境汚染に対する抗議運動に加わっていた。三十もの仕事が危機にさらされてるのに、あのイカレたエコロジー派は製材所を閉めさせたがっている」

「おれの言いたいのは、リシャールは家庭で反移民思想を吹きこまれてはいないはずだってことなんだ。母親は緑の党だし、父親は政治に関心なさそうだし」ミシェルが続ける。「ならどこで染まったのか」

「ベッド、かも」とブルーノ。「去年テニスで準決勝まで進んだラランドの娘に熱をあげていて、彼女は国民戦線にどっぷりはまってるんです。きれいな娘で、リシャールは夢中なんですよ」

「おかしいじゃないか」ロロが言う。「喧嘩は三年前の、あの子らがここでコレージュに通っていたころのことだ。当時十三かそこらだった。それにリシャールは去年の夏のトーナメントまでその娘に出会ってもいなかった」ワインをごくりとあおろうとするかのようにグラスをつかんだが、ふとわれに返り、サンテミリオンの芳香をひと嗅ぎしてから、ひと口含んだ。「わたしの学校を出たときは立派な少年、よき生徒、村の誇りだったんだ。パリに行くのかと思っていたよ、パリ政治学院か理工科学校《エコール・ポリテクニーク》へ進むのかと」

「その代わりに、立派な少年の行き先は監獄になりそうだな」バロンが言った。パンの塊《かたまり》でバターたっぷりの卵を最後の一滴まで拭《ぬぐ》いながら。

11

ふだんならブルーノは午前中に酒を飲まない、けれど土曜日は例外だ。土曜はサンドニで小さな市《いち》が開かれる日で、場所はたいがい役場《メリ》の玄関先にかぎられ、野菜や果物、自家製パンやチーズの屋台が古い石柱のあいだに並ぶ。川の上流のなだらかに起伏する土地で酪農を営むステファンが、駐車場に特注のバンを駐め、牛乳やバターやチーズを販売する。いつも市場が開いて一時間後の午前九時ごろに、小さなカスクルートを並べる。乳牛の世話で五時起きのステファンには午前半ばのスナックみたいなものだが、ブルーノにとっては土曜に口にする最初の食べ物で、兎のパテをはさんだその厚切りサンドウィッチを小さなグラスの赤ワインとともに味わう。ワインを売っているラウル青年は、地元のあちこちの市場でワインを販売する父親の商売を引き継いだ。今日持ってきたのは若いコート・ド・デュラスで、白が有名だが、ラウルはこの赤は特別だと思っていた。たしかにブルーノがふだん土曜の朝に飲むベルジュラックより数段上だった。

「これはいくら?」ブルーノはたずねた。

「ふだんは五ユーロ、だけどあんたにならケースで五十でいいよ、三年か四年は寝かせたほうがいい」ラウルが言う。

ブルーノの給料は贅沢ができるほど多くはないので、金の使いかたには慎重にならざるをえない。寝かせるワインを買うときは、たいていなにか特別な機会に友人たちとあけるためで、だからなるべく友だちが知っているようなクラシック・ヴィンテージを買いたい。ほとんどの場合、ラランド・ド・ポムロールのある小さなワインメーカーからバロンと一緒に樽で買い、その三百リットルを自分たちでボトルに詰めている。しこたま飲めるその日をふたりとも心待ちにしていて、当然ながらその夜にはバロンのシャトーに村民の半数が集い、大パーティになる。

「医者《せんせい》には会ったのかい?」ステファンがたずねた。

「まだです」とブルーノ。「ぼくは捜査からはずされたので。国家警察が乗りだしていて、すべてはペリグーで処理されているんですよ」

「けど、あの人はこっちの人間なのに」ステファンはブルーノと目を合わせずに言って、自分のこしらえたパテのサンドウィッチにかぶりついた。

「そう、カリムとモムもです」ブルーノはきっぱりと言った。

「同じじゃないよ」とラウル。「医者《せんせい》の家族は昔からここの人間で、おれやステファンもそうだけど、村の赤ん坊の半分をとりあげたんだぜ」

「わかってるよ、でもたとえ息子さんが殺人と無関係でも、まだ重大な麻薬犯罪の捜査中なんだ」ブルーノは言った。「大麻じゃなく、錠剤やハードドラッグだ――サンドニには近づけたくないような類のドラッグだよ」

ブルーノは噂をひろめているようで落ち着かない気分になった。村人のだれもが医師とその妻を知っていて、半分はリシャール・ジェルトロー少年の逮捕のことを聞いているらしい。サンドニに秘密は多くない。通常ならば警察業務にとって都合のいいことだが、今回はちがう。当然ながら人々は尊敬すべき隣人の息子の逮捕について噂するだろうが、その噂にはブルーノにもサンドニにも初めての要素がある。アラブ人やイスラム教徒の問題だ。ブルーノは朝刊を読み、テレビを観て、庭仕事をするあいだラジオの〈フランス＝インター〉に耳を傾けていた。フランス六千万の人口のうち六百万はムスリムだと言われているのはブルーノも知っている。その大半が北アフリカからの移民で、仕事をもっている人間はごくわずかだが、それはおそらく本人たちのせいではない。パリや大都市で暴動が起こり、車が燃やされていること、前回の選挙で国民戦線が獲得した票数も知っていたが、それはサンドニから遠く離れたよそのことだといつも感じていた。ドルドーニュ県にはフランスのほかのどの県よりもアラブ人が少なく、サンドニのアラブ人といえばモムやカリムのような人々、すなわち仕事と家庭と責任をもつよき市民だ。女性はヴェールをかぶっていないし、いちばん近いモスクはペリグーにある。結婚するときは、よき共和国市民と同じく役場《メリ》で式を執りおこなう。

「サンドニに近づけたくないものをほかにも教えようか」ラウルが言う。「アラブ人だ。もうここには多すぎる」

「たかが五、六家族で？　そのなかにはきみの子供たちに数の勘定を教えてくれたモムもいるのに？」

「それが糸口だ」とラウル。「あいつらの家族のサイズをごらんよ――子供が六人、ときには七人もいる。それが二、三代続けばおれたちの人数を上回っちまう。ノートル＝ダム寺院をモスクにしちまうぜ」

ブルーノはステファンのバンのうしろの小テーブルにグラスをおき、市場のどまんなかで口論に発展させることなく収めるにはどうすればいいか考えをめぐらせた。

「いいかい、ラウル。きみのお祖母《ばあ》さんは六人子供がいた、それとも八人だったか？　お袋さんは四人、きみはふたりだ。世のなかそういう流れなんだよ、アラブ人だって同じだ。出生率は落ちこむんだ、女性が教育を受けるようになると、たちまち。モムはどうだ――子供はふたりしかいないだろ」

「そこなんだよね。モムはおれたちの一員だ。おれたちと同じように暮らして、働いて、ラグビーが好きだ」ラウルが反論する。「でもほかの連中を見てみろ、六、七人子供がいて、女の子たちは半分も学校へ行かない。おれがガキのころはこのへんにアラブ人はいなかった。ひとりもな。ところがいまじゃ四十から五十人はいるし、毎年よそからやってくるか生まれるかしている。それにやつらはまるでひとり残らず公営住宅の最優先権をもってるみたいじゃないか。いまの価格じゃ、おれたちフランス人の若者はどうやって人生のスタートを切って、自分の家を買えるようになるんだか。うちの家族にとっちゃ、ここはおれたちの国だ、ブルーノ。ずっとここで暮らしてきたんだから、この土地をだれと分けあうかについてはちょっとばかりうるさいんだよ」

「国民戦線になぜ票が入るか知りたいかい？」ステファンが口をはさむ。「目をあけてみろ。移民だけじゃない、ほかの政党がおれたちを失望させるからだ。何年もかけてこうなったんだ、だからこんなに大勢の人間が緑の党だの狩りの党だのに投票するんだよ。勘違いしないでくれ、ブルーノ。アラブ人に敵意があるわけじゃないし、移民に反対だと言ってるんじゃない。おれのかみさんは戦前にここへ移住してきたポルトガル人の娘だしな。でもああいう人たちはおれたちと似てるだろ。白人でヨーロッパ人でキリスト教徒だ。だけどアラブがちょいとちがうのはみんな知ってることだ」

ブルーノは頭を振った。頭のどこかでは一理あると思いつつも、べつの部分ではまったく危険で誤った考えだとわかっていた。だがなにより、この種の議論、この種の感情は静かで小さな村サンドニにさえ、ずっと以前から噴きだしかけていたのだと思った。ついにそのときが来たのか。

「ご存じのように」長い間のあと、ブルーノは言った。「ぼくはこういう単純な男です――趣味にも遊びにもうるさいことは言わない――でも法律にはしたがいます、これが仕事なので。そして法律では、この国で生まれた人間はだれでもフランス人なんです。肌が白でも黒でも茶色でも紫でも。フランス人ならば、法の観点からはほかのみんなとまったく変わりはなく、それはぼくの目から見ても一緒です。もしそう信じるのをやめたら、この国はたいへんなことになりますよ」

「とっくになってるさ。アラブ人が殺されて、おれたちの仲間の若者が逮捕され、今度は大量のドラッグが出まわってるんだぜ」ラウルがにべもなく言った。「みんなこの話題でもちきりだよ」

ブルーノはステファンからバターを少量とニンニク風味のアイユ・チーズを買い、苺《メリ》ひとかごと、市場のオーガニック・パン屋から大きなカントリーブレッドも買って、役場のオフィスへ階段をのぼって運び、廊下を歩いて村長の執務室へ行った。秘書は土曜は休みだが、村長はたいがい来ていて、自宅だと夫人に許してもらえない大きなパイプをふかしながら、サンドニの歴史研究という趣味にいそしんでいる。研究をはじめてから十五年になるが、あまり進歩したようには思われず、村長は邪魔が入るとたいがいよろこぶ。

「ああ、よく来た、ブルーノ」ジェラール・マンジャンはそう言って腰をあげ、黒っぽい木の床で赤くやわらかな輝きを放つ分厚いペルシャ絨毯《じゅうたん》を横切り、飲み物をしまっている隅の小さな戸棚の前へ行った。「こんな天気のいい朝に会えてうれしいね。軽く一杯やって、きみのニュースを聴かせてもらおうか」

「ニュースはたいしてないんです、今朝J＝Jが電話で話してくれたことぐらいしか。それにほんのひと口にしてください、運転して帰って庭の手入れをしなければならないので。ジェルトロー少年が逮捕されたのはご存じでしょう。彼は弁護士を雇いました。ラランドの若い娘のほうも。いまのところハミド殺しについてはなにも知らないということ以外、ほとんど口を開かないそうです。まだ鑑識の報告を待っているところですが、明らかな関連は見られません。

指紋も、血痕も」

村長が険しい顔でうなずいた。「なにもかも迅速に片がつくかもしれないと期待してたんだが。たとえ地元の少年ひとりがかかわっているんであろうと。しかし、はっきりした結論が出ないままこの件が長引けば、村の空気はたちまち悪くなるだろう。どちらがより悪いのかわからないが。早期解決のため、われわれになにかできることがあればと願うばかりだよ——ああ、それで思いだした」机から一枚の用箋《ようせん》を取りあげた。「老人のサッカー・チームの写真が欲しいと言ってたな。モムはよくおぼえていた。マルセイユのユース・リーグでプレイしていたアマチュアのチームで、選手は全員北アフリカの若者だったそうだ。コーチはマルセイユの元プロ選手で名前はヴィラノーヴァ、チームのほかのメンバーと一緒に写真に写っていた。チームは一九四〇年のリーグ・チャンピオンシップで優勝した。モムがそのことをおぼえているのは、あの写真では父親がサッカー・ボールを持っていて、そこに白い文字で〝チャンピオン、一九四〇〟と書いてあったからだ。でも思いだせるのはそれで全部だ」

「それでも手がかりにはなりますが、犯人がなぜその写真を、あるいは勲章を持ち去りたかったかの説明にはなりませんね」ブルーノは言った。「ところで、ジェルトローがモムの甥と喧嘩していたことをJ＝Jに伝えなくてはなりません、おそらく意味はないでしょうが関連はありますから。もちろんドラッグや政治がらみでジェルトローはまだ大きなトラブルに巻きこまれていますし、J＝Jはパリがだれか大物をよこすだろうと考えています、これを大きな政治的事件にして国民戦線の信用をがた落ちにするために」

村長が自家製の胡桃《くるみ》ワインの小さなグラスを手渡した。ブルーノは自分が作ったものよりもたぶんほんのちょっぴり出来がいいと認めざるをえなかったが、考えてみればマンジャンのほうが熟練しているのだ。村長は大きな木の机の縁に腰かけた。机には本や赤いリボンで綴じたファイルが堆《うずたか》く積まれ、隅に年代物の黒い電話機がおいてある。空いているスペースにはコンピュータもタイプライターさえもなく、きちんとキャップをはめられた古い万年筆がさっきまでノートをとっていたページにのっているだけだ。

「今日パリからも連絡があった。法務省の旧い友人、つぎにエリゼの元同僚からだが、ふたりともほぼ同じことを言っていたよ」村長が言った。エリゼ宮はフランス大統領の公邸でもあり、私邸でもある。「あちらはわれわれの不運を政治的好機と見ているんだ。白状するが、向こうの立場ならわたしも同じ見かたをしていたかもしれん」

「でもあなたは向こうの立場にいません。サンドニではたいそう困ったことになっていて、この事件は大打撃となりかねないんですよ」ブルーノは言った。

「そうだが、わたしも若くて野心があったころは彼らの立場にいたから、動機や関心は理解できるんだよ。でもきみの言うとおりだ、われわれはサンドニにとってなにが最善かを考えなければいけない」市の立つ小さな広場や古い石橋を見渡せる窓のほうを向いた。「もしこの件がずるずる長引いて、アラブ人と白人と極右の醜い対立になったら、この村は大いに世間の注目を集め、われわれはおそらくこの先何年も苦汁をなめなければならない。むろん、今年の観光シーズンの大部分が失われるのは言うまでもなく」

「でも法は守られなければ」とブルーノは言った。彼もずっと同じことを心配していたが、村長の責任のほうがはるかに重いのだ。村長には三千人近い住民に対する務めがあり、この役場《メリ》を建て、いまふたりが話している静かな部屋を作った数世紀におよぶ長い歴史に対する義務がある。ブルーノはこの人物の面接を受けに、初めてここを訪れた日のことをおぼえている。ブルーノの唯一の推薦状は村長の息子、マンジャン大尉からの手紙一通だった。ブルーノが陸軍で出会った最高の士官、サラエボでのくそいまいましい任務のなか部隊を引っぱってくれた男だ。マンジャンの父と息子、自分を信頼してくれたふたりの男たちに、ブルーノはどれだけ世話になったことだろう。村長と初めて顔を合わせたあの日、ブルーノは天井の重々しく黒ずんだ梁《はり》や、鏡板張りの壁、高級な絨毯、サンドニよりはるかに大きな自治体の庁舎用に作られたような机に恐れをなした。だがそれはこの村を知るようになり、ここをわが家とする以前のことだ。

「なるほど法は己のなすべきことをなさねばならぬ、そしていまのところ法の針路はペリグーと、隣村ラランドに向いているらしい」村長が言う。「だから、もしもトラブルが避けられないなら、ここではなくペリグーやラランドで起こってもらうほうがいい。わかるね、ブルーノ？　われわれの村から注意をそらさせるのは容易じゃないが、できるだけのことはしなければ。ここよりもペリグーに的を絞ったほうがいいとパリには言ったのだが、意図を正しく酌んでくれたかどうか。深読みされてしまったかもな」

村長はため息をついて、続けた。「もうひとつ、きみを悩ませそうな問題がある。つい先ほど知らされたんだが、われわれの大切な仲間のモンツーリが月曜の昼食どきにここでちょっとしたデモ行進を企てているらしい。連帯の行進、と本人は呼んでいるが」村長の唇がわずかにめくれあがり、ブルーノは彼の苛立ちを感じとった。「赤旗のもとにアラブの同胞を支持するフランスとは、モンツーリの思いつきそうなことだ。ロロとわたしの協力を求めてきたよ、学校の生徒たちに人種差別的憎悪と過激思想に反対する行進をさせたいと。どう思う?」

ブルーノはすばやく検討した。どのくらいの人数が参加しそうか、行進はどこを通るか、交通規制の必要があるかどうか。頭の奥では、つい先ほど市場でかわしたステファンとラウルとの会話を思いだしていた。いま現在の村の空気を考えれば、連帯の行進はかならずしも好意的に受け入れられないかもしれない。

「阻止することはできないので、どうにか折りあいをつけて、極力控えめにやらせるしかないでしょうね」ブルーノは言った。

「モンツーリと女房がどんなやりかたをするか知らないとは言わせんぞ。あらゆる新聞とテレビ局を呼んで、労働組合も参加させるだろう――この村に要らぬ注目をかき集めてくれるだろうよ」

「ですが、人種的憎悪の中心というレッテルを貼られるより、人種的調和のために立ちあがる村として伝わるほうがいいんじゃないでしょうか。アメリカ人が言うじゃないですか。酸っぱいレモンをもらったら、レモネードを作れと。もしそうした行進を止められないのなら、あなたがトップに立って穏健派としてやったほうがいいです、赤旗にまかせるよりは」

「そうかもしれんが」村長は渋っていた。

「あなたが指揮を執り、ルートも決めるのであれば、統制できるかもしれませんよ。役場《メリ》から戦争記念碑までの区間に限定するんです、ハミド爺さんは元兵士で戦争の英雄だったんですから」政治的大混乱寸前という状況のなかでにわかに進むべき道が見えてきて、ブルーノは言った。「ハミドは戦功十字章を受勲していますよね、だから愛国精神の行進にすればいいんです。アラブや極右とは関係なく。フランスの勇敢な兵士の非劇的な死を村が悼んでいることにすれば」一瞬口をつぐみ、それからそっとつけ加えた。「それは真実ですし」

「きみはだんだん抜け目ない政治家になってきたな」ブルーノのではないとしても、村長の言いまわしだとそれは褒め言葉だった。

「きっとあなたの影響です」ブルーノが言い、ふたりは愛情のこもった笑みをかわした。村長がグラスを掲げて乾杯し、それぞれワインを飲んだ。

　穏やかな気分は突如として憲兵隊のバンのけたたましい騒音に打ち砕かれた。音はぐんぐん近づき、窓の真下かと思われるあたりで止まった。村長とブルーノが目を見かわし、同時に窓へ近寄ると、市場の屋台のあいだで青い制服と灰色のスーツが入り乱れていた。彼らが追っているすばしこい少年は、ジグザグに逃げまわり、屋台の下をくぐって、捕獲という避けられない瞬間を先延ばしにしていた。

「くそ《メルド》」ブルーノは言った。「あれはカリムの甥っ子です」そして駆け足で階段へ向かった。

ブルーノが市場に到着してみると少年はすでに捕らえられ、その腕は自己満足に浸るデュロック大尉にがっちりつかまれていた。灰色のスーツを着た二名はブルーノも見おぼえのあるブリュッセルの衛生検査官、つまり土曜に働いているはずのない公務員たちだ。ひとりは勝ち誇ったように頭上に大きなジャガイモを掲げていた。

「悪ガキはこいつだ」もうひとりの灰色のスーツが言った。「現行犯でつかまえたぞ」

「そしてこれがジャガイモだ。先週火曜日にこいつがわたしたちの車に使ったのとそっくりだ」ジャガイモを握っているほうが甲高い声で調子を合わせる。

「ここはわたしにおまかせを」デュロックがやけに大声で言うと、見物に集まってきた市場の人間や買い物客を勝ち誇ったようにぐるりと見まわした。「このいたずら坊主は豚箱行きですよ」

「隊長、よろしければ同行しましょう」ブルーノはそう言って、自分の声のなめらかさに驚いた。怒りではらわたが煮えくりかえっており、その怒りは主に自分自身に向けられていたからだ。自分が先を見越して、タイヤを切ったり車を故障させたりするこのばかな行為をやめさせていれば。いい気になって村長と乾杯し、ぐずぐずとどまっていなければ。忘れずにカリムに忠告しておけば……。だが、もちろん、祖父を殺されたばかりのカリムにこの話をもちだすわけにはいかないし、いまはカリムの甥っ子がこれ以上みんなを悲しませないようにしなければならなかった。考えろ、ブルーノ！

「両親への連絡はわたしがやりますよ、隊長」ブルーノは言った。「未成年者に関する規則はご存じですよね。親の電話番号はわたしの携帯に入っています。あなたが憲兵隊分屯所でこちらのご両人と刑事告訴の準備にかかるあいだに、わたしが少年の家族に連絡をとりましょう」

デュロックは一瞬静止し、それから唇をすぼめた。「ああ、そうだな。それがいい」振り向いて、いかめしい表情で公務員ふたりを見た。「憲兵隊分屯所への道はわかってますね」

「あたしの卵はどうしてくれるのさ」ひっくりかえった屋台の横で地面に散乱した殻や黄身を指差しながら、ヴィニエ婆さんが怒鳴った。「だれが弁償してくれるんだい？」

検査官のひとりが殻を拾おうと腰をかがめたが、勝ち誇った意地悪そうな顔で立ちあがった。

「この卵には日付のスタンプがありませんね、マダム。重大な規則違反だというのはご存じですか？　こういう卵は個人で消費するのはかまいませんが、販売して利益を得ると食品衛生法では罪になりますよ」デュロック大尉のほうを向いた。「この市場でもう一件、違反が見つかりましたな」

「しかし、それにはこの卵が売られていたという証人を見つけないと」ブルーノは言った。「マダム・ヴィニエは気前のいいことで有名でして、余った卵を貧しい人に定期的に寄付しているんです。もしこの土曜の市が終わってもまだ残っていたら、教会にあげるんですよ。そうでしたよね、マダム？」ブルーノは礼儀正しく言って、あんぐり口をあけて彼を凝視している見苦しい老婆に顔を向けた。だが彼女は瞬時に脳を働かせ、うなずいて同意した。

この老婆が教会のネズミ顔負けに貧しいことはだれもが知っている。亭主が飲み倒して農場を手放したせいだ。彼女は地元のスーパーでいちばん安い卵を買い、日付のスタンプをこすり落として、藁と鶏糞のなかで転がし、農家の産みたて卵として一個一ユーロで観光客に売りつけている。地元民は彼女からなにも買わないが、ただひとつの例外は酔いどれ亭主が先祖から相続した役立つ遺産、オー・ド・ヴィーだ。年に八リットルが夫婦のものになるのだが、婆さんがだいぶ水増しして売っていることは言うまでもない。

「村の司祭を呼んで、マダム・ヴィニエのよき人柄を証言させましょうか」ブルーノは続けた。「この村の学識あるセントゥー神父とまだ知りあわれる機会がなかったかもしれませんね。教会の重要人物ですよ、遠からず高位聖職者《モンシニョール》になられるんではないかと」

「モンシニョール？」デュロックは初めて聞く言葉であるかのように、怪しむような声でくりかえした。

「いやいや」検査官が口をはさんだ。「こんなつまらない卵のことで神父さんをわずらわせるにはおよばない。このご婦人は帰ってかまいません。われわれの関心があるのはこの少年と、国家の財産、つまりわれわれの車にこの子がおよぼした損害だけですから」

「この子が今日あなたがたの車に損害を与えるのを目撃されたんですね」ブルーノは丁寧な口調でたずねた。この灰色の男たちをここで見逃してなるものか。

「そういうわけではない」とひとりが答えた。「でもこの少年が車の周囲をうろついていたので、憲兵隊に連絡し、捕らえてみると手にジャガイモを持っていたんです」

「失礼ながら、ここは何百個というジャガイモが売られている野菜市場です。少年がジャガイモを手にしてるのがなぜそんなにめずらしいんでしょう」

「こいつは先週火曜の市場でジャガイモを使ってわれわれの車を動かなくした。だからです。ペリグーへの道中でエンジンが止まってしまいましてね」

「だれかが車にジャガイモを投げたんですね。フロントガラスが割れたんですか」ブルーノはこのやりとりが楽しくなってきた。

「そうじゃなくて。排気ガスが詰まるようにパイプにジャガイモを押しこんであったんです。それでエンジンが壊れた。ひどい故障で、こっちはレッカー車を二時間待たなければならなかったんですよ」

「この少年が火曜日にやるところを見たんですか」

「というわけじゃないですが、われわれが苦情を申し立てるとデュロック大尉はきっと子供の仕業だと言ったんです。だから犯人を見つけられるかもしれないと今日またここへ来てみた――そしてこの少年をつかまえたわけです」

「今日も勤務なんですか、土曜日なのに？」ブルーノはさらにたずねた。

「というわけじゃないですが」検査官がくりかえした。「先週と今週はドルドーニュの検査なので、泊まってこの気持ちのいい田舎で週末を過ごすことにしたんです」媚びるようにつけ加える。「長い歴史のあるこちらで……」ブルーノの冷ややかな表情を見て、声が尻すぼみに消えた。

「では、今日は勤務〝というわけじゃない〟と。そうなんですか」

「えーと、はい」

「整理させてください、ムッシュー」ブルーノは続けた。「あなたがたの車は先週火曜日にほかの原因ではなくジャガイモによって壊されたということになっていて、その故障がひとり、または複数の何者かによって引き起こされたのだということはまだ確定していない。そして今日は野菜市場で、危害を加えられていない車の近辺で、ジャガイモを手にしている少年を見つけた。本日あなたがたは非番で——つまりわたしが思うに気前のいいマダム・ヴィニエに対して衛生基準を適用する権限はないはずですが——、それなのにジャガイモを持っていたという理由で未成年者の逮捕および起訴というきわめて重大な手続きに取りかかろうとご提案されているわけですね?」

「ええ、まあ」

ブルーノは姿勢を正して極力背を高く見せ、深刻そうに眉をひそめ、自分としては最大限に堅苦しい口調で言った。

「この子の両親に電話して、彼らの息子がジャガイモの疑わしい所持により強制的に勾留されたと知らせますが……」ばかばかしさが相手にも野次馬にも浸透するまで、ひと呼吸おく。「わたしには法の番人として両親に伝える義務もあります、未成年者の誤認逮捕の責任者に対して正式に訴訟を起こす権利があることを。そこで、いまわたしが申しあげておきたいのは、あなたがたは上役の方に連絡をとり、こうした場合の個人としての権限や責任を明確にさせておいたほうがいいということなんです。それに、おたくの局にあなたがたの被りそうな法的支出を負担する用意があるかどうか。それには、非合法な逮捕が実行された場合、不幸にもあなたがたのせいで憲兵隊が負うことになるかもしれない法的責任も含まれるでしょう。もしそんなことになっても、おふたりはまさかデュロック隊長と部下たちを巻きこもうとはなさらないでしょうね、彼らが非の打ちどころなく効率的な憲兵隊の流儀にしたがって行動したことは明らかですし」

群衆のだれかがブルーノのパフォーマンスに賛同するように長い口笛を吹き、ブルーノは重重しくシャツのポケットを開いて、今朝の買い物リストが書いてあるメモパッドと鉛筆を取りだした。「この通告は正式に記録しておいたほうがいいですね。ではおふたりとも、身分証を拝見できますか、なにか法的権限を証明する書類も添えて――そうそう、それにデュロック隊長。あなたがさっきからそうしてきつくつかんでいる少年の腕と肩の写真を撮る必要がありますす。なに、ほんの形式ですよ、あなた個人を虐待という不当な告訴から護るためです、そのかされて誤認と見なされる可能性がある逮捕をおこなった場合に」

長い沈黙のあと、デュロックは少年の腕を放した。少年はわっと泣きだして、ブルーノに駆け寄り、洗濯したてのシャツに顔を埋めた。

「まあ、こちらも少々先を急ぎすぎたかも……」灰色の男たちのうち、顔色まで灰色のほうが口を開いた。「しかし、うちの車の故障は深刻な問題で」

「まったくそのとおりです、だからこそ法律条文に則って手続きを進めたほうがいいんです」とブルーノは言った。「これから全員で憲兵隊分屯所に行って、告訴手続きをはじめていただき、その間にわたしがこの子の両親を呼びます。おそらく弁護人も一緒に。証人はほかに必要ないかと思います、この少年が逮捕され力ずくで制圧されるのを村長の執務室の窓から村長とわたしが目撃しましたので」

「うちの警察署長の言うとおりですぞ」ブルーノの肩のうしろから村長の声がした。「わたしたちは一部始終目撃しましたが、このコミュニティの未成年の住民がかぎりなく薄弱な証拠に基づいてかくも強硬に逮捕されたことは、きわめて遺憾であると言わざるをえませんな。サンドニの村長、そして共和国の議員として、わたしにはこの件をあなたがたの上司に報告する権利がある」

「ですが苦情を申し立てなければ、車の故障はわたしたちが責任を負わなければならないんですよ」若いほうの灰色の男が哀れっぽい声をあげた。

「黙れ、ばか」村長が自分も議員だと口にしたとたん、あからさまに動揺した相棒が、小声で相方を叱りつけると、ブルーノとマンジャンのほうを向いた。「村長、警察署長、隊長。このちょっとした行き違いを収めるべく示してくださった鮮やかなお手際と良識に感謝いたします。この件はここまでとしたほうがわれわれ全員にとって賢明ではないかと思われますので、わたしたちはこの地方のどこかほかで引きつづき任務を遂行することにします」

かすかに頭をさげ、連れの肘をぎゅっとつかむと、市場から急ぎ足で、それでも威厳は保ちつつ退却した。

「〝ゲシュタポ〟どもめ」村長が言うと、デュロックは目を丸くした。

ブルーノは身をかがめて、少年の髪をくしゃくしゃにした。「ジャガイモのいたずらをどこでおぼえたんだ」とたずねた。

「ひい祖父《じい》ちゃんから。レジスタンスにいたときドイツのトラックによくやってたんだってさ」

12

ブルーノの庭造りは数十年先までを視野に入れている。初めて村長がこの小さな石造りのコテージを見せてくれたとき、屋根がいまにも崩れ落ちそうで、上の丘に防風林があり、高台の南に壮大な眺めがひろがっているこの家は自分によく合いそうだとブルーノは思った。以前ここに住んでいたのは羊飼いの老人だが、もう十年も前に亡くなっている。跡継ぎはパリに行ってしまい、わずかな税金の支払いも怠《おこた》ってきたので、家は村の所有となり、つまりは村長の手にゆだねられたのだった。村長とブルーノはやがて芝生とテラスに生まれ変わるであろう荒れ放題の広い草地を越えて、草ぼうぼうの菜園や崩れた鶏小屋をつついてまわり、井戸の腐りかけた木の蓋《ふた》をおそるおそる持ちあげたりした。井戸の石はまだしっかりしていて、水はきれいだった。コテージの裏の古い納屋は梁《はり》が頑丈なチェスナット材で永久にもちそうだし、コテージへと至る未舗装の細い小道は、轍《わだち》ででこぼこで雑草が生い茂ってはいるがじゅうぶん通行可能だった。村長とブルーノは歩幅で家の寸法を測った。幅十二メートル、奥行き八メートル。なかには大きな部屋がひとつと小さな部屋がふたつ、それに屋根裏へのぼる梯子の残骸があった。

「四ヘクタールの土地つきだが、かなり手を入れなきゃならんぞ」村長は言った。

「時間はつくります」ブルーノは早くもどんな住まいになるか思い描き、この自分の家を買うのに陸軍の退職金で足りるのかどうか考えながら答えた。田舎の生まれではないので、四ヘクタールの土地というのがどんなものか見当もつかなかった。

「土地はうしろの丘の頂上、右へ百メートル行ったその森のなかまでと、下を流れている小川までだ」村長が説明してくれた。「法的にはこの家が居住可能になるまでは売却できない、つまり村が電気を引かなければならないんだが、きみも屋根を直して窓を取りつけないと契約を結べない。そしてこれは賭けだが、わたしが選挙に敗れて村長室を出ることになったら、後継者がこの契約を尊重するという保証はない。しかし、警察署長の地位と結びつけて長期の賃貸契約にはこぎつけられるかもしれん」

ブルーノはサンドニ警察で職を得てまだほんの数か月だったが、この村長は息をしているかぎり末永く再選されつづけるだろうと確信していた。おそらく息をしなくなってさえも。だから握手して取引をかわし、修繕作業に着手したのだった。春であたたかかったので、賃貸料節約のためにブルーノは納屋にキャンプ用ベッドと寝袋、キャンプ用コンロを運びこみ、朝の手早い簡易シャワーを悪くないと思うようになった——井戸で汲んだバケツ一杯の水を頭からかけ、手早く石鹸を泡立てて体を洗い、またバケツ一杯の水ですすぐ。軍で作戦行動中、部隊の仲間たちとはそうやって衛生を保っていた。最初の何日かの休日、それに勤務を終えたあとの毎晩を費やして、ブルーノは古い菜園を整備し、兎の侵入を防ぐ新しい金網フェンスを張りめぐらした。それから、幸福な使命感を胸に、ジャガイモやズッキーニ、玉葱、レタス、トマトやハーブを植えはじめた。

菜園の裏手の雑木林を探検すると、野生のニラが見つかった。その後、秋になると、大きな茶色いセップ茸も見つかったし、ホワイトオークの木の下で小さなハエが一匹忙しなく飛びまわっているのは彼の土地にトリュフがあるというしるしだった。新居の正面にゆったりとひろがる芝生を下っていくとラズベリーや黒スグリの茂みや、胡桃《くるみ》の立派な古木が三本あった。

電気が通るころにはコテージの屋根に新しい木摺《きずり》とタイルを被せ、断熱板も取りつけていた。〈ブリコマルシェ〉で既成品の窓を買ってきて、それに合わせて木の窓枠を手作りした。ドアは規格外のサイズだったので、厚板と梁から自分でドアを作った。ソーミュールの騎馬隊厩舎で、下半分しかないドアから興味深げに外を眺めている馬を初めて見て以来、長年あたためてきた夢を実現するために、上半分が独立して開くドアにし、屋内からドア枠にもたれて所有地を眺められるようにした。公共事業課のミシェルは未舗装の小道をならすために電動掘鑿《くっさく》機を運んできて、浄化槽用の穴や配管用の溝も掘ってくれたばかりか、泊まって電気回路を取りつけ、納屋にケーブルを引くのも手伝ってくれた。テニス・クラブのルネは配管工事を、ジョー爺さんはならされたばかりの小道にセメント・ミキサーを運びあげて床を新しくするのを手伝い、ブルーノが計画している増築——広い寝室と浴室——のための土台作りを教えてくれた。深く考えたわけではなく、いつの日かこの家に妻を迎え、家族を住まわせるものとブルーノは決めこんでいたのだった。

夏の終わりまでに増築分の土台ができあがると、ブルーノは納屋の仮住まいから台地の先まで見渡せるコテージの広い部屋に移った。自分の浴室で、ガス温水器で沸かした湯で熱いシャワーを浴びられるようになった。燃料のガスはジャン＝ルイが自動車修理工場兼ガソリンスタンドから大きな青いコンテナで運んでくれた。ガス調理器、冷蔵庫も手に入れた。蛇口から湯と水が出るシンク、ウッドフロア、それに今後二年間毎月の給料の五分の一で支払っていく〈ブリコマルシェ〉の多額の請求書も。

ブルーノは村長の執務室で、すべて合法だと確認してくれる村の公証人《ノテール》立ち会いのもと、売買契約書にサインした。軍からの退職金は初年度の固定資産税を支払い、上等な薪ストーブ、仔羊一頭とよいベルジュラック・ワイン百リットルを買い、みずから新築披露パーティを開くのにじゅうぶんなだけ残っていた。その仔羊をローストする焚き火用の穴を掘り、クスクスを作るためにテニス・クラブから巨大な琺瑯《ほうろう》のシチュー鍋《フェトゥー》を借り、ラグビー・クラブからは架台式テーブルとベンチを借りた。そうして新しい友人全員をもてなし、新居を披露して、家を持つ一廉《ひとかど》の男になった。

予想外だったのは贈り物の数々だ。役場の同僚《メリ》たちは金を出しあってブルーノのために洗濯機を買い、ジョーは雄鶏一羽に雌鶏六羽を持ってきた。サンドニの主婦たちは全員、保存容器入りの自家製パテや野菜、ジャム、サラミにリエットを用意していてくれたらしい。過去一年間にサンドニで解体された豚は一頭残らずその一部がブルーノの食料庫に収まることとなった。テニス・クラブからはナイフやフォークのセット、ラグビー・クラブからは陶磁器が贈られた。診療所のスタッフが浴室用の鏡と、ちょっとした手術がおこなえるくらいの応急処置用品が揃った戸棚をくれた。市場の太っちょジャンヌは去年のがらくた市《ヴィッド・グルニエ》で買っておいたワイングラスとウォーターグラスのごちゃ交ぜセット、〈ブリコマルシェ〉の店員たちまでが調理用鍋一式をプレゼントしてくれた。ミシェルと公共事業課の若者たちは、翌年の予算を操作してどうにか買い換えた鋤《すき》や園芸用具の古いほうをブルーノへの贈り物にした。憲兵隊からは大型ラジオ、消防士たちからは猟銃と狩猟の許可証。ブルーノが指導しているテニス教室やラグビー・クラブの子供たちは小遣いを出しあって林檎の若木を一本買ってくれたし、パーティにやってきただれもが、ブルーノとジョーが新築部分の地下に作ったセラーに寝かせられる上等のワインを一本持参した。

夜が更けるにつれて、ブルーノはゲストひとりひとりと乾杯をしないではいられない気持ちになった。とうとう明け方近くにワインとよき友情に酔いつぶれ、木のテーブルのひとつに頭をのせて寝入ってしまった。最後まで残っていた友人たちが彼を屋内へ運び、靴を脱がせて、ルネが作った新しい大きなベッドに寝かせ、消防士の妻たちが縫ったキルトをかけた。

けれど贈り物はもうひとつあった。それはひろげた新聞紙の上で丸まってすやすやと眠っており、ブルーノがずきずき痛む頭で目覚めると、起きあがって近づいてきてブルーノの足をなめ、やがてぬくもりを求めて膝によじのぼり、新しい主人を賢そうな愛らしい目でじっと見あげた。それは村長からの贈り物、彼が飼っている名高い猟犬から生まれたバセットハウンドの仔犬で、ブルーノは名前をジタンもしくはジプシーにしようと決めた。けれども日が暮れるころにはもう仔犬の長いベルベットのような耳や大きすぎる足、人を惹きつけずにおかない仕草が愛おしく、名前はジジに縮まっていた。その新築パーティの夜はブルーノにとって人生でもっとも忘れがたい夜となった。彼はその夜、サンドニ村の一員として正式に認められたのだった。

ショートパンツにサンダルを履いたブルーノがトマトの苗に支柱を取りつけていると、未舗装の道を苦心しながらのぼってくる車の音がし、あの最初の幸福な夜に来てくれたゲストのひとりが視界に入った。けれど時代遅れのメルセデスからよっこらしょと降り立ったジェルトロー医師には明るさのかけらもなく、歓迎するジジの頭を軽くなでると、重い足取りでテラスへの小道を歩いてきた。ブルーノは庭の水道で手を洗い、思いがけない客人を出迎えにいった。

「さっきお宅に寄ったんですが、お留守でしたね」ブルーノは言った。

「そうなんだ、ありがとう、ブルーノ。ドアにきみの残したメモがあった。ペリグーにいたんだよ、弁護士と。それから警察に行っていた」ジェルトロー医師が言った。ラグビーの試合後にブルーノの折れた肋骨をテーピングし、インフルエンザの処置をし、毎年この警察官の健康な体を上から下までざっと見て健康診断書にサインしてくれる医者だ。本人は肥満体で、顔色はこちらが不安になるほど赤く、患者に与える健康上の助言をみずからは守らない。白髪とふさふさの口髭のせいで、十代の息子がいるほど若くは見えないが、じつはその下に娘もひとりいる。

「なにかわかりましたか?」ブルーノはたずねた。

「いや、ばか息子は麻薬所持容疑の起訴が決まるまで勾留されている。弁護士は起訴は成立しないかもしれないと言ってるが。警察が到着したとき、あれは——その——拘束されていたので」医師が見るからに恥ずかしそうなので、ブルーノはにやりと笑いたくなる衝動を抑えつけた。「だが警察が興味をもっているのは殺人事件のほうだろう」

「その件については話せないんです、先生、あなたとは」ブルーノが言うと、ジジが寄ってきて脚に鼻をすりつけた。ブルーノは反射的に手をのばして、犬の耳のうしろをかいてやった。

「うん、うん、わかるよ。ただ知っておいてほしいのは、息子はこの犯罪に関して無罪だとわたしが強く、一片の疑いもなく信じているということでね。わたしの息子だからそう言うのは当然だが、心底そう信じているんだよ。あの子にそういう残虐性はないんだ、ブルーノ、知ってるだろう。きみは昔からあの子を知っているじゃないか」

ブルーノはうなずいた。リシャールのことは子供のころから知っていて、テニス・ラケットの握りかたを教えたし、その後はトップスピンのかけかたも教えた。リシャールは攻撃的というより慎重なプレイヤーで、もしも自分に人間性を判断できるなら、あの少年に殺人者の要素は皆無だとブルーノは思う。でもだれにわかるだろう、ドラッグや恋の情熱や政治的熱狂に揺さぶられたとき、人がどんなことをしでかすか。

「リシャールには会えましたか」

「十分間もらえたんだ、あれとわたしと弁護士だけで。ペリグーのデュメスニエという頭のよさそうな青年で、村長が推薦してくれたので依頼することにした。警察にわたしたちを面会させる義務はないようだったが、その弁護士が話をつけたんだ。着替えを渡すことも許可されたよ、あらゆる縫い目を調べたあとで」重苦しい口調。「あれは怯《おび》えている――それに、恥じて、混乱している。想像できるだろう。でも殺しについてはなにも知らないと言っている。そしてあのジャクリーヌとやらのことをしつこくたずねるんだ。首ったけなんだよ」

「初めてのガールフレンドでしょう」ブルーノは理解を示した。

「初めての恋人、初めてのセックス、それに彼女はかわいらしい娘だ。毒そのものだが、美人にはちがいない。息子は十七なんだよ、今週で。あの年齢の自分らがどんなだったかおぼえているだろう。ホルモンが煮えたぎっていた。あいつは彼女のことしか考えられない。頭が沸騰してしまったんだよ」

「わかります」

「きみから国家警察にそう話してもらえないか」ジェルトローが熱意をこめて頼んだ。「あの子に代わって説明してくれるだけでいいんだ。きみがこの捜査の中心にいないのは知っている、ブルーノ。でも彼らもきみになら耳を貸すだろう」

「先生、座ってください、飲むものを持ってきますから。暑いし、ぼくはビールが飲みたいので、よかったらつきあってください」ジェルトローをテラスの緑色のプラスチック椅子に導き、屋内の冷蔵庫からビール二缶とグラス二個を取ってきた。テラスに戻ると、医師が黄色のジタンを吸っているのが見えたので、驚いた。

「ぼくにはそういうものをやめさせたのに」ブルーノはビールを注いだ。

「わかってる、わかってる。わたしも何年も吸っていなかったんだが、まあ、承知のとおりさ」

ふたりはたがいにグラスを掲げ、黙って飲んだ。

「ずいぶんと気持ちのいい住まいになったね、ブルーノ」

「去年バーベキューに来てくださったときもそう言いましたよ、先生。話題を変えようとしているんじゃないですか。さっきおっしゃったことに答えさせてください」ブルーノはグラスをおいて、身を乗りだし、緑色のテーブルに両肘をついた。

「ぼくはこの事件の捜査に参加しているとは言えないんです」と切りだした。「これは国家警察の事件でして。だけど地元の知識が欲しくなるとぼくに相談してきます。証拠は一部しか見ていません。殺人や、リシャールが逮捕された家に関する鑑識の全報告も見ていませんし、今後もおそらく見せてもらえないでしょう。でも捜査を仕切っている刑事はまともな男で、証拠を尊重するだろうと思います。こうした事件では、予審判事になんらかの提案をする前にしっかりとした証拠固めが必要になります。政治がからんでいるので、野心に満ちたやり手がパリから送りこまれても不思議じゃありません。出世の道を開きもすれば閉ざしもする事件ですから、判事は絶対的確信を得られるまで公訴に持ちこみはしないでしょう。リシャールが無実なら、いずれ疑いは晴れるとぼくは信じてます」

「村長もついさっき同じことを言った」

「ならば、村長のおっしゃるとおりです。先生は奥さまやご家族、それにリシャールの支えになることだけを考えなくては。あなたは腕のいい弁護士を雇った、この段階ではそれがなにより重要なことですよ。あとはリシャールに愛している、信じていると伝えることだけです。息子さんにはいまそれが必要です」

ジェルトローはうなずいた。「もちろん、あの子のことはできるかぎり支えていくつもりだ。でもずっとこの胸に問いかけているのは、わたしは自分で思っているほど息子を知っていただろうかということなんだ。国民戦線というあの忌まわしいものが頭から離れない。まさかあんなものにかかわっていたとは。政治になどかけらも興味を示したことはないのに」

「あの娘が誘いこんだのかもしれません。それも刑事たちが調べています。じきに結論にたどり着きますよ、先生。あなたはどうか知りませんが、あの年ごろでもし初めての恋人が熱狂的な共産主義者だったら、ぼくは彼女が行けというどこへでも赤旗を振り振り行進していったでしょうね」ブルーノは自分のグラスを空にした。「もう一杯いかがです?」

「いや、けっこう。これをまだ飲み終えていない。きみもこんな陽射しのなかでひと仕事したあとに二本目は飲まないほうがいい」ジェルトローはどうにか弱々しい笑みを浮かべた。「これは主治医の助言だ」

「それにもうひとつ」ブルーノは空のグラスをゆっくりまわしながら、どう話せばうまく伝わるか考えた。「息子さんの容疑が晴れて、釈放されたらどうするか考えておいたほうがいいんじゃないですか。地元の学校にこのままおいておくのはあまりいい考えではないかと。噂が立ったり、殺された老人の親戚がいたりするので、むずかしくなるでしょう。ご親類のところへやるか、寄宿舎もいいかもしれません。いっそ外国へ行かせるとか。新たなスタートを切れて、この件を過去として整理できるように。しばらく入隊するよう勧めてみたらどうでしょうか。ぼくにはこれといって害はありませんでしたが。息子さんが今度のこととさっぱり切れるにはそういうのもいいかもしれません」

「わたしにも害はなかったよ、西アフリカで三年間病院の雑用をやっただけだが。それでメディカル・スクールを一年短縮できるんでね。でもあの子はそういう暮らしに向いていないと思うんだ、ああいった規律には。そこが問題なのかもしれないが」医者はため息をついた。「しかし、軍に対する敬意はあるんだ。戦功十字章をもらったような人をぼくが殺すわけがないじゃないか、と言っていた。でも、すべて終わったらあの子をよそへ行かせるというのはいい考えだ、ブルーノ。助言をありがとう」

よき医師の車が去っていくのを見送りながら、ブルーノは考えはじめた。彼の息子はいったいどこで勲章のことを知ったのか……。

13

それから一時間もしないうちに太陽は見る見る傾き、暑さが和らいでTシャツを着るまでになった。ブルーノが庭に水をまいていると、田舎道をまたべつの車がのぼってくる音がした。振り向くとちょうど見慣れない車が目に入り、路面を真剣ににらんでいる短髪の若い男が見えた。それから車は高い生垣の陰に隠れてしまった。水やり用の缶を空にして、もう一度そちらを見やると、そこで初めて車がわかった。それは覆面パトカーに乗ったイザベル・ペロー刑事官で、若い男だと思ったのは短い髪のせいだった。イザベルは車を降りてこちらへ手を振り、後部ドアをあけてスーパーの袋を取りだした。

「こんにちは、ブルーノ。あなたに夕食をごちそうしにきたの、もしほかに計画がなければ」

「計画はもうそちらが立ててくれたらしいね、イザベル」ブルーノは熱狂しているジジを押しのけて進み出ると、彼女の両頰にキスをした。イザベルはのびのびとくつろいで見え、ジーンズに赤いポロシャツ、茶色のレザージャケットをゆるく肩にはおった姿は文句なしに魅力的だった。靴がスニーカーだと、背はブルーノよりもほんのちょっぴり低い。

「パテ、ビーフステーキ、バゲットにチーズ」一歩さがって見せびらかすように買い物袋を掲げる。「それがあなたの好物だとJ＝Jに聞いたの。もちろん、ワインもあるわ。すてきな犬ね――この子がJ＝Jの言っていたすごい猟犬？」

「J＝Jに頼まれてここへ来たの？」ひとりで食料を抱えてやってきた女性はこれまでにもいたが、こちらが招かないのに来たのは彼女が初めてで、古風なブルーノはどぎまぎさせられた。思いがけない夜を迎えるにあたり、彼女が職業上の同僚、ただの警官仲間として来たのだと考えたほうがよさそうだった。少なくともここなら穿鑿《せんさく》好きの隣人はいないので、彼がひそかに《ブルーノをつかまえて》と名づけているサンドニの昼メロに新エピソードを提供することにはならない。

「というわけじゃないけど」イザベルは言って、両膝をつき、恍惚としているジジを愛撫して甘やかした。この犬はいつだって女性が好きなのだ。「バセットハウンドは猪狩りができるってほんと？」

「そのように交配されてきたんだ、狩りの守護聖人ヒューバートみずからが手がけたらしい。速くはないが一日じゅうでも走れて、へたばらないので、猪のほうが消耗する。そこへ両脇から一匹ずつ襲いかかって、猪の前肢《まえあし》に咬みついて引っぱれば、猪は肢をひろげてぺしゃんこに倒れ、ハンターが来るまで動けない。でもぼくがこの犬を使うのは主に鴫《しぎ》を獲るときだけだ。獲物を傷つけないから」

「J＝Jが今日の捜査状況をあなたに報告したほうがいいって」甘える犬から離れて立ちあがった。「わたしはサンドニの捜査本部をまかされたんだけど、実際の活動はすべてペリグーに移ってしまったから、さびしくて退屈で、だからあなたの家を訪ねてみようと思ったの。好物をJ＝Jが教えてくれたのはもっと前の話。そのくらい想像できるのに」

「とにかく、最新報告はぜひ聴きたいし、来てくれて大歓迎だ。それによくここを見つけられたね」

「あら、どうってことなかったわ。《ル・モンド》を買いに寄った〈メゾン・ド・ラ・プレッセ〉の女性に訊いたから。ペリゴールの人種差別殺人について、国民戦線がらみで小さな記事が載ってた。パリの報道陣の半分は月曜までにここへ押しよせるでしょうね」

それに〈メゾン・ド・ラ・プレッセ〉にドミニクがいたなら、いまごろサンドニの全住民がブルーノに新しい女友だちができたことを知っている。この道の突き当たりにでも張りこんで、彼女が怪しい時刻に帰らないか目を光らせているだろう。イザベルをまともな時刻に帰らせようと、ブルーノはひそかに誓った。

「名前はジジだ」犬がごろりと仰向けになり、かいてもらうために腹を見せて完全な服従を示すと、ブルーノは言った。

「ジタンを縮めたんでしょ、J＝Jが言ってたわ。J＝Jはあなたの大ファンだから、初めてこの村へ車で来たとき、道中あなたのことをなにもかも聞かされたの」

「J＝Jはいい人だし、立派な刑事だよ。その袋はぼくが持つから、こっちへ来て座って。なにを飲む？」

「リカールを一杯、水をたっぷり入れてね。それから家を案内してくれる？　J＝Jに聞いたけど、あなたは陸軍の工兵だったからこの家を全部ひとりで修復したんですって？」

がんばってよろこばせようとしているなとブルーノは思ったが、にっこり笑って、イザベルを玄関から招き入れ、去年の冬に作った大きな暖炉のあるリビングへ案内した。一緒にキッチンへ行って、彼が飲み物を用意するあいだ、彼女はふだんブルーノがひとりの食事をとる高いカウンターにもたれた。トールグラスのそれぞれにきっかり四センチ、リカールを注ぎ、氷を一個ずつ落として、冷蔵庫で冷やしていた水差しの水で縁まで満たした。グラスをイザベルに手渡し、自分のグラスを軽く掲げてから、ひと口飲んで作業にかかった。

イザベルが持ってきたステーキ肉の包装をはがし、赤ワイン、マスタード、ニンニク、塩胡椒で手早くマリネ液を作る。つぎに庖丁の平らな面で好みの薄さになるまで肉を叩き、液に漬けた。

「水道水じゃないの?」イザベルがたずねた。

「井戸に電動ポンプを取りつけた。貯水タンクに汲みあげるんだけど、味は保証するよ。試飲したから。友だちとね。ここを作ったのはぼくよりもむしろ村の友人たちなんだ——配管、電気、土台、肝腎な部分は全部。ぼくはなんの技術もないただの働き手だった。さて、見せるところはあとわずかだけど」

ブルーノはドアの横のブーツ置き場を見せた。そこには洗濯機と古いシンク、ブーツやコート類、釣竿に猟銃、弾薬が鍵をかけてしまってある。イザベルが革のジャケットを余っていたフックに掛けると、つぎに自分で作った大きな寝室と、書斎として使っているそれよりも狭い予備の部屋を見せた。無地の白いシーツと上掛けのダブルベッド、ベッドサイドの読書灯や本棚に彼女がすばやい評価を下すのを、ブルーノは横目で観察した。ベッドの横にはマックス・ガロのナポレオン史『アウステルリッツの太陽』が開いたままのっており、イザベルは近づいてほかの本も見た。ボードレールの詩集の背表紙を人差し指でそっとなでおろし、振り向いて、さぐるように片方の眉をあげて彼を見た。ブルーノは曖昧に微笑み、肩をすくめたが、なにも言わなかった。ベッドと向きあう壁に掛かった税関吏《ドゥアニエ》ルソー（アンリ・ルソーの別名）の『カーニバルの夜』の絵をしげしげと眺めてから、ふたたび振り向いて彼を見たときも、やはり黙っていた。整理ダンスの上の額入り写真に彼女が目を向けたときは、唇を噛んだ。テニス・クラブの楽しげな夕食会の写真が二枚、ラグビーの試合で彼がトライを決めた写真が一枚、装甲車を囲むように立っている軍服姿の男たちの集合写真が一枚。ブルーノとフェリックス・マンジャン大尉はたがいの肩に腕をまわしている。それから、必然的に、イザベルの視線はつぎの写真に移った。軍服を着たブルーノがどこかの川辺で笑いながら横たわってくつろいでいる写真。その隣で幸せそうなカタリナが、いつもの哀しげな目から長い金髪をかきあげている。ブルーノが持っている彼女の写真はそれ一枚しかない。イザベルはひとことも言わずにブルーノの横をかすめるように通り、質素な浴室をのぞいた。

「ずいぶんきれいにしてるのね。男のひとり暮らしには清潔すぎるくらい」

「たまたまきみが掃除の日に来たからさ」にっこり笑って、なんのやましさもないしるしに両手をひろげてみせた。これでイザベルはぼくの人生に女性がいたことを知ったわけだ、と思った。それがどうした？　遠い昔のことで、痛みはもう鈍くなっている。

「ジジはどこで寝るの？」

「外。猟犬だし、一応番犬ってことにもなってるから」

「あの天井の穴はなに？」

「つぎの計画なんだ。その気になったら取りかかる。階段をつけて、天窓を作って、階上《うえ》にもひとつかふたつ寝室を作ろうかなと」

「テレビはないのね」

「ラジオがある」そっけなく答えた。「外を見にいこう、ステーキを炙《あぶ》る火を熾《おこ》すよ」

イザベルは納屋の隅にこしらえた作業場に感嘆した。道具はすべて壁のハンガーボードからぶらさがり、パテや保存食の広口瓶が棚の上にずらりと整列している。ジョーにもらった鶏たちの子孫に二羽の鵞鳥《がちょう》も加わった放し飼いの囲いを見たあと、イザベルは菜園のトマトの本数や野菜の列を数えた。

「これ全部、一年で食べるの？」

「けっこう食べるよ、テニス・クラブで昼食や夕食に使うし。余ったらいつでも人にあげられるしね。冬用に缶詰にもしておくんだ」

去年の葡萄の乾いた蔓をひと束取りあげて煉瓦のバーベキューグリルに積み、その上に木炭をひと袋あけて、下に古新聞を一枚差しこみ、火をつけた。キッチンに戻り、トレイにグラスとナイフやフォークをのせ、イザベルが持ってきたメドックの上等なクリュ・ブルジョワ級のワインをあけた。これまたイザベルの持ってきた鹿のパテの瓶をあけて、小キュウリ《コルニッション》のピクルスとともに皿に出し、木のボードに楔形のブリーチーズを見栄えよくのせた。

「外で食べよう」トレイを運びながら言った。「サラダを作ってくれたら、そのあいだにぼくがステーキを焼くけど、バーベキューの準備ができるまでまずワインでも飲もうか」

「ここには女性の気配がないわね」テラスの緑色のプラスチック・テーブルにつき、期待に唇をなめているジジを見つめながら、イザベルが言った。バーベキューグリルに火が入ることがなにを意味するか、この犬は知っている。

「いま現在はね」ブルーノは言った。

「女性もいない、テレビもない、スポーツのチームの写真のほかは壁に写真もない。家族の写真や、ガールフレンドたちの写真も。陸軍時代のあの写真以外は。あなたの家は欠点がなにもなく――個性もなくて――本はどれもノンフィクションばかり。わたしの推理するところ、自制心が強くて、とてもきちんとした人ね」

「車のなかをまだ見せていなかったね」分析をかわそうとして、微笑んだ。「ひどいもんだよ」

「それはあなたの公の生活、仕事の顔でしょ。この家は素顔のブルーノ、そしてだれの家であってもおかしくない。あの本がなければ。たとえ古いものばかりだとしても、教養ある男の家にありそうな類の本ばかりだわ」

「ぼくは教育を受けていない。学校は十六まででやめた」

「そして陸軍の青年大隊に入った。ええ、知ってる。それから戦闘工兵に加わって、落下傘降下訓練を経て昇進。アフリカで外人部隊となにか特殊作戦に参加して、その後ボスニアに行き、燃えている装甲車から負傷者たちを救出して勲章をもらった。士官への昇進を断り、その後セルビアの民兵組織がボスニアの村を燃やすのを阻止しようとして狙撃され、治療のためフランスに送還された」

「すると――ぼくの軍歴を読んだのか。中央総合情報局《RG》と一緒に調査したのかい？」内心では、公のファイルからわかることなど微々たるものだと思っている。イザベルはボスニアで彼の上官だったフェリックス・マンジャンに気がついただろうか。ブルーノに好意的な報告書を書き、彼がなぜボスニアのその村を救おうとしたかの説明を慎重に避けてくれたフェリックス・マンジャン大尉の名を、サンドニの村長の名と結びつけただろうか。

　セルビア人部隊の売春宿と化していたその倒壊しそうな古いモーテルを発見したとき、フェリックスはブルーノとともにいて、奉仕を強いられていたボスニアの女たちを一緒に救出した。それからボスニアの安全な村の安全であるはずの一軒家に移らせて、〈国境なき医師団〉の協力を得て彼女たちを治療し、悪夢から立ちなおらせる手助けをした。そう、公のファイルにすべてが語りつくされることは決してなく、無味乾燥な記録に人の決断や人生の思わぬ出来事という現実が描かれることもない。

「いいえ、わたしが調べようとしたんじゃなく、J＝Jがファイルを手に入れたの。ラランドの逮捕劇の翌日、この事件が政治的問題に発展しそうだとわかったときに。通常の手続きよ、こういう微妙な事件を扱うときに関係者全員についておこなう履歴のチェック。J＝Jが見せてくれたんだけど、感動しちゃった。わたしの勤務評定に上司たちはあんなにいいことを書いてくれるかしら」イザベルは微笑んだ。「RGファイルはすべて網羅してるのよ。あなたのクレジットカード情報、定期購読契約、軍歴に狙撃兵と記されているわりには驚くほど低い憲兵隊射撃練習場でのスコア、多額の預貯金」

「ぼくは金持ちじゃないよ。ただ給料の使い途《みち》があまりないだけで」それでなにかの説明になるかのように言った。

「大勢いる友だちのためには使うでしょ」イザベルはリカールを飲み干した。「警官として来たんじゃないのよ、ブルーノ、家から遠く離れた村で、仕事がオフというめったにない夜に暇をもてあましてる人懐っこい同僚として押しかけてきたの。穿鑿するつもりはないけど、当然ながらあの写真の女性については興味があるわ」

ブルーノは黙っていた。イザベルはワインを自分で注ぎ、グラスをまわして香りを嗅いだ。

「初めてこの村へ来たときにJ＝Jが昼食に連れていってくれて、このワインを注文したっけ」彼女が言う。ブルーノはまだほとんど残っているリカールを前に、うなずいた。

「で、J＝Jはぼくになにを伝えておけって？」会話を安全な方向に戻そうと決めて、たずねた。

「まだたいした成果はないの。あの少年か少女、または少女の家にいたほかの若いファシスト連中のだれかがハミドのコテージ内にいたことを示す指紋も鑑識報告もない。少年も少女もハミドと面識はないし、家を訪ねたこともないと言ってる。家の壁に飾ってあった短剣に血液反応は見られなかった。つまりいまのところこちらにはドラッグと政治しかないわけで、少女はドラッグで有罪にできるけど、少年は縛られていた。弁護士は彼が共謀していないと言うでしょうし、十八歳未満だから未成年の扱いね」

「あのセックスは合意のうえに見えたけどね」

「ええ」短い返事。「そうなんでしょうけど、あれはセックスで、たとえ未成年でも違法ではない。麻薬をやったという証拠でもない。少年は釈放せざるをえないかも。わたしがパリで学んだようにやらせてくれたら、彼女を通して少年に圧力をかけるところなんだけど。なんとなくだけど、あのふたりは殺人になにか関与している気がしてならないの、法医学的証拠はなくても。少女は確実に薬物所持で有罪だけど、少年は明らかに恋しちゃってて彼女のことばかりたずねてる。彼から薬物使用を告白させられれば、そこからさらにいろいろ聞きだせるかもしれないのに。でもJ=Jはそういうやりかたはしない、ご存じのように」

「ペリゴールに正義はいまだ健在なんだ」ブルーノはそっけなく言った。振り向いて木炭の燃え具合に目をやる。まだだ。リカールを飲み干すと、イザベルがメドックを注いでくれた。

「ひとつ新たな進展があったわ、コテージへ通じる道の土から。タイヤ痕の型を取ったらひと組がジャクリーヌの車と一致したの——ただしそれはミシュランで、一致する車は何千台もあるんだけど」

「うん、それにあの道は何軒かの家に通じている」

「たしかにね。それと、月曜にパリから野心満々の若い予審判事が到着して事件を引き継ぐの。その時点でわたしたちはその男の選択する手がかりを追う捜査員になりさがる。パリ警視庁の友人たちが言うには、だれが担当するかで政治的な争いが起きてるそうだけど、いまのところ国家警察ではこのままJ＝Jが指揮を執ることになるわ。たぶん証拠が乏しすぎるからでしょうね。もしもいま解決の糸口が見えてれば、パリからだれか大物が来て自分の手柄にしていたところよ。じゃ、サラダを作るわね」

ブルーノは立ちあがって、通りしなにテラスの明かりをつけながら、イザベルについていった。キッチンで冷蔵庫からやや元気のないレタスを取りだし、オリーブオイルとワインビネガーの場所を教えた。鍋で湯を沸かし、いくつかジャガイモの皮をむいて薄く切り、ニンニクをつぶしてから、フライパンにオイルを少々たらした。湯が沸くと、イザベルに見られているのを意識しつつ、スライスしたジャガイモを入れ、エッグタイマー代わりの小さな砂時計をひっくりかえして三分間ゆがくようにセットした。

「砂が全部落ちたら、水切りして、キッチンペーパーで水分を拭きとって、そのつぶしたニンニクと一緒に二、三分オイルで炒めてくれるかな。塩と胡椒を振って――そこにあるから――フライパンごと外へ持ってきて」と指示する。「ありがとう。ぼくは外でステーキを焼くよ」

炭の具合はちょうどよく、猛々しい赤色に燃えてうっすらと灰をかぶっていた。焼き網を炭に近づけ、ステーキを並べて、小声で《ラ・マルセイエーズ》を口ずさむ。熟練の賜物で、ぴったり四十五秒で歌い終わるとわかっている。ステーキを裏がえし、焦げ目のついた表面にマリネ液をたらして、もういっぺん歌う。つぎにひっくりかえしてマリネ液をかけながら十秒待ち、もういっぺん裏がえして十秒。そこで焼き網を炭から離し、グリルの煉瓦にのせてあたためておいた皿に肉を移す。ほどなくイザベルが片手にフライパンを、もう一方にサラダを持ってあらわれ、ブルーノはステーキをテーブルにおいた。

「待っててくれたのね」イザベルが言う。「ほかの男ならわたしが彼のやりかたを守っているか見にきたでしょうに」

　ブルーノは肩をすくめ、皿を手渡して、言った。「めしあがれ《ボナペティ》」イザベルはポテトを取り分け、サラダはボウルに入れたまま盛りつけなかった。好ましい。ブルーノは肉汁がポテトにしみこむのは好きだが、サラダのオイルやビネガーと混ざるのはそうでもない。

「ポテトは完璧だ」

「ステーキも」

「気にかかってることがひとつある」ブルーノは言った。「リシャールの父親に会ったんだけど、どういうわけか息子はハミド老人が戦功十字章をもらったことを知っているらしい。尋問中にきみかJ＝Jが話したんでなければ、どうして知ったかがわからない。コテージの壁に飾ってあるのを自分の目で見たんでないかぎり。きみは毎回取調べに立ち会ってる？」

「いいえ。ペリグーでJ＝Jがやったから。でもやりとりはすべて録音されているから、確かめることは可能よ。J＝Jがそんなふうに口をすべらせたとは思えないけど。ハミドの親戚のだれかから学校で聞いた可能性はない？」

「あるかもしれないが、前にも言ったとおり、あまり仲がよくはなかったからね。コレージュで喧嘩しているし」

「そんな昔のことにたいした意味があるかしら」イザベルが皿の肉汁をパンで拭《ぬぐ》い、サラダやチーズを自分で取るさまを、ブルーノは満足して見つめた。「このステーキはちょうどいい焼きかげんね」

「うん、だけど、すべてきみのおかげだよ。夕食とワインをごちそうさま」事件に関する会話を続けるべきだと思ったが、目新しいことはたいして残っていなかった。「父親はリシャールはやっていないと確信している」

「驚いた！　キャンドルを持ってない、ブルーノ？　電気がついていたんじゃ星が見えないわ、ここからの眺めはすばらしいでしょうに」

「ぼくもあの子のことは知ってる、父親が正しいかもしれないと思うよ」ブルーノはブーツ置き場から小さなオイルランプを取ってきた。ガラスケースをはずして芯に火をつけ、ガラスを戻し、そこでやっとテラスの照明を消した。

「そうするといまのところ容疑者は皆無ってことよ。マスコミや政治家が警察をせっついてるのに」

「ちょっと待ってて」ブルーノはセーターを取りに家に入り、イザベルの革のジャケットと自分の携帯電話を持ってきた。「風邪をひくといけないから」と言ってジャケットを渡し、携帯の番号を押した。

「モム。お邪魔してすみません、ブルーノです。事件でちょっと気になることがありまして。ずっと前にコレージュで喧嘩があって、リシャールをお宅へ夕食に招いたことをご記憶ですか。

ご家族がみんなふつうのフランス人の暮らしをしていることを見せたんですよね。おぼえていますか」

イザベルは電話で話すブルーノをじっと見ていた。わざわざそちらを見なくても、評価してくれているのは感じとれた。話がすんでも、ブルーノは電話をすぐにテーブルにおかずに耳にあてたまま、イザベルの思惑を推しはかろうとした。好意をもってくれてはいるようで、サンドニにも、ペリグーにも退屈している。ブルーノが愉快な気晴らしになることを期待しているのかもしれない。でもこの田舎は彼女の手に余るのだろう。ここがパリなら泊まっていく意思の有無をそれとなく伝えることもできようが、賢いだけにこの田舎の社会的ルールが異なるのを理解しているのだ。求愛の儀式はもっとおごそかで、ためらいを含んでいる。フランスの最奥地と呼ばれるこの不思議な土地で、よく知らない相手としばし戯《たわむ》れの時間をもち、その過程で何度かすばらしい食事をとること自体、おもしろいと思うかもしれないが。

この食事だけでもここまで遠出してきた価値があると、イザベルは自分に言いきかせているかもしれない。ともかく、ぼくが間にあわせの玩具にはならないことを教えてやらなくては。ぼくがこの通話を終えたら、彼女は〈オテル・ド・ラ・ガレ〉の味気ない部屋に帰り、iPodで音楽を聴きながら、電話を切るときに自分のほうを見もしなかった男のことを思いめぐらすだろう。食べる物を自分で育て、家を自分で建て、テレビを持っていない男。イザベルのように頭がよくて野心家の若い女といちゃつきたいのかどうか自分でもよくわからずにいる男のことを。

「またしても行き止まりだ」ブルーノは言った。「モム——殺された老人の息子——はきみたちの主要容疑者が十三歳だったころに夕食に招いて、父親がフランスのために戦って勲章をもらったことは家族の誇りだと話したそうだ。だからリシャールは勲章のことを知っていたんだ」椅子に深く沈みこみ、心を落ち着かせる。「コーヒーは？」

「いえ、やめておく。眠れなくなっちゃうから。明日は早起きして殺人事件の最新情報をまとめて、そのタイヤ痕のことを調べなきゃ。パリからやってくるだれかさんのために、明日はJ＝Jもサンドニに戻ってきて準備を整えることになってるの」

ブルーノはうなずいた。「ところで、月曜の正午にデモがおこなわれる予定なんだ、共産主義者が組織する連帯の行進なんだが、村長が指揮を執ることになるだろう。大人数にはならないと思う、学校の生徒たちが中心だ」

「J＝Jに伝えるわ、RGにカメラを構えてスタンバイさせるように」イザベルは緊張した笑い声をたてて、腰をあげ、ふとためらった。どうしたらうまく別れを告げられるかわからないというように。「ファイルのためよ」とつけ加えた。「でもあなたもわたしも知ってるわよね、公のファイルではわからないことや説明されていないことがどんなに多いか」

「こんなふうに思いがけない楽しい夜にしてくれてありがとう、残り物を夕食にもらうジジもきみに感謝してる。車まで送っていくよ」ブルーノはテーブルをまわり、彼女を追い越して車まで歩いていき、ドアをあけてやった。イザベルはブルーノの両頰にキスをして、車に乗りこんだが、ドアを閉じる前にブルーノの脚の横をすり抜けてジジが突進し、彼女の太腿に両肢をかけて顔をなめた。イザベルはびっくりし、そして笑い、ブルーノはジジを引き離した。

「ありがとう、ブルーノ」心のこもった口調だった。「楽しかったわ。ここはすてきね。また来てもいいと言ってくれたらうれしいけど」

「もちろん」ブルーノは相手に本心が読みとれないとわかっている、礼儀正しいどっちつかずの口調で言った。彼女は去るのを残念に思っているだろうか。「そうしてくれたらうれしいよ」とつけ加えると、彼女がにこっと微笑んだので意表を突かれた。別人かと見まがうほどの、輝くような微笑だった。

イザベルはドアを閉めて、エンジンをかけ、バックで出ていった。車をターンさせて、ミラーをのぞき、ジジと並んで手を振っている彼を見た。車のライトが遠ざかって消えていくと、ブルーノは空を仰ぎ、漆黒の闇にまたたく星の大河を見つめた。

14

皿洗いをし、わずかな残り物をジジにやりながらじっくり考え抜いた末に、全友人のなかで最適なパートナーはバロンだという結論に達した。イカレた英国女性とその友人とのミックス・ダブルスをするために。おっと。パメラとクリスティーンだ。ブルーノはふたつの名前を声に出し、そのやわらかい響きを楽しんだ。優しく親密にささやくのにふさわしい。どちらの名前も好きだが、イザベルもまた捨てがたい。それもまた優しい音で、恋人の耳にそっとささやく名前だ。ミックス・ダブルスのパートナーという難題に思考を引きもどす。バロンは若すぎないので安心感を与え、気さくで社交的で、フランス人にはめずらしいエキセントリックな面も具えている。英国人のエキセントリック好きは、周知の事実としてフランスのどの教科書にも載っている。

ブルーノも嫌いではないし、自分にももうすこし奇抜なところがあったらいいのにと思うこともある。かつて穏やかで用心深い人格を脱ぎすて、思いきって冒険を求めたときは、その時間を享受した。冒険。その単語をしばしのあいだ口のなかで転がす。いまだに胸が躍る言葉。いまでも少年時代の夢の引き金を引く。神秘的な場所へ旅して困難に挑む夢、静かな片田舎の警察官がめったに知ることのない激烈なドラマと情熱の夢。だが考えてみれば、田舎の警察官になったのはその種の激烈さをボスニアで味わい、精根尽き果てたからだった。手が思わず腰の古い傷痕に向かい、またあの混乱した記憶が襲ってきた。騒音や炎、倒れるときにぐるぐるまわった世界、ぎらつくヘッドランプ、雪を染めていた血。出来事とイメージが混沌と入り乱れて、その一連の流れを頭のなかで整理することができなかった。サウンドトラックだけがくっきり耳に残っている――低音のリズムで回転するヘリのブレード、対位旋律をなすマシンガンの乾いた銃声、手榴弾の破裂音、甲高く耳を引き裂く戦車の走行音。いつしか自己憐憫《れんびん》的感情に包みこまれていたブルーノは、心のなかでそれを振りはらった。愚かすぎて自分しか見えていなかったので、すぐ目と鼻の先で起こったドラマを忘れかけていた。一週間のうちに殺人、麻薬、風変わりなセックスを田舎警官が扱わなければならないなんて、そうそうあることじゃない。

食器を注意深くラックに立てかけて水を切り、朝食のカップと皿とナイフを並べてしまうと、膝をついてジジをなでてやった。犬はブルーノの足元で、ひょっとしたらまだディナーの残りがあるのではと期待してくんくんにおいを嗅いでいた。犬の顔を両手でそっとはさみ、耳のうしろのやわらかいところをかいてやり、頭をさげて額と額をくっつけると、自分の喉の奥深くから愛情のこもった音が漏れ、犬がそれに応えるエコーが聞こえた。犬の発するその低く愛らしい音には呼び名があるはずだ、威嚇《いかく》のニュアンスを伝える言葉であるうなり声とはべつなのだから。猫なら、喉をゴロゴロ鳴らすと表現するところなのだが。ジジは頭をひねってブルーノの顔をなめ、主人によじのぼって両肩に前肢をのせ、耳をなめ、首に鼻を埋めてきた。ブルーノはふれあいと愛情表現を楽しみ、犬をハグして肩をぽんと叩いてやり、立ちあがった。寝る時間だよ、と声をかけた。ふたりともな。

自分はいまほんとうに心を占めている事柄から目をそらそうとしている。ジジを犬小屋へ連れていきながら、ブルーノは認めた。最後に鶏小屋のフェンスを油断なく一瞥《いちべつ》すると、遠い森でホーホーと梟《ふくろう》が啼いた。テーブルになにも残り物がないことを確認し、バーベキューの灰に水をかける。反省や疑念に身をゆだねる瞬間を避けようとしているのは自覚していた。イザベルの帰宅をすんなり受け入れてしまったことを、いまや深く後悔しているのだった。

そうなのだろうか。広大な星の河や、遠い飛行機の灯りを見あげながら、自問する。自分はホテルへ帰るというイザベルの決断をただ黙認したのか、それとも臆病さから彼女が一緒にいることを望んでいないという印象を与えたのか。もっと大胆だったら、夜空の下で迷わず彼女を抱擁し、しなやかで知性と野心にあふれた現代的な若い女と新たな情事という大冒険に乗りだしていたのに。

おいおい、ブルーノ。歯を磨きながら己を諭した。自分をおとしめたり、卑下したりするんじゃない。この手でこの家を建てたじゃないか。独学で庭いじりをおぼえ、自分や友だちが食べられるような野菜を作り、土の感触や季節のリズム、フランスの田舎に昔からある優しいやりかたを理解するカントリーマンになった。いまでは己にもコミュニティにも義務と責任がある。外国を見てきたし、愛も戦争も負傷も戦闘も知った。じゅうぶんすぎるほどの冒険だ。冒険とは賭けと危険を意味し、自分はその両方を味わった。もう一度進んでそれらを求める気はない。サラエボの空港で爆破されたフランスの軽戦車の映像が、不意にどっと流れこんできた。ともに訓練し、食事をし、並んで戦った男たちの引き裂かれた肉体。あれが冒険だったのだ。終わったことを神様《ル・ボン・デュー》に感謝しなくてはいけない。

カタリナと写っている写真を手に取った。恋人同士になって間もないボスニアの輝かしい夏、冬が来てセルビアの奇襲部隊や彼を撃った狙撃兵を雪が隠す前の。あのころは生気と情熱がみなぎり、任務の一部なら暴力的行為を遂行することもできた。ブルーノは写真をおいて、カタリナがくれたボードレールの薄い詩集を棚から抜きだすと、ページを開いて彼女からのメッセージを読み、流れるような筆跡の署名に見入った。ふたたびあの声も聞こえた。戦争になる前、彼女が学校で子供たちに教えていたという、せせらぎを思わせる発音のフランス語で、彼に詩を朗読してくれる声。ああした日々がとうに去ってよかったとほとんど心の底から感じる反面、冷たいシーツのあいだにすべりこみ、明かりを消すときになって思った。おまえは独り寝の期間が長すぎたし、魅力的な女性をベッドに誘うことからずっと逃げてきたんじゃないのかと。

そこで、もっと心が浮き立つ考えが浮かんだ。自分に厳しすぎたあとはたいがいそうなのだ。ここ最近、魅力的な独身女性三人との出会いがあった。まず、イザベル。有力な容疑者があらわれていないので、しばらくこのサンドニにとどまるだろう。それに、イカレた英国女性、パメラ。彼女はここの住人だし、興味をそそる人だとわかった。そしてパメラの友だちのクリスティーン。ここには短期間しかいないが、率直にものを言う進取の気性に富んだ女性で、見かたによっては三人のなかでいちばん美人だ。明日はそのうちふたりとテニスで、同行するライバルは友人のバロンひとりだけ。

きっと楽しくなるだろう。バロンは根っからの競争好きで、負けるのが嫌い、女に負けるのはもっと嫌い、なによりも英国人に負けるのは耐えられない。そしてブルーノがプレイを見たかぎりでは、バウンドの予想がつかない芝コートでクリスティーンとパメラが彼らを打ち負かす可能性はじゅうぶんにあった。生来騎士の作法が身についているバロンが、敗れて激怒しながら静かに葛藤するさまもそれ自体見ものだ。友への愛情に顔をほころばせ、気のめいる回想から心地よい針路へと思考の舵を取ったことに満足して、ブルーノはいつしかすやすやと眠りに落ちた。

五月の美しい朝、バロンの大きな古いシトロエンでヤニックの家の脇を通る田舎道をのぼり、人気《ひとけ》のないハミドのコテージへの分岐点を過ぎて丘にのぼると、パメラの農家の魅惑的な眺めが眼前に開けた。バロンは速度を落として停車し、おごそかな賛美をこめてその光景を見つめ、つぎに車から降り立ってさらにじっくりと見入った。ブルーノも降りて近づき、バロンの反応を楽しみ、自分と同じだとうれしく思った。ふたりが無言で立ちつくしていると、うしろからドラムを叩くような音が近づいてきて、振り向くとふたりの女性が馬にまたがり、髪を風になびかせて、尾根をこちらへ向かって駈歩《キャンター》でやってくるところだった。車と男ふたりに気づくと、彼女たちは馬に拍車をあててほぼ全速力までスピードをあげた。

ふだん街へ乗りにいくときとちがって、今朝のパメラは帽子もきちんとした黒の乗馬服も着ていなかった。白いシャツの襟元を開き、緑色のシルクのスカーフを鳶《とび》色の髪にからませ、穿き古した感じのパンツを乗馬ブーツにたくしこんでいる。バロンがブルーノにしか聞こえない低い音で感嘆の口笛を吹き、片手をあげて挨拶した。

「すぐ行くわ、ブルーノ。お友だちもようこそ」鼻を鳴らしている茶色の牝馬の手綱を引いて速歩《トロット》に落としながら、ふたりに声をかけた。クリスティーンはスピードを落とさず、一瞬だけ片手をあげて挨拶してから馬の首の上にかがみこむ姿勢に戻って、飛ぶように坂を下っていった。パメラはうらやましそうに目で追っていたが、振り向いて大声で言った。「鞍をはずして、着替えてからコートへ行くわ。着替えにはプールの横の小屋《キャバヌ》を使って」

おしまいのほうはほとんど風にかき消され、パメラもふたたびキャンターで馬を駆り、クリスティーンを追って母屋のほうへ向かった。下馬して門やフェンスを開閉するよりも敷地の端まで遠回りするほうを選んで。

「馬で駆け抜ける容姿端麗なふたりの女性か。たまげたな《モン・デュー》、しかし目を瞠《みは》る光景だった」バロンが大声で言い、ブルーノはテニス・コートでなにがあっても今日はうまくいくと確信した。

バロンにはふたりがテニス・ウェアでプレイすることを伝えておいたので、男ふたりは白の短パンにTシャツを着た。コートで対面して紹介しあったとき、白を着た四人はなんだか改まって見えるとブルーノは思った。バロンは会釈しながらパメラに持参したシャンパンを差しだし、「おふたりの勝利を祝って、メダム」と言った。パメラは受け取ったボトルを小屋《キャバヌ》で盛大な音をたてているひと昔前の冷蔵庫へ持っていき、彼女が戻ってくるころにはバロンがクリスティーンにパートナーを申しこんでいて、ブルーノはネットの反対側からフォアハンドでふたりにかわるがわるボールを打っていた。

「あなたはぼくを押しつけられたようです」もうひとつボールの缶を持ってコートに入ってきたパメラに、ブルーノは言った。

「わたしはいつも法を味方につけるほうが好きよ、ブルーノ」パメラが微笑み、真剣な乱打がはじまった。ボールを二個使い、ブルーノはクリスティーン、バロンはパメラ相手に打ちあった。女性ふたりはどちらも上手で、ボールを注意深くコントロールし、ベースラインぎりぎりまで深い球を打ってきた。気がつけばブルーノも同じように反応し、フォアで打ちあうリズムに乗ってきた。ボールの半分はネットにひっかけてしまうふだんの乱打とくらべて、満足感のあるウォーミングアップだった。

　第一セットは四人全員にサーブがまわった。ブルーノは15-40の劣勢から挽回しなければならなかったが。コートも芝の摩訶《まか》不思議なバウンドも知っているパメラとクリスティーンは経験を活かして立ち位置を変えたが、ブルーノとバロンは気まぐれなバウンドごとにあたふたと駆けまわり、へとへとになった。女性たちは涼しげで爽やかで落ち着いているのに、男たちは額の汗を拭《ぬぐ》い、シャツの前をはためかせて風を送る始末だった。

　セットポイントで、バロンのプレイを熟知しているブルーノは決定的なスライスサーブを打ってくるだろうと予測し、親指の付け根で立って体を軽く左右に揺らした。けれどもバロンは意表を突いてブルーノの額を狙った速球を打ってきたので、ブルーノはベースラインまでさがってクリスティーンにリターンした。彼女が打ちかえし、ブルーノはまたベースラインから同じショットを打った。リズムが戻った。五打、六打、そして八打。強いラリーが続いていたところへ、不意にクリスティーンが戦術を変え、強烈なフォアをパメラに向けて放った。パメラがバロンに打ちかえし、今度は彼らがベースラインから打ちあう番になった。そこでパメラの六打目が芝を妙な角度でとらえ、ボールはネットのトップに当たり、ぽとりとわびしく自分側のコートに落ちた。あわてたバロンがかろうじて返したボールがネットのトップに当たり、ぽとりとわびしく自分側のコートに落ちた。試合終了《ゲーム・アンド・セット》。

「すごいラリーだった」パメラが叫んだ。あまりに熱のこもった口調だったので、ブルーノはお世辞じゃないかと疑った。「お見事でした、バロン、最後のアンフェアなバウンドは不運だったわね。あれがなければそちらが勝っていたかも」

「なにか飲まなくちゃ」クリスティーンが言い、駆け寄ってブルーノと握手してから、バロンのほうへ戻って彼の両頬にキスをした。

「わたしはシャワーを浴びなくちゃ」パメラが笑う。「そのあとで一杯。試合のお相手をありがとう。それにあの最後のラリーも。あんなに長くラリーを続けたのは、いつだったか思いだせないくらい久しぶりよ」

ブルーノは傷ついた男のエゴをなだめる女たちの手腕に感嘆した。彼もバロンもかなわなかった。ふたりとも汗をぽたぽた滴《したた》らせ、ミックス・ダブルスを一セットではなく、まるで長いハードな試合を戦ったあとのような姿だ。ふだん試合で負けたときは暗い顔で唇を引き結んでいるバロンが、女性たちの注目を浴びたうれしさに喉をゴロゴロ鳴らさんばかりになっている。

「小屋《キャバヌ》にシャワーとタオルがあるわ」とパメラが言う。「わたしたちは家のほうでシャワーを浴びるから、十分後にここでシャンパンを飲みましょ。それまでのあいだ、冷蔵庫にボトルの水があるのでご自由にどうぞ」

ブルーノがタオルで首の汗を拭い、ラケットをしまうと、バロンがにやつきながら足を引き引き寄ってきた。

「なんとチャーミングな娘たちであることよ」

くたくたのブルーノも同意の笑みを浮かべた。彼女たちはたしかにチャーミングだし、それに、まあ娘らしくもある。おまけに皮肉屋のバロンをこうもたやすく意のままに操れるのなら、すこぶる侮りがたい女たちだ。水を一リットル飲み、シャワーを浴びて着替えたあと、ブルーノがのんびり歩いてプールのそばのテーブルに行くと、すでにシャンパン用のフルートグラス四脚とアイスバケットが用意されていて、その横に濃い紫色のカシスのボトルがあった。慎み深くラベルをチェックした。スーパーで売っている大量生産のブラックカラント・ジュースではなく、ブルゴーニュ産の本物のリキュールだ。

パメラとクリスティーンはジーンズとブラウスに着替えてトレイを運んできた——一方のトレイには皿、ナイフとナプキン、もう一方にはパテ、オリーブ、チェリートマトに焼きたてのバゲット。バロンがシャンパンを抜栓し、それぞれのグラスにカシスを少量注いでから、あふれさせないよう慎重に縁までシャンパンで満たした。

「つぎはぜひわたしと組んでね、ブルーノ」クリスティーンが言う。「バロンがわたしに復讐を手伝ってほしいならべつだけど」

「わたしは勝ってるチームを組み替える気はないわ」とパメラが笑う。「ブルーノとは別れない」

「仰せのままに、お嬢さまがた」バロンが言った。「よろしければこの夏のわれわれのクラブ・トーナメントにご参加いただけませんか。ふたりともかなりいい線いくと思いますよ、ふたりでペアを組むか、ミックス・ダブルスで」

「ごめんなさい、夏まではいられないの」とクリスティーン。「イングランドに帰って、長期有給休暇が終わる前に研究論文を仕上げないと」

「八月に一週間ほど戻ってくるというのもだめですか」バロンは諦めなかった。

「泊まる部屋がないわ、残念ながら」とクリスティーン。「パメラはハイ・シーズンに部屋を貸した収入で一年の残りを食べてるの、八月は書き入れどきなのよ」

「それでも、いまやあなたを泊める友人はほかにも大勢いますから。うちの質素なシャルトリユーズを自由にお使いください。わたしの娘たちがトーナメントのためにパリから戻ってくるので、退屈しないようにおもてなししますよ」

「シャルトリューズ?」パメラが訊いた。「それって修道院のことかと思ってた」

「そうなんです、カルトゥジオ修道会の。でもいまでは人里離れたカントリーハウスや領主館のことも指すようになって、このあたりではおおむねある特定の建築物を指すんです、奥行きのある細長い部屋ひとつに長い廊下のついた。農家よりはもったいぶってますが、城《シャトー》ほどじゃありません」バロンが説明した。「わが家も代々所有してましてね」

「それはとてもありがたいんですけど、八月には抜けだせそうもないわ」クリスティーンが言う。「ほんとうにこの本はつぎの学年度がはじまる前に書き終えないといけないので」

「そういえば」ブルーノは言った。「あなたはこの地方に保管されている記録や戦争の歴史に詳しいんですよね。一九三九年ごろマルセイユにあったサッカー・チームについて調べるには、どうしたらいいでしょう」

「まず地方の新聞からね。《ル・マルセイエーズ》か《ル・プロヴァンサル》、またはスポーツ紙の《レキップ》とか」クリスティーンが答えた。「地元のスポーツ連盟と連絡をとって、記録があるか訊いてみたらどうかしら。もし選手の名前やチーム名がわかるなら、それが早道よ」

「選手一名の名前のほかはチーム名もわからないし、それ以外の情報もまったくなくて。チームはアマチュア・ユース・リーグでプレイしていて、一九四〇年にチャンピオンになっている。でもコーチはプロの選手だったようです。名前はヴィラノーヴァ」

「根気のいる調査かもしれないわよ、ブルーノ」クリスティーンが言った。「《ル・マルセイエーズ》のような地方紙はマイクロフィッシュの記録を保存していることが多いけど、まずデジタル化はされてないでしょうからコンピュータでの検索はできない。一九四〇年の全記録に一枚ずつ目を通していかないとだめかもしれないわ。でもそのチームが優勝しているってことは、おそらくシーズンの終わりでしょ、三月か四月とか。その二か月だけ見ればいいかも。それはあなたが前回ここへ来たとき話してくれなかった殺人事件の捜査に関係すること？ 《シュッド＝ウエスト》で記事を読んだわよ」

「ええ、その気の毒なハミドという老人が犠牲者で、現場から持ち去られたとおぼしきものは戦争の勲章と古い写真一枚きりなので、そこから突破口が開けるんじゃないかと。ひとつの可能性にすぎませんが――本人が自分で壁からはずしたか捨ててしまったかしたのかもしれないし。見当違いの手がかりを追っているのかもしれない、でもいまのところ追うべき手がかりはほかにたいしてないんです」

「〈ラジオ・ペリゴール〉で容疑者が拘束されたとか聞いたけど。ラランドで、だったかしら」とパメラ。「名前は言ってなかったわ」

「ええ、十八歳未満なので。未成年だから名前は報道できないんです。国民戦線にかかわっている地元の若い子たちが警察の取調べを受けてますが、これまでのところ彼らをハミド殺しと結びつける証拠らしい証拠は挙がっていません。ハミドと結びつける証拠さえも」

「このへんの若い人はあまり知らないけど」パメラが考えこみながら言う。「知っておいたほうがよさそうね。うちへ泊まりにくるお客さんのなかには十代の子供がいる家族もいるし、そういう子たちを地元の若い人に紹介するといいかもね。去年の夏にすこしだけやってみたの、若いフランス人カップルがここのコートでテニスをしたのよ。リックとジャッキー、たしかそう呼ばれてた」

「リックとジャッキー？」ブルーノはすかさず反応した。「リシャールとジャクリーヌだったかもしれない？」

パメラは肩をすくめた。「その名前でしか知らないの。十六、七の、すてきなカップルだったわよ。女の子のほうは美人で、金髪で、テニスがすごく上手だった。男の子のほうはほっそりしてて、六十キロぐらいかしら。お父さんがこのあたりで医者をしていると言ってた気がする。なぜ？　あのふたりを知ってるの？」

「どうやって出会ったんです、パメラ。それはいつでした？　正確に言うと」

「森を歩いていて、うちのテニス・コートに気がついたんだと言ってたけど。芝でプレイしたことがないので、試してみてもいいかって。ちょうど十代の子供たちがいる英国人家族が泊まってたので、午後じゅう一緒にテニスをしたわ。ふたりはとても感じがよくて礼儀正しかったけど、森でただ散歩してたというより、精力的な求愛活動をしてたんじゃないかという印象をもった。たしか去年の八月の終わりごろよ、九月のはじめかもしれないけど。リックとジャッキーは二、三度来たわ。ジャッキーが車を持っていたの。でも今年はふたりを見かけてないわね」

「彼らは森から出てきてここに来たんですね。正確には、どの森？」

「あの丘の向こうの」パメラが指差す。「ハミドの家のあるほう。あの丘からはこの家もハミドの家も見えるの」

「ふたりはハミドについてなにか言ってました？　彼に会ったとか、老人がここへ薔薇の剪定《せんてい》のしかたを教えにきたときに見かけたとか」

「思いだせるかぎりでは、べつに」

「二度目に来たときも同じほうからでしたか。森から?」

「いいえ、車でその道をのぼってきた。よくおぼえてるのは、彼女が飛ばしすぎだったので、もっと徐行してねって注意しなければならなかったから」

「ここからまた森のほうへ歩いていったことは?」

「ええ、あったと思う。十代の情熱やなにかでしょ。あなたの口調、すごく警察官ぽくて真剣なのね、ブルーノ。あのふたりがハミドの事件にかかわりがあるかもしれないと思ってるの?」

「わからない、でも彼らが老人を知っていたか、見かけていたか、少なくともその機会があったことにはなるし。そのほかにふたりとハミドを結ぶ線は一本もないんですが」

「国民戦線のタイプには見えなかったけどね。スキンヘッドでもないし、暴力的な感じは全然なかった。よく教育されていて、お行儀がよくて、言葉遣いもちゃんとしていたし。一度なんかわたしに花を持ってきてくれて。英語はかなりしゃべれて、英国人の子供たちともうまくやっていた。ほんとうにとても気持ちのいい子たちだったの——会えて楽しかったわ」

「なるほど、まあなんでもないかもしれませんが、手がかりがあまりに少ないので全部追わなければならないんです。ということで、試合をありがとう、そろそろ仕事に戻らなくては。でも戻る前にその森まで歩いてみて、彼らがなにを見たか確かめてみたほうがよさそうです」

「一緒に行ってもいいかしら」とクリスティーン。「本物の警察官が仕事しているところを見たことはないから」

「本物の警察官じゃないですよ、そういう意味では」ブルーノは笑った。「百種類の煙草の灰を暗記していて、拡大鏡を持っている、あなたたちのシャーロック・ホームズともちがいます。ただひと目見ておきたいだけなんです。よければ一緒にどうぞ」

丘のてっぺんまでは穏やかな日曜の散歩になった。最初の林までは一キロメートルほどだったろうか。それから百メートル森のなかを抜けて、稜線を越えると五百メートルほど向こうにハミドのコテージがあり、それが視界に入る唯一の建物だった。森のはずれに沿って歩いていくと、やわらかな芝の小さな空き地が見つかった。周囲からは隠れているが、台地を見渡す眺めはすばらしい――野外でのロマンチックなデートには願ってもない場所だ、とブルーノは思った。注意深く見まわすと、古い煙草の吸殻が数本、茂みの下には割れたワイングラスが見つかった。ここへ鑑識チームをよこさなければならないだろう。

全員がほとんど無言でパメラの家まで戻り、残っていたシャンパンをあわただしく喉に流しこんだ。それからバロンとブルーノはいとまを告げた。テニスのあとの楽しい雰囲気は薄れてしまっていた。また一緒にプレイする計画は立てなかったが、またいつでも電話すればいいとブルーノは思った。いまはタイミングが悪い。パメラの家に近所の殺人が影を落とし、容疑者たちが訪ねてきてもてなしを受け、ブルーノたちがあんなに気分のいい朝を過ごしたあの同じコートでプレイしたとわかったいまは。

15

ぱりっとめかしこんだ、見るからに野心家の予審判事、年齢は三十に届いたかどうかという若きパリジャン、その名をルシアン・タヴェルニエは、早朝の便でペリグー空港にやってきた。捜査チームの初顔合わせでタヴェルニエ氏がペロー刑事官を見たときの捕食者の目つきに気づいたブルーノは、その場でこの男が嫌いになった。時刻は午前八時を過ぎたばかり。深夜にイザベルから電話で起こされ、同席してもらうことになったと伝えられたとき、ブルーノは気が進まなかった。正午にパレードを監督しなければならないし、自分は捜査チームの一員ではない。だがJ＝Jがわざわざ同席を求めてきて、リシャール・ジェルトローとジャクリーヌ・クルトマンがハミドのコテージ近くにいたことを示す新たな証拠について説明してくれとのことだった。前日ブルーノがJ＝Jに電話していなければ、リシャールはいまごろもう釈放されていただろう。

「本人が言うには、セックスするためによく森へ行っていたんだそうです。ほかのことで頭がいっぱいだったからハミドのコテージは目に入ってもいなかったと」J＝Jが言った。髪が乱れ、シャツのトップボタンをはずした姿は、ほとんど一睡もしていないかのようで、国家警察地方支部のひどい味のコーヒーをむさぼるようにがぶ飲みしていた。ブルーノはひと口味見してプラスチックのカップを放置し、いまはボトル入りの水を飲んでいた。水のボトル、メモ用紙、鉛筆一本にJ＝Jの最新の取調べの調書が会議テーブルの各自の前におかれていた。そうした地元の作法を押しのけたタヴェルニエはべつとして。

「リシャールもジャクリーヌも殺人のあった午後のアリバイを証明する人間はおたがいしかいない。どちらもラランドの彼女の家でベッドにいたと主張しています」J＝Jが続けた。「しかし現在わかっているのは、ジャクリーヌが午前十一時四十分にサンドニの村はずれのスタンドで給油して自分のクレジットカードを使ったということです。つまり、どちらも嘘をついている、そして少なくとも彼女のほうは殺人現場にいられたことになる。この事実はハミドのコテージに向かう道のタイヤ痕という証拠を後押しするものであり、森で見つかった煙草の吸殻とワイングラスと使用済みコンドームについては鑑識の報告待ちです。しかしながらコテージそのものからは彼らが足を踏み入れたという確実な証拠はまだなにも見つかっていません。これまでのところは状況証拠のみですが、わたしの見解ではそれがあのカップルを指しているのは明らかです。彼らは、殺人現場ではないにしても、その近くにいた。彼らの服にも彼女の車にも血痕が見つかっていないことは補足しておきます。しかし引きつづき勾留するだけの理由はあるかと」

「同感だ。そのふたりには明確な政治的動機、機会があり、しかも嘘をついている――ドラッグの件はさておき」タヴェルニエはてきぱきした早口で言うと、いかにも高級そうな黒いフレームの大きな眼鏡の奥から一同を見まわした。同じくらい高級なスーツも黒で、シルクのニット・タイも黒、シャツは濃い紫色で白のストライプ入り。これから葬式に行くところみたいだ。会議テーブルの彼の目の前にきちんと並べられているのは黒い革表紙の手帳、それにマッチしたモンブランのペン、ブルーノが見たこともないほどスリムな携帯電話、シャツのポケットに収まりそうな小型コンピュータ。電子メールはそれでやりとりしているらしい。電話もコンピュータもベルトにつけた目立たない黒い革ポーチから取りだされた。ブルーノの目に映るタヴェルニエは、ここよりずっと進化した、おそらくは非友好的な文明からの使者のようだった。

「かなり厄介なケースだ」タヴェルニエが続けた。「ほかに容疑者はまったくいない、そしてわれわれがこの事件を早期解決することはまちがいなく国家の関心事であると、わが大臣も言っておられる。そこで、もし森で採取した法医学的証拠がそのふたりを現場に結びつけたら、正式に起訴へ持ちこもうと思う――諸君に異議がなければだが？」

出席者たちをけしかけるかのように、鋭いまなざしでテーブルの周囲を見渡した。J＝Jはコーヒーのおかわりを注ぎ、イザベルは静かにメモを読んでいる。警察の秘書は議事録をとっている。県庁から来たもうひとりの若手は賢人ぶってうなずいている。パリ警視庁から来た広報担当者、髪に金色のメッシュを入れてサングラスを額の上に押しあげている小生意気そうな若い女が挙手した。

「起訴を発表する記者会見を設けることはできますが、夜八時のニュースに間にあうようにタイミングを調整したほうがよろしいかと。そうすれば正午にサンドニでおこなわれる反人種差別のデモと一緒に流れますから。立ち会われるんでしょう、ルシアン？」

「大臣が立ち会うか確認はとったのか」ルシアンがたずねた。

女は首を振った。「法務大臣はパリで会議があって動けませんが、内務省からの連絡を待っているところです。内務大臣は今夜ボルドーでスピーチの予定があるので、まずこちらへ立ち寄られる可能性はあります」

「そうするとも」タヴェルニエはどこか勝ち誇った口調で、自分がいち早くつかんだ情報を発表した。「大臣のオフィスにいる同僚からいまメールが届いた。飛行機でベルジュラック入りし、サンドニ村長を訪問する予定だそうだ。わたしも同席したほうがいいだろう」J＝Jを見た。「すぐに車と運転手を用意できるか？」イザベルに顔を向けてにっこりした。「こちらのチャーミングな刑事官はどうかな」

「ご滞在のあいだ覆面パトカーと警察の専属運転手をご自由にお使いください。ペロー刑事官はほかの仕事で手がふさがっております」J＝Jがわざと感情を排除した声で答えた。今朝ブルーノがサンドニから運転してこちらへ向かう途中、携帯電話にかけてきたときのJ＝Jはえらく毒舌だったが。J＝Jが呼ぶところの〝大物ぶった若造〟は判事になってまだ三か月だということだった。新しい内務大臣と同時期に超エリートの国立行政学院で学び、現在はエアバス社の上級管理職という父をもつ若きルシアンは、ロースクールからいきなり大臣の側近に抜擢されて二年間務め、すでに大臣の政党の若手執行委員の地位に就いている。きらかな出世への道がくっきりと眼前にのびているのだ。この事件を最短時間で解決に導き、裁判で有罪にして、大臣を大いに満足させたいにちがいない。

「ぼくはこのミーティングのあとサンドニへ戻るので、お送りできますよ」ブルーノは申し出た。

タヴェルニエはその場でただひとり警官の制服を着ているブルーノを見た。この男がここでなにをしているのかわからないという目つきで。

「して、きみは？」

「ブノワ・クレージュ、サンドニの警察署長です。国家警察の要請でこの捜査に加わっています」

「ああ、そうか、われらが価値ある農村保安官《ガルド・シャン・ペートル》だな」タヴェルニエは巡査が馬に乗ってフランスの田舎をパトロールした時代にさかのぼる、地方警察の古代の名称を用いた。「いまは車を使っているのか」

「サンドニ村はパリ市より広いんです」ブルーノは答えた。「車は必需品です。よろこんでお乗せしますよ。道々ぼくが地元のバックグラウンドや、この事件のいくつかの奇妙な側面についてご説明すれば、捜査の助けになるかもしれません」

「わたしには非常に単純な事件に見えるが」タヴェルニエは小さなコンピュータを手に取って、画面をにらみながら小さなつまみを親指で操作した。

「それが、紛失した品物の問題がありまして。軍の勲章と被害者が昔在籍したサッカー・チームの写真です」ブルーノは言った。「コテージの壁にずっと飾ってあったのが消えているんです。それらがどこへ行ったか、だれが持ち去ったかを調べるのは重要なことかもしれません」

「ああ、その勇敢なるアラブ人の戦功十字章か」タヴェルニエが画面から目を離さずに言った。「大臣は国防省の高級将校を何人か連れてくるらしいぞ」顔をあげ、ブルーノに目の焦点を合わせると、乏しい知性の者に呼びかけるような忍耐強くて親切な口調になった。「正しい容疑者を捕らえたとわたしが確信するのはまさにその戦功十字章のせいだよ。国民戦線のその若きファシストたちはアラブ人がフランスの英雄になるという考えを忌み嫌うはずだ。勲章はおそらくどこかの川にでも投げ捨てたんだろう」

「でもなぜ昔のサッカー・チームの写真を持っていくんでしょう」ブルーノは食いさがった。

「ナチの小僧どもがどう考えるかなんてわかるか」タヴェルニエは軽い調子で言った。「記念にじゃないのか、またはほかにもなにかぶち壊したかったんだろう」

「記念品ならとっておいたでしょうし、いまごろ見つかっているはずですが」J＝Jが言った。「見つかるとも」タヴェルニエがかったるそうに言った。「それで、その森のなかの小さな愛の巣に関する鑑識報告はいつあがるんだ」

「今日じゅうにはという約束になってます」とイザベル。

「ああ、ペロー刑事官」タヴェルニエは彼女のほうを向いてにっこり笑った。「きみはこのふたりの容疑者をどう思う？　疑わしい点はあるだろうか」

「そうですね、取調べのすべてに立ち会ってはいませんが、かなり有力な容疑者に思えます」イザベルはまっすぐタヴェルニエを見かえしながらきっぱりと答えた。ブルーノのなかで小さなジェラシーの蕾がほどけはじめた。イザベルは選択に迷うまでもないだろう。田舎おまわりとパリの上層部のきらめく若い芽とでは。「確たる証拠か自白が欲しいところですが、わたしが言うまでもありませんね。ふたりともいい弁護士を雇える家庭の子たちですから、証拠は多ければ多いほどいいでしょう。それに国民戦線の保安部隊の悪党どもにも目を光らせておいたほうがいいですね。彼らは暴力に慣れてますから。でもやはり、必要なのは証拠ですね」

「まったくだ」タヴェルニエが熱意たっぷりに言った。「だからこそ鑑識には殺人現場や容疑者ふたりの衣類や所持品を再確認してもらいたい。きみから手配してもらえないだろうか、マドモワゼル。ひとたびなにをさがしているかがわかれば、鑑識の連中も容疑者と殺害現場を結びつけるなにかを見つけだすかもしれない。それで状況証拠とやらに関する疑念は和らぐかね、警視？　それともパリから専門家を呼びよせてほしいか」

J＝Jがうなずいた。「疑念のいくらかは、たしかに晴れます。しかしわれわれの科学捜査チームは優秀ですよ。なにか見逃すとは思えませんね」

「まだほかにあるのか」タヴェルニエの質問は絹のようになめらかだったが、内心の苛立ちが感じとれた。

「動機がはっきりしませんね。明確な政治的動機はわかります、でもなぜこのアラブ人を、このタイミングで、あんなやりかたで殺したのか。老人を縛りあげて残忍に切り裂くとは」

「なぜその老人だったか？　そこにいたからさ」タヴェルニエが言った。「その男がひとりで、孤立していて、ほとんど抵抗もできないような年寄りで、その家が儀式めいた虐殺をおこなうのに都合のいい隔絶した安全な場所だったからだ。ナチの考えそうなことだよ、警視。それから彼らは老人の勲章を持ち去ったのだ、犠牲者はほんとうのフランス人などではないと主張するために。うん、わたしにはそいつらの程度がわかる気がする。今度はこのわたしがその若いファシストふたりを尋問する番だ。彼らに会う時間はどのくらいある？　二時間？　そのあとここを出発して、その小さな村――なんだったか？――ああ、サンドニ――へ行かなきゃならないんだな。村の名としては特別きれいでも変わってもいないが、大臣もわたしもきっと心を奪われることだろう」

J＝Jのオフィスはそこの主と正反対だ。J＝Jは贅肉がつきすぎで、しわくちゃのスーツを着た姿はむさ苦しいのに、机はすっきり片づいていて、本や書類はすべて整理され、新聞はローテーブルの縁ときっちり平行になるようにおいてある。いま彼らはそのテーブルを囲んで座り、イザベルが隣の自室で淹れてきたまともなコーヒーを飲んでいた。J＝Jは靴を蹴り脱いで髪をなでつけ、イザベルが持ってきた薄いファイルをめくっている。イザベルはダーク系のパンツスーツで赤いスカーフを首に巻き、クールですこぶる有能そうに見える。ヒールの低い紐つきの、高価そうで驚くほどエレガントな黒いトレーニングシューズを履いている。彼女がごくうっすらと無関心な微笑を浮かべて、しらけた感じでこちらを見たので、ブルーノは彼女が帰っていったあとに自分が勝手な妄想を抱いたことをちょっぴり気恥ずかしく思った。

「この被害者の軍歴には妙な点がある」J＝Jが言った。「ここには彼が一九四四年八月二十八日に収入と配給を求めて自由フランス第一軍所属のアフリカ奇襲戦隊に入隊したと記されている。アフリカ奇襲戦隊はいわゆるロメオ部隊の一部として一九四四年八月十四日に南フランス上陸作戦で先陣を務め、カップ・ネーグルという町を占領した。しかし被害者はその上陸の攻撃軍隊のリストには入っていない。八月二十八日にブリニョールという場所でどこからともなく部隊にあらわれている」

「軍の資料室に電話して、常駐スタッフのひとりと話したんだけど」イザベルが引き継いだ。「レジスタンスのメンバーがフランス軍に加わって、終戦まで行動をともにするのはめずらしいことではなかったそうよ。アフリカ奇襲戦隊は元はアルジェリアの植民地軍部隊で、兵卒の大半はアルジェリア人だった。ドラギニャンという場所で多数の死傷者が出たので、地元のレジスタンスの志願者で人数を補強したがっていた。アルジェリア人のハミドは入隊して戦争の終わりまでともに戦った。冬のヴォージュ山地での戦闘で伍長に昇進し、そこで負傷して病院で二か月過ごした。その後、ドイツに入り、一九四五年四月に軍曹に昇進している、ドイツ降伏の直前に」

「そして戦後もその陸軍にとどまったんですか」ブルーノがたずねた。

「そうなんだ」J＝Jがファイルを読みながら言う。「第十二アフリカ猟兵連隊に転属になって、ベトナムで軍務に就き、ディエンビエンフー要塞を救援しようとして失敗に終わった作戦に参加し、あの戦功十字章を叙された。彼の連隊はその後アルジェリア独立戦争に投入されたが、一九六二年の終戦とともに解隊となった。だがその前に、ほかの長く勤務していた軍曹や准尉たちとともに、彼はフランス正規軍の猟兵訓練大隊に転属し、一九七五年に復員して三十年間の軍務を終えるまでそこにとどまった。ソワッソンの陸軍工科学校の管理人《ガルディアン》として雇われたのは、昔知っていた将校が指揮官になったあとだ」

「それのどこが妙なんです、J＝J」ブルーノはたずねた。

「トゥーロン周辺にあったレジスタンス・グループのどこにも彼の足跡が見つからないんだ、奇襲戦隊に加わる前はそこにいたはずなんだが。イザベルがレジスタンスの記録を調べた。レジスタンスで戦った記録があると戦後なにかと役に立つので、部隊の名簿のほとんどはかなり詳しい。だがハミド・アル＝バクルはどこにもいない」

「たいした意味はないかもしれない」とイザベルが言う。「レジスタンス・グループのどれにもアラブ名は多くないので――スペイン名も。内戦から逃れてきたスペイン移民はレジスタンスで大きな役割を果たしたにもかかわらずね。ふたつの主要なグループである秘密部隊と義勇遊撃隊の記録はかなり信頼がおけるみたいなんだけど、ハミドはちがうグループにいたか、どこかで名前がこぼれ落ちてしまったのかもしれない。レジスタンスでは偽名を使っていた可能性もあるわ――めずらしいことではないみたい」

「気にかかってしかたがないんだよ、ぐらぐらしてる歯みたいに」とJ＝J。「ハミドが陸軍に入ってからの記録は完全無欠なのに、その前がたどれないんだ。まるでどこかから突然降ってきたみたいに」

「戦時中ですから」ブルーノは受け流した。「侵攻や爆撃で、記録は失われたり破損したりします。それにぼく自身の軍隊経験からひとつ言えることがあります。公的記録というものはどれもきちんとして完全無欠に見えますが、それはそうでなければいけないから、事務員がそのようにファイルするからです。でも書類仕事の多くはまったくの捏造か、帳尻が合うように手を加えているだけなんです。いまはっきりしているのはハミドが三十年間勤めたことと、三つの戦争で戦ったことだけですね。上官たちが面倒を見るほど敬意を払われていた、よい兵士だったということです」

「うん、それはすべて承知している」J＝Jが言った。「だからイザベルがさらに突っこんで調べてみたんだ」

「マルセイユとトゥーロンの警察に頼んで調べてもらったんだけど、一九四四年より前のファイルはあまり残っていなくて、その内容もなきに等しいの」イザベルが言う。「陸軍の記録に載っている生年月日と出生地は一九二三年七月十四日、アルジェリアのオラン。資料室の人が言ってたんだけど、アルジェリアの軍人にはその誕生日が多いんですって。ほんとうの誕生日がわからない場合、それがいちばんおぼえやすい日だから。たとえアルジェリアの記録を見られるとしても、当時のアルジェリア人の出生登録はかなりいいかげんだったみたい。それにわたしたちにはハミドがフランスに来た日付もわからない。わたしたちの知るかぎり、彼はアフリカ奇襲戦隊にあらわれるまで公的には存在していないのよ」

「この件をしつこく調べつづけているのは、容疑者ふたりについて確信がもてないからなんだ」J＝Jが言う。「時間をかけてそれぞれと話したが、彼らがやったという確信がもてなくてな。直感にすぎないかもしれないが。だからイザベルにハミドの経歴を調べさせたんだ、ほかの可能性を開く手がかりがなにかそこにないかと期待して」

「タヴェルニエはこのまま小躍りして起訴に向かいそうですね」ブルーノは言った。

「うむ、しかしどうも落ち着かないんだ、これまでに出てきた証拠だけでは」とJ＝J。

「ミーティングで言ったように、もっと証拠があればとわたしも思う」とイザベル。

「ならばぼくら三人とも同じ意見だ」ブルーノは言った。「でもほかにたいした証拠は出てきそうにないですね、ふたりを有罪にするにも、ぼくらの目をどこかほかへ向けるにも」

「われらが謎の男の家族からなにかもっと聞きだせないか、やってみてくれ。家族には子供時代や生い立ちについてなにか話しているはずだ」とJ＝J。「でなきゃ、もうお手上げだよ」

16

村長は静かに腹を立てていた。催しがはじまるまで一時間を切っているというのに、日ごろ信頼している旗手のうちふたりがボイコットを決めたのだ。それだけでもよくないのに、記憶にあるかぎり彼らが断ったのは初めてのことだからますます悪い。サンドニで村長の要求を却下するのは前代未聞で、共和国大臣と将官二名が村の行事を視察にくるというときに招待を断るなんて革命同然だ。

「きみがフランス国旗を持たなければならないよ、ブルーノ」村長がぴりぴりした口調で言った。「バシュロとジャン＝ピエールはきみのちょっとしたセレモニーに参加するのを断ってきた。ムスリムやアルジェリア人や移民全般に賛同もしなければ敬意を表する意思もないとはっきり示してきたのだ」

ブルーノは〝きみの〟にひっかかった。人種差別反対のデモ行進をフランスの元兵士を記念する愛国的行事にすり替えるということの思いつきが失敗したら、自分の責任になりそうだ。

「モンツーリはなにを持つんです？」ブルーノはたずねた。「ぼくたちが赤旗を持つわけにはいきませんよ、ハミドが政治的思想を抱いていたという話は聞きませんし、ましてや共産党員のはずはないので」

「彼はアルジェリアの国旗を持つつもりじゃないのか」村長はすべてにいささかうんざりした声だった。「内務大臣が将官二名を引き連れてくるのは知ってるな？　今朝すでに二件インタビューを受けてな、ひとつは〈フランス＝インター〉の長いのだった。午後には《ル・モンド》の女性記者がわたしに会いたがっている。この村に宿をとっているのは《リベラシオン》紙の男だけで、おそらくほかの連中と〈ヴュー・ロジ〉に泊まる金がないんだろう。ああいうメディアの連中がいつもちゃんといいホテルを嗅ぎわけるのは不思議だよ。考えうるかぎり最悪の注目がこの地方に集まっている。まったく気に入らんよ、ブルーノ。そのうえ今度はリシャール坊やが殺人罪で裁判所送りになると予審判事が確信しているって？」

「名前はタヴェルニエです、たいそうモダンで、前進あるのみ、やる気満々の男です」ブルーノは言った。「人脈も広いようで」

「うむ、理工科学校《エコール・ポリテクニーク》で彼の父親を知っていた気がする」ブルーノはさほど驚かなかった。村長はパリの重要人物全員を知っているようなのだ。「母親はフェミニズムが大流行だったころ〝ニューウーマン〟についてひどい本を書いていた。息子がどんなふうに育ったか見てみたいものだ。さあ、きみはもう行って、昼の準備がすべて整っているか確認したほうがいい。これだけのメディアの前で混乱をきたしたくないからな。静粛に、威厳をもって、それが目指すスタイルだ」

外の広場に出ると、二台のテレビカメラが役場《メリ》と橋を撮影していて、ブルーノが見たところリポーターと思われる一団がフォーケのカフェの屋外テーブルふたつに陣取り、たがいに質問しあっていた。店内のカウンターではモンツーリの労働組合の友人とおぼしき無骨な男たちがビールを飲んでいる。バンに乗りこもうとしたとき録音機のマイクを突きつけてきたリポーターを手で追いはらい、行進がスタートすることになっているコレージュへ向かいながら、銀行前の駐車場に数台の長距離バスが駐まっているのに気づいた。モンツーリは予想していたより多数の参加者を集めたにちがいない。

ロロはすでに全校生徒の半数を中庭に整列させ、そのうち何人かは〝人種差別反対〟〝フランスはわたしたちみんなのもの〟といった手作りのプラカードにもたれかかっていた。ロロは下襟に小さなバッジをつけていて、それには〝おれの友に手を出すな《トゥシュ・パ・ア・モン・ポット》〟という、ブルーノのおぼろげな記憶では二十年前のなにかほかの反人種差別運動のスローガンだった一文が書かれていた。テニス教室の子たちの何人かが「ボンジュール、ブルーノ」と呼びかけてきて、ブルーノは並んで立っている彼らに手を振った。ぺちゃくちゃしゃべっている彼らは十代にしては行儀よくまじめな服装をしているようだ。あるいはサンドニのラグビー・チーム、第一とAの両方が集結しているせいでおじけづいているのかもしれない。ユニフォームのトラックスーツを着た三十人からの大柄な若者たちが、カリムのため、かつトラブル防止の盾として集まっていた。

ブルーノは見まわしたが、この連帯の行進の発案者であるモンツーリはどこにも姿がなかった。組合の友人たちとバーにいるのかもしれなかったが、モンツーリの妻もしくは〝ドラゴン〟はモムや公共事業課のアフメドと校庭にいた。アフメドはアルジェリアの大きな国旗を手にしている。村の移民の家族はほぼ全員が顔を揃えていて、ブルーノが驚いたことに女たちの何人かはかつて見たこともないスカーフをかぶっていた。連帯の行進の象徴なのだろう。それ以上の意味がないことをブルーノは願った。

「ここを十一時四十分に出発すると、正午には役場《メリ》に到着できる」ロロが言った。「すべて計画済みだ。二、三人がスピーチして十分から十五分、それから楽隊とともに戦争記念碑まで行進し、子供たちに昼食をとらせても午後の授業には間にあう」

「予想よりスピーチは増えるかもしれない。内務大臣がお出ましになるんです、これだけのテレビカメラがあったらひとことふたことしゃべりたいにきまってますよ」ブルーノは言った。「ついでに、あなたには三色旗を持ってもらいます。バシュロとジャン＝ピエールは移民に対していささか反感を抱くようになったらしく、今日のイベントをボイコットすることに決めたので」

「困った爺さんたちだこと」マダム・モンツーリがぴしゃりと言った。どこかで見つけてきた小さめの旗にはアルジェリアの国章らしきものが描かれている。「それに困った内務大臣だね。国民戦線とどっこいどっこいに迷惑だよ。なんの権利があって来るのさ。だれかが招待でもしたの？」

「村長との取り決めだと思いますよ」ブルーノは穏やかに言った。「でもプログラムに変更はありません。目指すのは戦争の英雄を記念する秩序あるパレードで、人種差別と暴力に対するわれわれ隣人の団結の表明です。静粛に、威厳をもって、と村長が言ってます」

「もっと強い声明が欲しいね」マダム・モンツーリが今度はほかの教師や生徒たちに聞こえるくらいの大声を張りあげた。「われわれはこの人種差別的暴力をいますぐ、きっぱり阻止しなければならない、そしてこの村にファシスト殺人者の居場所はないとはっきりさせなければ」

「続きはスピーチで」ブルーノは言って、モムに向きなおった。「カリムはどこに？　そろそろ来ているはずですよね」

「いま向かっている」モムが言った。「デュクロ大佐に戦功十字章を借りにいってるんだ、戦争記念碑の前で台座にのせた勲章を持てるように。じきに来るよ」

「心配するな、ブルーノ」とロロが言う。「みんな揃ってるし、万事手筈は整ってる。カリムが到着したらすぐにスタートするよ」

ロロが言い終わるか終わらないかのうちにカリムの小型のシトロエンがコレージュ前の駐車場に入ってきて、ラグビー・チームのトラックスーツを着たカリムが片手にベルベットの台座を、もう一方の手に小さなブロンズの勲章を見せびらかすようにぶらさげて降り立った。ロロが人々を並ばせた。モムとカリムと家族はラグビー・チームの六名とともに最前列、続いて学校の生徒たちがクラスごとに教師に先導されて三列に並び、ラグビー・チームの残りがその両側を固めた。ロロが首から飾り帯《サッシュ》で小太鼓をぶらさげた生徒を自分の列の隣に立たせると、少年はスティック一本で行進曲のリズムを叩きはじめた。

ブルーノはうしろへさがって見送り、それから車の通行を止めに街道まで出ていった。勇壮で威厳あるパレードだとブルーノが思ったのもつかの間、モンツーリの女房がバッグからハンドマイクを取りだして、「人種差別反対、ファシズム反対」と唱えはじめた。立派なご意見だが、計画していたトーンとは少々ちがう。ブルーノが注意しにいきかけたとき、前を歩いていたモムが一歩さがって彼女になにか言うのが見えた。マダム・モンツーリは唱えるのをやめて、ハンドマイクをしまった。

テレビカメラ二台がレピュブリック通りを行進する彼らを撮影していた。パレードはスーパーマーケットや農協の前を過ぎ、クレディ・アグリコル銀行の大きな支店を過ぎて、橋を渡り、通りの両サイドで見守る人々のあいだを抜けて役場《メリ》前の広場に到着した。そこでは、村長と要人数名がふだんは音楽祭で使われる低い壇上で待ちうけていた。ブルーノは苛立ちとともに気づいた。サンドニの数少ない憲兵隊はその演壇の正面にデュロック隊長と整列している。部下たちは用心のために広場の周囲の異なる二か所に配置するよう、デュロックに頼んでおいたのに。教会の鐘が正午を打ちはじめ、役場《メリ》の屋根の上でサイレンが鳴り、全参加者が空いている場所へと詰めてきた。すでにかなりの人出で、バーは空っぽ、三台目のテレビカメラが報道陣に加わっていた。サイレンがしだいに消えていき、壇上で村長が進み出た。

「市民、大臣、将官、友人や隣人のみなさん」村長が話しだすと、熟練した政治家のその声は広場の隅々まで響きわたった。「今日わたしたちがここに集まったのは、サンドニの教師モハンマド・アル＝バクル氏の父君ハミドの悲劇的な死にあたり、ご家族に弔意を示すためです。同胞として、隣人として、わたしたちの愛する祖国のために戦った戦争の英雄として、ハミドに敬意を表するためです。わたしたちはみな彼の最期の痛ましい状況を知っており、警察はご家族に正義をもたらすべくたゆまぬ努力を続けています。と同時にわたしたち市民もこうして、あらゆる形の人種差別に、人を生まれや宗教によって憎むことに、不快感を表明するために立ちあがったのであります。さてここで内務大臣をご紹介させてください、われわれの政府からの弔意と支持を伝えるため、本日こうしてお越しくださいました」

「ムスリムどもを生まれた国へ送還しろ」後方のどこかでだれかが怒鳴り、人々がそちらを振り向くと、大臣はマイクの前で不安そうに立ちすくんだ。ブルーノは人混みをかき分けて声のしたほうを目指しはじめ、どこの愚か者が叫んだのかさがしはじめた。

「送還！　送還！　送還！」シュプレヒコールがはじまり、群衆のあいだからぬっと三本の国民戦線の旗が持ちあがって、振られはじめるのが目に入ると、ブルーノの心は沈んだ。ちくしょう《ピュタン》！　駐車場で見かけた大型バスはモンツーリの組合の友人などではなかったのだ。両側をさっと風が吹き抜けた気がし、ラガーの一団がカリムを先頭に人波をかき分けて旗のほうへ向かっていった。

　すると拡声器を通した怒声があがり、増幅されたべつの声が「アラブは帰れ！　アラブは帰れ！」と唱えだした。モンツーリの女房が持参したハンドマイクでそれに加わり、「人種差別反対！」と怒鳴ると、腐った果実、卵、野菜のファーストサーブが演壇のほうへ飛んでいった。せっかくうまくいってたのに、とブルーノは暗澹《あんたん》たる気持ちになった。駐車場にはバスが三台あったから、それぞれに三、四十人乗ってきたとして、やつらの仲間は百人近くいるわけだ。それを制するのにラグビー・クラブの若者がせいぜい三十人、それにモンツーリの組合の無法者がひと握り。相当ひどい事態になりそうで、すべては全国放送のテレビに映ってしまう。ラガーたちが国民戦線の旗を一本引きおろさせると、男たちは殴りあいをおっぱじめ、女たちは悲鳴をあげて散り散りに駆けだした。

ブルーノは立ち止まった。警官ひとりにこの場でできることはほとんどない。踵《きびす》を返して演壇のほうへ戻りはじめた。いま最優先すべきは学校の子供たちを無事に避難させることだ。要人の面倒を見るのは憲兵隊にまかせよう。と、そのときモンツーリを含むいかつい男たちに突進されて転びかけ、もがいてバランスを取りもどそうとしたところへ飛んできたキャベツを後頭部にくらって、制帽が吹っ飛んだ。すばやく腰をかがめて帽子をつかもうとした。帽子がなければ生徒たちにブルーノだとわかってもらえないかもしれない。ふらつく頭を振ると、すでにロロが子供たちを引率し、市場のほうへ逃がそうとしているのが見えた。年長の少年たちが数人そっと列から離れ、国民戦線支持者グループに戦いを挑む側に加わった。

増幅された「送還！　送還！」の怒号が、ハンドマイクを通した「人種差別反対！　ファシズム反対！」のスローガンとぶつかりあい、要人たちは両手で頭を抱えてトマトのサーブをよけ、壁を作るほかには役に立たない憲兵隊の防御の壁をすり抜けて役場《メリ》に駆けこんだ。デュロックも村長や大臣やふたりの将官と役場《メリ》に入っていった。将官たちの正装用軍服の金モールは、腐った果実や卵の殻の集中砲火を浴びていっそう悪趣味に見えた。

生徒たちはどうにか無事に市場へ逃げこんだ。ブルーノは抗議する人々の騒ぎに負けじと声を張りあげ、小さい子たちをカフェに入れてフォーケにドアの鍵をかけさせ、シャッターをおろさせるようロロとモムに指示した。続いて消防士たちに消防車のサイレンを鳴らして広場に突入し、ホースの準備をするよう命じた。いつでも高圧ジェットで放水して、広場の混乱を一掃できるように。

ブルーノは周囲の光景に目を凝らした。ホテルの前は押しあいへしあいの大混乱で、旗やプラカードが棍棒や槍と化しつつある。旧市街への階段の横ではまたべつのもっと小さな混乱が起きていて、サンドニの女たち数人とパメラにクリスティーンが階段をのぼって逃れようとし、それをスキンヘッド数人が追いかけていた。ブルーノはまばらになってきた人混みを突っ切ると、暴漢のひとりの襟をつかみ、下から急所を蹴りあげて、仲間ふたりの脚と脚のあいだへ突き飛ばした。それで場所が空いたので階段の下へたどり着き、ごろつきどもと女性たちのあいだに入った。

「逃げて、離れてください！」女たちに叫ぶと、悪党どもがつかみかかろうと距離を詰めてきた。昔の訓練がよみがえってきて、体が自動的に戦闘体勢をとり、目は襲ってくる危険と攻撃目標を求めて瞬時にあたりをスキャンした。両腕をさげて身をかがめ、いちばん近い襲撃者の腹に頭突きをくらわせ、べつの男の脚をつかんでバランスを崩させ、つぎの男の喉に拳を叩きこむと、そいつは息を詰まらせてがくんと膝を折った。

そこで最初の攻撃がやむと、突如として時間がゆっくり流れだし、奥深く埋めこまれていた本能が目覚めた。猛々しいよろこび、戦闘のアドレナリン、戦うために鍛えられた男の自信がみなぎりはじめた。敵が勢いを失ったいまこそ攻撃する番だ。ブルーノは階段の上で身構えると、国民戦線のポスターがくっついた長い木の棒を槍かなにかのように振りまわしている若造に飛びかかった。手の付け根で相手の鼻の根元を一撃し、ついで爪先旋回《ピルエット》してべつの男の鳩尾《みぞおち》を鋭く肘で突いた。回転の勢いでさらにひとりの膝の脇を蹴り、ふたたび階段の下に立ったときには目の前に三人の男がのびていた。

女たちのだれかひとりがブルーノの隣に並び、息を詰まらせているスキンヘッドの金玉を狙いすまして蹴飛ばした。見ると驚いたことにそれはパメラで、もう一発蹴ろうと片方の足を引いていた。ブルーノは両腕でパメラをさがらせ、残りの女性たちに悪党どもを近づけまいとしたが、そのとき横っ面に強い衝撃を感じた。続いて腎臓に強烈なパンチをくらい、膝を蹴られ、ほかのだれかに足首を引っぱられた。乱闘でなにより大切なのは立ちつづけることだと知っていても、目がくらみ、自分が倒れかけるのを感じた。無理やり向きを変え、石の壁に腕を突っぱったが、片脚をしっかりつかまれていて、そのすきにべつのふたりが襲いかかってきた。ひとりにパンチをくりだし、脚をつかんでいる男を踏みつけ、髪を力まかせに引っぱると、握っていた手がゆるんだ。だがいかんせん相手が多すぎる……。

するとそのとき信じられないなにかが起きた。つむじ風が出現したのだ。スリムできゃしゃなつむじ風であったが、それは武道を心得ていて、宙に舞いあがったかと思うとブルーノの目の前にいる男の腹に死のひと蹴りをかました。それから着地して、くるりと旋回し、べつの悪党の喉元に二発目のハイキックを見舞い、つぎにブルーノの足首をつかんでいる男の鼻に短く強烈なパンチを二発叩きこんだ。不意に自由の身となったブルーノが横っ面への一撃が飛んできたほうを振り向くと、見知らぬ中年男が両手を高々とあげてつむじ風からあとずさっているのが見えた。ブルーノはそいつの腕をつかんでうしろを向かせ、上着の背中をつかんで上へめくりあげ、両腕を動かせなくなった相手を倒して、うなじをブーツでぎゅっと踏みつけた。拡声器は依然として鬨《とき》の声を張りあげているものの、ブルーノは大きな安堵感に包まれた。女たちは階段をのぼって姿を消し、目の前のつむじ風も戦いをやめていた。そこで初めて、それがイザベルだったと気づき、心の底から感嘆した。

「ありがとう」ブルーノは言った。イザベルはにっこり微笑んでうなずき、ホテル前でまだ続いている乱闘のほうへ飛んでいった。ブルーノは踏みつけていた男から足をどけた。男はうめいて、頭を振り、這って逃げだした。好きにしろ。

イザベルのあとを追いかけそうになったが思いとどまり、代わりに階段をのぼると視界が開けて、つぎにすべきことが見つかった。ふたたび階段を駆けおりて、役場《メリ》の外でおろおろしている憲兵隊の小さな一団のところへ行った。窓が叩き割られている音が聞こえると、ブルーノは叫んだ。「ついてこい――そして笛を吹くんだ」どこへ連れていくのか自分でもはっきりとした考えがあるわけではなかったが。

国民戦線のシュプレヒコールはホテル正面で上下している旗に近づいているらしく、そこがブルーノの目指す地点だった。男が四、五人、丸石敷きの地面に倒れており、まだ数十人がうろうろしていたが、ラグビー・チームの男たちは自分のするべきことがわかっていた。ふたりずつペアになり、背中合わせで戦っている。カリムが重い金属製のごみ箱を頭上に掲げたかと思うと、国民戦線の旗を護っているひと群れの男たちに向かって力いっぱい投げた。「送還！」のハンドマイクがしゃっくりのような悲鳴をあげたかと思うと、いきなり連呼が止まった。続いて生じた混乱のなかへブルーノが率いた憲兵隊がなだれこみ、倒れている男たちに手錠をかけはじめた。まったく突然に、それは終わったようだった。男たちはまだ走っていたが、逃げるために走っているのだった。

ブルーノはいちばんたくましい憲兵、数年来知っているまともな男に呼びかけた。「ジャン＝リュック！　銀行の駐車場にバスが三台いる。止めにいってくれ——あいつらはそれでやってきて、今度は逃げる気だ。仲間をふたりばかり連れていって、やむをえなければ運転手たちに手錠をかけろ——または車何台かでバスをブロックするんだ」

そこへ消防車が二台到着して広場の大半をふさぎ、消防士たちが降りてきて手伝ってくれた。意識が見つかった最初の犠牲者は彼らの仲間であるボランティアの消防士、アフメドだった。意識がなく、顔は鼻をつぶされて血まみれ、前歯の一本が内側に折れ曲がっている。そのとき小さめの赤い指揮車がサイレンを鳴らしながらブルーノのそばへ来て、急停止した。地元消防署の隊長モリソが、なにをすればいいかと訊いてきた。

「まず手当てが必要な人に応急処置を頼む、それから見おぼえのない人間を片っ端からつかまえてトラックに監禁してくれ」ブルーノは指示を出した。「あとで憲兵隊分屯所で選りわける」

それから腰をかがめてルーセルという若者を調べた。ラグビー・チームの俊足ウィングだが、この種の殴りあいには小柄で細すぎる。彼は放心状態で息切れしていて、目のまわりは真っ黒な痣になりそうだが、無事のようだった。彼の隣で、ずんぐりむっくりで頑丈な頼れるフォワードのレスピナスが、ひざまずいて吐こうとしていた。「やつら、タマを蹴りやがって」とうめいた。唐突にテレビカメラとマイクがブルーノの顔に突きつけられ、心配そうな声がなにが起きたのかとたずねた。

考える余裕もなく、たぶん住民がだれひとり重傷を負わなかったという安心感で気がゆるんだせいもあり、ブルーノは憤然として言った。「この自分たちの村でよそから来た過激派グループに襲撃されたんです。起きたのはそういうことです」

息を吸って、自分をなだめ、ポリスアカデミーで聴いたマスコミの対処法に関する退屈な講義を思いだそうとした。先に自分側の話を公表せよ、それがその後の報道を左右することになるからだ。

「静かに平和に行進し、戦争記念碑前で亡くなった戦争の英雄を記念する式典をおこなっていたところへ、あの連中が人種差別主義のヤジを飛ばしはじめ、物を投げつけて、人々を殴ったんです。この広場に集まったのは主に学校の生徒たちなのに、あの過激派どもは知ったこっちゃないようでしたね。攻撃はあらかじめ計画されていたんです。大型バスをチャーターして村に乗りこみ、旗や拡声器を持ちこんだ。狙いはひとつ——わたしたちの村と行進をぶち壊すことでした。でも連中はサンドニの人間を甘く見ていたんでしょう」

「被害者はどのくらいでしたか」つぎの質問が飛び、またべつのカメラが向けられた。

「まだ数えているところです」

「あなたご自身のお怪我は？　お顔が血だらけですが」

顔に手をあててみると、たしかにべっとり血がついた。「まいったな《モン・デュー》」声をあげた。「気がつかなかった」

サイレンを轟《とどろ》かせて救急車が広場に入ってくると、カメラはブルーノを離れてそちらへ向けられた。〈オテル・サンドニ〉の叩き割られた板ガラスの窓の前で、ジェルトロー医師がうつぶせに倒れているひとりの傍《かたわ》らに膝をついていた。

「折れた脚が二本、ひびの入った鎖骨が一本、折れた鼻がいくつか。ラグビーのいい試合のあととさほど差はないよ」医師は言った。

ブルーノは彼の村の広場を見渡した。消防車に救急車、割れた窓、つぶれた果実や卵や野菜で汚れた敷石――それに市場の石柱の陰からおずおずとのぞいている子供たちの顔。役場《メリ》の窓を見あげると、宴会の間からいくつかの暗い顔が外を見おろしていた。今日の昼食は諦めるほかない、とブルーノは思い、逮捕者たちを憲兵隊分屯所に輸送する指揮を執りはじめた。デュロックのやつめ。これはあいつの仕事じゃないか。

17

ブルーノの友人でテニス・クラブに所属しているスコットランド人のドゥーガルは、サンドニの公務にふだん決して口を出さない。たとえ村長から過去に二度、地元議会選挙に出馬するよう頼まれていても。グラスゴーで営んでいた小さな建設会社を売りはらい、サンドニで早めの引退生活に入ってから、退屈になったドゥーガルは〈ディライトフル・ドルドーニュ〉という名の会社を立ちあげた。ハイ・シーズンに家や別荘を観光客にレンタルするのが専門だ。外国人住民の多数が登録し、七月と八月はどこかよそで休暇を過ごして、ドゥーガルが家を貸した旅行者たちからまずまずの利益を得ている。そうした休暇用の家を整備する便利屋、清掃業者、庭師、プールのメンテナンス職員を雇うにつれて、ドゥーガルはいつしか地元の重要な雇用主となった。これだけ多くの外国人がこの地方に移り住んでくるのだから、そのうちひとりが議会で彼らの意見を代表するのは筋が通っているとブルーノは思う。ドゥーガルは忙しすぎるし、フランス語が拙すぎるからと断ってきたが、広場での騒乱の翌日は地元の各種業者の代表団たちと会議室に顔を連ねた。激昂してはいるが通用するフランス語で、ドゥーガルは前夜のテレビニュースがいかにひどかったかを説明した。

「今日はキャンセルが三件出た。毎年訪れる上客ばかりだ。これからもっと出ると思う。イギリスの新聞にも載った。見てくれ」そう言って、ひと束の新聞をテーブルに放った。みんなすでに主要記事や広場の暴動の写真を見ていたが、ドゥーガルがブルーノの写真を一面に載せている《シュッド＝ウエスト》を振りかざすと、ブルーノは顔をしかめた。写真の彼は両腕をひろげて立ち、身を縮めている女性ふたりを襲撃者の一団から護っていて、見出しは〝サンドニ──最前線〟だった。それはパメラとクリスティーンとほかの女たちを逃がそうとしている瞬間で、その直後に彼は殴り倒されたのだった。イザベルが写真に載るべきだったのに、とブルーノは思った。本物の主役はイザベルだ。

「たいへんな名誉だ、ブルーノ、きみはじつによくやった。でもビジネスから言うとこれはすこぶる不都合だ」ドゥーガルは言った。残りの出席者たちも同調した。だれもが来《きた》るシーズンを案じている。ホテル、レストラン、キャンプ場、アミューズメント施設の管理者。

「いったいいつまで続くんだ、これは」ジェロームが言う。ジェロームはフランス史の小さなテーマパークを経営していて、そこでは一日に二度ジャンヌ・ダルクが火あぶりになり、一時間ごとにマリー・アントワネットがギロチンで首を刎《は》ねられ、その合間に中世の馬上槍試合がおこなわれる。「早急に終わらせるのは警察しだいなんだ、だれかを逮捕して片をつけてくれ。結果も出ないのに容疑者を尋問しても右からは反感を買い、左からはまた反対デモが起き、テレビではますます悪い評判が立つ。今シーズンがめちゃめちゃになっちまうぞ」

「みんな承知しているし、同じ意見だよ。だが、どうすればいいというんだね」村長がたずねた。「デモをすべて禁じるわけにはいかない、それは法に反する。それに村議会としては司法当局に干渉する権限はない。恐ろしい人種差別殺人が起きて、だれもかれも怒りをかきたてられている。秩序を守るために憲兵が増員されたし、このたびの暴動で四十人以上が逮捕されたので、ふたたび悩まされることはなさそうだ。これは一度限りの出来事だ。今年の商売には差し障るかもしれないが、それが永続するわけではない。いまはただ歯を食いしばって、この一連の事件が終わるのを待とう」

「はたして来年もこの仕事をしていられるかどうか」キャンプ場を経営している悲観的なフラン・デュアメルが言う。彼は毎年そう言うのだが、今度ばかりは不安が的中するかもしれなかった。「例の大規模拡張工事と新しいプールの建設で銀行から大金を借りちまって、今シーズン客足が遠のくと本気でまずいことになるんだ。モトクロス・ラリーに来るオランダの若者の団体予約がなかったら、もうそうなってたところだが」ブルーノはハミド殺しの前の週末におこなわれたそのイベントで交通が大混乱に陥ったことを思いだし、うなずいた。数百台のオートバイとサポーターたちが村とその周辺の道路という道路を埋めつくしたのだった。

「銀行の支店長たちと話したのだが」村長が言う。「彼らはこれが一時的な問題であることは理解しているし、だれにも廃業させはしないだろう――この地方でこれからも業務を続けたいのであれば。それに内務大臣を敵にまわしたくなければ。諸君も昨夜大臣の演説のニュースを観ただろう。フランス全土はサンドニの勇気ある人々、それにわれらが頼れる警察官とともにしっかり立っている、と言っていた」

ブルーノは心のなかで身もだえした。あの政治家はスピーチの場から怒号で引きおろされ、果物や卵をぶつけられるという屈辱的出来事に蓋《ふた》をし、極力面目を保とうとしたにすぎない。暴動を前に手も足も出ない様子をテレビで流されるのは内務大臣のイメージ的に望ましくないので、当然ながらボルドーで予定されていた演説では話を都合よく脚色したのだった。銀行ローンで悩まされている地元業者を助けるために大臣は指一本動かさないだろう、とブルーノは思った。今後サンドニという名前を聞けば不快感に身震いせずにはいられないだろう。でも地元のビジネスマンたちが村長から聞きたがっているのはそうした保証なのだ。それを理解できるくらいには自分も大人にならないと。

「わたしたちはひと息つく間が欲しいだけなんです」〈オテル・サンドニ〉の支配人フィリップが言う。ふだんはサンドニの実業界のスポークスマンを務めている。「本年度いくらかでも一時的減税や税金免除があれば、この難局を乗り切る助けになります。税金を納めなきゃならないのは承知してますが、議会に猶予をもらえればありがたい。六月ではなく、十月に払うのなら同意しますよ、シーズン終了後の収支を見せられますから。わたしたちがつぶれたら、村全体がつぶれるんですから、これは村による自身の将来への投資みたいなものでしょう」

「それは実用的な提案だ」と村長。「議会にかけてみよう、しかしそうした遅延が合法かどうか確認しなければならないだろうね」

「もうひとつ気にかかってるのは、あの憲兵隊の新しい親玉だ」とデュアメル。「あれは役立たずだ、まるで使い物にならん。ブルーノが指揮を執ってくれなかったら、もっとずっとひどいことになっていた。村長からデュロック隊長の異動を要求してもらえませんかね。昨日からこっち、もうこの村のだれひとりあの人に敬意をもっちゃいませんよ」

「それは偏った見かたかもしれません」ブルーノは言った。暴動後に銀行の駐車場へ駆けつけたとき、デュロックに対する評価は格段に上向いた。三台のバスは憲兵隊の十台ものオートバイに進路をふさがれ、各ドアの前でたくましい隊員が一名ずつ番をしていて、ひょろ長いデュロックはバス内に監禁された四十数人の男たちの名前と住所を聞きだしていた。バスの横には青い憲兵隊のバンが二台駐まっていた。遅ればせながら増援隊が到着して、やるべき仕事をやっていたのだった。

「彼はまず村長と要人の身の安全を確保しようとしたんです」ブルーノは続けた。「それから応援を呼び、この村に侵入した暴徒たちの逮捕をみずから指揮しました。ぼくが駐車場に行ってみると、すでに四十人もの暴徒をバスに閉じこめていたんですよ。部下たちもよくやってました。デュロック隊長は明らかにこの土地に不慣れで経験も多少不足ではありますが、だからといって非難すべき点があるかどうか」

「ブルーノの言うとおりかもしれん」村長があいづちを打った。「いまこの村が官界から得ている同情は、この難局になんらかの財政援助を引きだすのに利用したほうがいい。憲兵隊隊長を排除するために国防省と争って、われわれの乏しい影響力を浪費するよりも。それにあの将官ふたりが軍服を卵とトマトまみれにされたあとだからな、今週国防省でサンドニが大人気かどうか怪しいものだ」

お見事、とブルーノは思った。地元業者たちは財政援助の見通しに活気づき、ついで将官たちに関するジョークで笑顔になった。行動を起こす村長を見るたびに、ブルーノはなにかを学ぶ気がする。

「心配事を話しあうために集まってくれてありがとう、わが友人のみなさん」村長はテーブルの上席から腰をあげて続けた。「議会はお力になれるよう力を尽くします。そしてせっかくこうして集まっているので、みなさんもきっとわたしとともに新たな地元の英雄、われわれの警察署長に感謝の意を表したいにちがいない。昨日のめざましい奉仕に対して。この村が侵略され、みずから防衛しているという彼の発言は立派だった。内務大臣はとりわけあたたかい賛辞を口にしていた――おそらくきみが注目をそらしてくれたおかげで損害を被らずにすんだからだろう」

全員が短く同意をつぶやき、なかにはテーブル越しに身を乗りだして握手を求めてくる者もいて、ブルーノは顔が赤くなりそうだった。モンツーリの抗議デモを管理するという小賢しい思いつきに対し、村長とふたりだけになったら叱られるのではないかと、まだひやひやしている。でもいまのところは、テレビカメラや報道へのちょっとしたスピーチのおかげで無事だった。

「じつはひとつ提案があるんです」ブルーノは言った。「ナポレオンだったかと思います、圧力を受けているときはなにもしないで最悪の事態を待ちうけるよりも攻撃に出るほうがいいと言ったのは。ブルターニュの観光センターがはじめたということを耳にしたんですが、ここでも役立つかもしれません。マルシェ・ノクチュルス――夕市を開くんです。ごく単純なんですが、いつも屋台を出している何人かに頼んで夕方品物を売ってもらうんです、ただしその場で食べられるような、パテやチーズやオリーブ、パンにサラダ、果物やワインといった物を。テーブルやベンチを並べて、村のジャズ・クラブなどがなにか手軽な娯楽も提供して、村のレストランや惣菜店《トレトゥール》にポム・フリットやソーセージやピッツァのような簡単であたたかい食べ物も出してもらう。ここは夜の娯楽があまり多くありませんし、観光客は――とくにキャンプ場の宿泊客は――毎晩レストランで食事する余裕のない人もけっこういます。だからこうすれば村の中心部で安く夜を過ごせて、地元業界には新たな収入源ともなる。もちろん屋台からは少額の出店料を徴収するとして。このところのよからぬ評判にもかかわらず、サンドニに人を呼びもどせるかもしれません」

「そいつはいいな」ドゥーガルが言った。「いかにも観光客がよろこびそうだ。腹がふくれたあとはそのまま残ってバーで飲んでいくだろう。家をレンタルする客全員に宣伝できるし」

「そっちはいいかもしれないが、うちはキャンプ場から客を外に出さないことで成り立ってるんだ、敷地内のバーやカフェで宿泊客に金を落とさせて」デュアメルが不満そうに言った。けれどもホテルのフィリップは大乗り気だったし、村の財政を立てなおすのになんらかの行動を起こすという考えにはみな気分がよくなった。代表団は来たときよりもはるかにいい雰囲気になって帰っていった。

「もっと不愉快な方向へ行っても不思議はなかったのに、きみの実用的な提案のおかげで助かったよ」残ったブルーノとふたりだけになると、村長が言った。「休みをとらなくていいのかね？　昨夜《ゆうべ》のニュースでは顔から血が流れていて、ひどいありさまだった。ずいぶん殴られたようじゃないか」

「相手の男たちも見てやってください」ブルーノは軽い口調で答え、お叱りを受けずにすみそうなのでほっとした。「それに、毎週のラグビーではもっとひどい顔になってます」

「そうだな」村長がこともなげに言った。「フランスの全国民と同じく、きみがテレビでそう言うのをわたしも観た。まさに英雄だ、ブルーノ、だがわたしはきみが殴られている現場も目撃したし、わたしのいた位置からでも相当ひどく見えた。昨日以来サンドニの女性の半分から、きみに暴漢から救ってもらったと聞かされている。冗談でなく、きみが階段の下で襲われたときはいよいよまずいことになったかと心配したよ」

「ではぼくを救いにきてくれたペロー刑事官の痛快な戦いっぷりも見えたんですね？　パメラ・ネルソンの狙いすましたキックは言うにおよばず」

「わたしたち全員が目撃したとも。内務大臣は彼女たちの戦闘技術にたいそう感銘を受けていた。空手の黒帯かなにか知らないが、あの武器があればペロー刑事官がパリに呼ばれて昇進し、大臣のスタッフになる日も遠くないだろう。エレガントだがすこぶる危険な女性だ——パリではそういうのが好かれる。銀行の件で困ったときに内務省からなんらかの援助が得られそうだとわたしが考えているのはそういうわけだよ」

村長は愛情をこめて、それでいてどこか上から見おろすように微笑みかけた。かわいがっている生徒にまだまだ学ぶべきことがたんとあると知っている校長先生のように。「わたしが銀行になにか圧力をかけられるかもしれないとあの実業家たちに言ったとき、きみが疑わしそうな顔をしたのには気がついた。でもおぼえておくことだ、ブルーノ、政治的圧力をかける人間が政治家自身であることはめったにない。政治家は代わりにスタッフにやらせるのを好むんだ。そしてあの見栄えのするペロー刑事官がじきにそうしたスタッフとなり、われわれに助けが必要になるとき手を貸してくれると賭けてもいい」

「そういう仕事を差しだされても、彼女が引き受けるかどうか。独立心の強いタイプですよ」

「感情がこもってるじゃないか。口説いたけど断られたってところか」

「口説いてなんかいません」ブルーノはつんとして答えた。

「それじゃばかだな、ブルーノ。さて、会議中つながないようミレイユに頼んでおいた電話に応対しなければ。きみは逮捕されたちんぴらどもの取調べが進んでいるかチェックしてくるといい。ペリグーの国家警察が担当するんだったな」

「そのはずですが、逮捕したのはこちらの憲兵隊ですから、まず彼らに話を聞いてみます」

ブルーノが自分のオフィスに戻ってメールを開くか開かないかのうちに、村長がぶつくさ言いながら飛びこんできた。「気のきかない女だ……ミレイユが保留にした電話の一本は〈カフェ・デ・スポール〉からだった。緊急の電話はつなげと言ったのに。今朝デュロック大尉がやってきて暴行罪でカリムを逮捕したんだそうだ。どういうことだか調べてくれるか?」

「暴行? あれは正当防衛ですよ」だがそのときカリムの映像が頭に浮かんだ。あの広場のなかでたぶんだれよりも図体の大きなカリムが、ごみ箱を持ちあげて、旗を掲げた国民戦線の集団に投げつける場面が。ブルーノは顔をしかめた。あのときはうまいことをしたと思ったのだが。あれを持ちあげるのは容易ではないとわかっている。ましてや頭上高く持ちあげて、ぶん投げるなんて。乱闘のあの決定的瞬間をテレビカメラに撮られたとしたら、カリムは困ったことになる。

「カリムがあのごみ箱を投げたところをおぼえてますか?」村長にたずねた。

「うむ、あれは潮の流れを一変させる行為だった、あれときみのペロー刑事官のは。カリムのは見事な力業だった。将官のひとりもすばらしいと褒めていたぞ。ああ、そういうことか。あれは武器を用いた暴力に見えなくもない。まあ、しかし、内務大臣と将官たちとわたしが目撃証人だ、カリムは正しいことをしたんだよ」

「ええ、でも目撃者はほかにもいます——テレビカメラが。それに国民戦線の連中はやり手の弁護士を雇って、アラブ人——カリムのことですが——に対する訴状を提出したがるでしょう。たとえ検察が起訴しないことにしても、被害者が訴えを起こすことはできますから」

「くそ《ピュタン》!」村長が怒りをあらわにし、握り拳をもう一方の手のひらに叩きつけた。ふだんは決して悪態をつかないのに。この年長の友人がかっとなるのを最後に見たのはいつだったか、ブルーノは思いだせなかった。村長はブルーノの机の前をせかせかと歩きまわり、ふと足を止めて、横目でじろりと不機嫌そうにブルーノを見た。「さて、どう手を打つか」

「そうですね、ペリグーの警察相手になにができるかやってみます。でも予審判事が国民戦線のちんぴらどもを裁判所送致とするのであれば、カリムにも同様にするでしょうから、そうなるとぼくには手の出しようがありません。その場合はあなたから手をまわしていただかなくては。あなたが知事に話して、裏から判事にひとこと言ってもらえればと。警察の集めた証言が大いに物を言うので、あなたや大臣や将官たちの供述はきわめて有利に働くはずです」

村長はブルーノの机からメモパッドとペンを取って、なにやら走り書きをはじめた。

「まずは憲兵隊がどんな容疑でカリムを逮捕したか、そして国民戦線が告訴したかどうかを明らかにすることですね」ブルーノは言った。「調べてみます」

「その連中が取引を試みる可能性はあるかね」村長がメモから顔をあげてたずねた。「きみなら理解できると思うが——こちらが連中に対する訴えを取りさげれば、向こうもカリムを告訴はしないだろう。やつらは政治家だ、自分らの過激な一派が騒ぎを起こして四十人も逮捕されるのは気に入るまい。ことに自分らの保安部隊が麻薬密売で逮捕された直後とあってはな」

「たぶん。よくわかりません。ぼくはそうした司法取引にかかわったことがないので。憲兵隊分屯所へ行けば、なにかわかるかもしれません」制帽をつかんで、階段へ向かった。

「わたしはカフェでラシダの力になれないか様子を見にいってみよう。モムに電話をかけたほうがよさそうだ。まだこのことを知らないかもしれん」

「この件がカリムにとって深刻な事態にならないか心配です」ブルーノは階段のてっぺんから言った。「暴行で有罪になったりしたら、煙草販売の免許を失い、そうなればカフェはつぶれ、おそらくは破産です。もしも敵が訴えを全部取りさげろと要求してきたら、こちらは同意する以外にあまり選択肢がないかもしれませんね」

18

サンドニのメイン・ショッピング・ストリートであるパリ通りをそぞろ歩くと、ブルーノはいつも心が落ち着く。任務がどれほど切羽詰まっていても、この村の時間を気にしないゆったりとした雰囲気に染められてしまうのだ。でも今日は、いつも以上にゆっくり歩かされた。だれもかれもが暴動についてしゃべりたがった。〈カフェ・ド・ラ・ルネッサンス〉で競馬の予想をしている爺さんたち全員と握手しなければならなかったが、勧められた白ワインは遠慮した。肉屋に行列していた女たちはひとり残らずキスしたがり、ブルーノを誇らしく思っていることを伝えたがった。菓子店《パティスリー》でももっと大勢の女性たちが同様にしたがり、モニークは彼を見なおしたしるしに彼の大好物のレモンのタルト《シトロン》をくれるといってきかなかった。幸せな気分でタルトをかじりつつ歩きながら、理髪店で握手し、釣りと狩りの用具店〈ランデヴー・デ・シャスール〉で店主のファビアンとも握手して、ついでに猟銃のカートリッジを買った。ファビアンは枝や大岩にひっかかりやすいフライフィッシャー泣かせの釣り場で魚を惹きつける新たに考案中のルアーについて、ブルーノの意見を聞きたがった。ジャン＝ピエールは店先で自転車をいじくっていたが、油まみれの手をあげて敬礼した。バシュロも負けじとばかりに靴屋から飛びだしてきた。唇で釘数本をはさみ、小さなハンマーを手にしたまま、熱をこめてブルーノの手を握った。パスカルが〈メゾン・ド・ラ・プレッセ〉からあらわれて、ブルーノに新聞を見たかとたずね、少なくとも三人の小さな男の子たちが一躍〝時の人〟となった地元のおまわりさんの記事を保存するためにスクラップ帳を買っていったと報告した。そこへ花屋にいた女性たちやドライクリーニング店のコレットが加わった。憲兵隊分屯所前の広場に到着し、新しいスナックランチで〈バル・デ・ザマトゥール〉を成功させているラグビーのフォワードふたりに挨拶し、サービスで勧められたビールを泣く泣く断るころには、ブルーノは慣れ親しんでいる街や人々のリズムで元気を回復していた。

憲兵隊の受付デスクのフランシーヌはサンドニの勤務が長く、カリムがラグビーのスター選手として村の重要人物だとわかっていて、それがブルーノの訪問理由だと察した。ブルーノが両頰に挨拶のキスをすると、彼女はデュロックの執務室の閉じたドアを親指でぐいと指し、くるりと目をまわしてカリムの逮捕に対する彼女自身の見解をあらわした。ブルーノを手招きして顔を近づけ、声をひそめて言った。

「隊長はカリムと部屋にいる。ペリグーから来た判事も一緒よ。今朝ビデオテープを持って突然あらわれたの。この逮捕の裏にいるのはあの男よ、ブルーノ。デュロックはただ命令にしたがってるだけ」

「ペリグーから来たその男に見おぼえは？」

フランシーヌは首を振った。「わたしは初めて見た、でもずいぶんすかした恰好だったわ。しかも運転手つきの車で来て、あっちの動物病院のそばに駐めて、運転手にビデオデッキを運ばせたの」

「まいったな《メルド》」ブルーノはつぶやいた。タヴェルニエにちがいない。早くもあの騒動でのカリムの行為を収めたニュース映像で武装してきたか。ブルーノはフランシーヌに礼を言って、ドゥーガルが〈ディライトフル・ドルドーニュ〉の事務所にしている古い一軒家の方向へぶらぶらと歩いていった。家を陽射しから護っている木々のそばで携帯電話を取りだし、村長にかけて、いまやタヴェルニエが問題になったことを警告した。

「いまカフェでラシダに付き添っているんだが、彼女はすっかり取り乱してな」村長が言った。ブルーノにもうしろでわめいているラシダの声が聞きとれた。「モムの家に電話して、カリムの母親をこっちへよこすように言った」村長が続ける。「ところがカリムの母親は学校のモムに電話をかけてしまったので、いま彼が憲兵隊分屯所に向かっている。モムがばかなことをしでかさないよう気をつけてやってくれ、ブルーノ。わたしはタヴェルニエと渡りあわなければならん。モムを落ち着かせたら、即刻タヴェルニエをつかまえて、わたしが至急会いたがっていると伝えてくれ、彼の父親の旧い友人としてな」

「計画があるんですか」ブルーノはたずねた。

「まだだ、でもなにか思いつくさ。カリムに弁護士はついているのか」

「まだです。ブロセイルに連絡していただけますか。ラグビー・クラブの理事会メンバーなんです」

「ブロセイルは公証人《ノテール》じゃないか。カリムには本物の弁護士が要る」

「本物の弁護士はあとからでも頼めます。ただブロセイルになかへ入って、ひとことも発するなとカリムに伝えてもらいたいんです。それにこれまでにしてしまった発言は記録から削除するよう主張させるんです、弁護士が立ち会っていないんですから」

「それはフランスの法律とちがうぞ、ブルーノ」

「かまうもんですか。それで時間を稼げますし、カリムはきっぱり口を閉ざしますよ。これはヨーロッパの法律ですから、タヴェルニエは抵触したくないはずです――ブロセイルにはそう言いつづけてもらいましょう。内務大臣かあのふたりの将官から広場で見たことについて証言は得られましたか」

「ああ、将官たちからは。ファックスで届いた。大臣からはまだなにも」

「タヴェルニエはその件を知らないはずです。カリムを起訴に持ちこむのに国防省の大物ふたりは言うにおよばず、大臣の供述の真偽を問わなければならないと思ったら、彼も考えなおすんじゃないでしょうか」

「いい考えだ、ブルーノ。やってみよう。しかし、きみはまずモムを止めてくれ」

それはモムが車で来るかどうかによる。その場合は幼児学校と郵便局を通過してこなければならない。徒歩か自転車なら歩行者天国のパリ通りをやってくるはずだ。ブルーノは同時に両方にはいられない。ドアから顔を突っこんで、フランシーヌにモムをなんとしてでも引き留め、姿が見えたらただちに電話をくれと頼んだ。それからパリ通りのはずれで見張りに立つと、ほどなくモムが猛スピードで自転車を漕いでくるのが見えた。

「待って、モム」手をあげながら言った。「ここはぼくと村長にまかせてください」

だがモムは耳を貸さなかった。「どいてくれ、ブルーノ」腹立たしそうに大声で言い、ブルーノをよけながら、力強い腕を突きだして押しのけようとした。ブルーノがその腕にしがみつき、自転車は大きく傾いた。モムは自転車にまたがったまま両足を地面に突っぱり、腕をつかまれて身動きがとれなくなった。

「放せ、ブルーノ」モムが吼えた。「きみらの考えを改めさせてやる。ラグビーの仲間たちがこっちへ向かってる、学校の生徒たちの半分もだ。こんなふうに村の人間を逮捕してまわらせはしないぞ。こいつは一斉検挙《ラフル》だ。もうたくさんだ」

ラフルとはアルジェリア戦争のときフランスの警察が実施した大規模な一斉検挙をアルジェリア人が呼んだ言葉で、それ以前は戦争中ゲシュタポがフランス市民におこなった強制捜査を指していた。ラフルは残虐性と警察国家を象徴するのだ。

「ラフルじゃありませんよ、モム」ブルーノはあくまでも食いさがった。

「ナチスがわたしの父を殺し、肉片のように切り刻んでいったうえ、今度はきみらが息子を牢獄へ連れていこうというのか。邪魔するな、ブルーノ！　きみにもフランスの正義にもうんざりだ」

「ラフルなんかじゃありません、モム」ブルーノは相手と目を合わせようとしながらくりかえした。モムの腕を放し、代わりに自転車のハンドルを握った。「カリムはいくつか質問されるだけで、村長とぼくはあなたがたの味方です、村の全住人と同じように。ぼくたちが呼んだ弁護人がいま向かっていますし、ちゃんとうまくやりますよ。もしあなたがあそこへ突入したら、カリムの立場を悪くするばかりですし、あなた自身のためにもなりません。ぼくを信じてください、モム」

「きみを信じる?」モムはせせら笑った。「その制服を着たきみをか? 戦争中ラフルでわれわれの仲間を何百人も殺したのはフランスの警察なんだぞ。きみらのような警官がアルジェリア人を片っ端からとっつかまえて、手足を縛りあげ、セーヌ川に投げこんだんだ。二度とさせないぞ、ブルーノ。二度とあってなるものか。さあ、どいてくれ」

〈バル・デ・ザマトゥール〉のジルベールとルネを先頭に、人が集まりだしていた。

「聞こえたのか?」モムが金切り声をあげた。「憲兵隊がカリムを逮捕したんだ。息子はあの建物のなかにいる。行ってやらなきゃならないんだ」

「なんの騒ぎだい、ブルーノ」ジルベールが訝しげに声をかけた。「だいじょうぶ?」

「落ち着いて、みなさん」ブルーノは言った。「そうなんです。憲兵隊が来てカリムを連れていって、いまは予審判事が広場で起きた国民戦線党員との暴動について質問しているところです。村長もぼくもなんとか収めようとしています。まもなく弁護人が来ますし、ぼくたちはカリムを支持して見守るつもりですから、どうかみなさんもそうしてください。建物内に突入するのは認められません――それはただ事態を悪くするだけです」

「カリムはなにをしたと思われてるんだ」ルネが知りたがった。

「なにもだ」モムが怒鳴った。「なにもしていない。ナチのごろつきどもから自分の身を護り、きみらを護っていただけだ」

「なんの容疑かはまだわかりません」ブルーノは言って、自転車のハンドルをしっかり握りつづけた。少なくともモムはブルーノを殴り倒すか強行突破しようとはしていない。「暴行罪を適用しようと考えているみたいですが。カリムがあのごみ箱を投げたときのことをおぼえていますか」

「ブルーノ、ブルーノ」新たな声が叫び、公証人のブロセイルがネクタイを締めながら急ぎ足でやってきた。「村長から電話をもらった、ここできみが見つかるだろうって」

「屋内《なか》に入って、カリムの弁護人として会わせろと言ってもらいたいんです。そしてカリムに、なにも言うな、一切署名はするなと言ってください。供述するなと。それからこれまでにカリムが口にしたことは記録から削除するように要求してください、カリムが弁護人の立ち会いなしに言わされたことなので。つぎに弁護人の立ち会いを拒絶されたことで欧州裁判所に訴え出る意思があると言ってください、個人的にデュロック大尉を訴えると」

「そんなことができるのか?」ブロセイルがたずねた。ふだんはえらぶっていて、どちらかといえばお高くとまった男なのに、いきなり空気が抜けてしぼんだみたいに見えた。

「これはヨーロッパの法律で、フランスにも有効なんです。あちらは否定しようとするかもしれませんが、とにかく怒鳴るなりわめくなり脅すなりして、なによりカリムにはひとことも言わせないように。なるべく早く刑事専門弁護士を呼びますから。相手がだめだと言っても耳を貸さないでください。忘れないで、村じゅうがあなたを頼りにしているんですよ。カリムもです」

遺言書の作成と不動産売買契約の公証を主な業務とするブロセイルだが、いまは兵士のごとく胸を張り、勇ましい足取りで建物内へ乗りこんでいった。

「どうか信用してください、モム。ぼくもこれから入って、けりをつける手伝いをしてきますが、外で群衆が怒声をあげたり建物に押し入ろうとするのはまずいんです」モムの自転車のハンドルを放し、自分の携帯電話を手渡した。「村長にかけてください。短縮ダイヤルに入ってますから、数字の1を押して緑のボタンを押せばつながります。村長とぼくは計画した手順どおりにやっているんです。村長と話して、あなたはここにとどまり、みなさんを落ち着かせるのに手を貸してください。ルネ、ジルベール——ここで騒ぎが起きないように頼むぞ」それだけ言うと、ブルーノはブロセイルを追っていった。

デュロックの執務室のドアは大きく開いていて、男たちの大声がテレビから流れている暴動のビデオの音声と混ざりあっていた。デュロックは自分の机の横に立ち、ブロセイルに出ていけと怒鳴っていたが、小柄な公証人は一歩も引かず、欧州裁判所に関する恐ろしげな脅迫をがなりたてている。タヴェルニエはデュロックの机に平然と座り、楽しんでいるふうにこの対決を見守っている。カリムは机の前で、途方に暮れた様子で背中を丸めて座っていた。ブルーノはすばやく状況を判断すると、テレビに近づいて、電源を切った。ブロセイルとデュロックが驚いて口をつぐんだ。

「みなさん、ちょっとお邪魔します」ブルーノは言った。「判事に緊急の伝言があります。機密事項でして」デュロックのほうを向き、親しげに握手して、ドアの外へと導きはじめた。「隊長、親愛なる同僚、ご厚意にすがって、ほんのすこしでいいんです、おかげさまで、ほんとうに感謝してます……」ブルーノは口先だけで決まり文句をつぶやきながら、もう一方の手でブロセイルの上着をつかみ、一緒に引っぱっていって、ふたりとも廊下に連れだした。自分はそこを離れて室内に戻り、カリムにブロセイルと廊下で待っていろと言った。カリムが出ていくとドアを閉めて背中を預け、あらためてタヴェルニエを見ると、その顔には嘲弄するような表情が浮かんでいた。

「また会えたね、警察署長殿」タヴェルニエはからかい口調で言った。「じつに光栄だ。わたしに伝言をもってきてくれたって？」

「お父上の旧友でクラスメートだったマンジャン議員より、ぜひともお越し願いたいとのことです」ブルーノは言った。

「ああ、サンドニ村長か。失望に終わったパリでの政治的キャリアの埋めあわせに、この不穏な田舎町の問題に取り組んでいるわけだ。かつてのクラスメートについて父から笑い話をあれこれ聞かされているよ。当時でさえ周囲がついていけない御仁だったらしい。どうかくれぐれもよろしく伝えてくれ、でもさしあたっていまは法に関する仕事でここを動けないんだ。こちらが片づいたあとなら、よろこんで寄らせてもらうよ、おそらく今夜遅くにでも」

「村長の用件はもっと急を要する事柄ではないかと、ムッシュー」

「哀しいかな、法は何者も待ってはくれないと、村長に伝えてもらわねばならない。帰りがけにみんなを部屋に戻らせてくれないか、でもあのおめでたい公証人は連れて帰ってくれてかまわない」

「法に関するその点はおっしゃるとおりです」ブルーノは言った。「だからこそ一刻も無駄にしないで証言をとったんです、よそ者の扇動者による武力侵略をたまたま目撃することになった高名な客人たちから。将官ふたりと、内務大臣からの証言です。なにか法的決断がなされる前に村長はそれについてあなたと話しあいたいのだと思いますが」

「やりやがったな」長い沈黙のあとでタヴェルニエが言った。「その証言はまちがいなく、図体のでかいアラブ人を褒めたたえているんだろう、それにこの村の警察署長も」

「さあどうでしょうか、ムッシュー。ぼくは見ていませんので。知っているのは村長があなたとこの件について話したがっていることだけです、司法当局に可能なかぎりのお力添えをするために」

「欧州裁判所についてべらべらまくしたてるあのまぬけな公証人をだれかさんがここへ送りこんだのと同じように、だろう。あれがきみらのやっていることか」

「なんのお話だかわかりませんが、ムッシュー。ただ責任ある警察官は尋問されている人間が法律家の助言を受ける利益を妨げないものと理解しております。あなたもデュロック大尉も同意してくださるはずです」

「欧州裁判所の判断にしたがう田舎警官か」タヴェルニエがせせら笑った。「いやいや、じつに感心じゃないか」

「それに欧州人権裁判所です」ブルーノは言った。「守ると誓いを立てた法律にしたがおうとするのは警察官の務めです」

「法とは公平なものだぞ、警察署長。暴動にかかわったよそ者の扇動者たちが起訴されるのなら、過剰な暴力で応じた地元民も同様であってしかるべきだ。それにわれわれはいまもこの暴力の口火を切った責任者を特定しようとしているところだ」

「それならば、ムッシュー、村長がお勧めしているように、一刻も早く将官や大臣といった高名な証人の供述を考慮したいんじゃありませんか」

長い沈黙が続き、その間タヴェルニエはブルーノの目から視線をそらさなかった。ブルーノはこの若い男の冷静な顔つきの背後で個人そして政治家としての野心の計算が働いているのを想像するしかなかった。ブルーノも眉ひとつ動かさなかった。

「三十分以内にそちらの執務室でお目にかかると村長に伝えてくれ」ようやくタヴェルニエが言って、目をそらした。

「村長とぼくは先ほどまであなたが尋問しておられた若者の保証人になります」ブルーノは言った。「今後まだ彼に質問があればいつでも出頭させます、適切な弁護士の同席のもとで」

「いいだろう」タヴェルニエが言った。「とりあえずいまはきみらの暴力的なアラブ人を連れていってかまわない。必要な証拠は揃っているんだ」ビデオのほうへかったるそうに手を振った。

「彼はあなたやぼくと同じフランス人ですが、あなたがそうおっしゃったことはおぼえておきます」ブルーノは回れ右して、部屋をあとにした。途中でカリムとブロセイルを拾うと、デュロックが抗議しかけた。ブルーノは彼を見て、デュロックの執務室の閉じたドアを指差し、言った。「あそこへ子供が迷いこみましたよ」

それから三人で階段をおり、戸外へ出ていくと、パリ通りの角に集まっていた群衆からどっと歓声が沸き起こり、モムが歓喜もあらわに小走りで飛びだしてきて、カリムを抱擁した。村の住人半分がその場にいるように思われ、なかにはレジスタンス時代からの仇敵であるバシュロとジャン＝ピエールもいて、どちらも笑顔だった。ブルーノがブロセイルに礼を言うと、公証人はこの手続きに自分の果たした役割が誇らしくて意気揚々とし、興奮のあまりだれかに請求書を送るべきかどうかも頭に浮かばないようだった。これにはブルーノも驚き、ブロセイルがいったいいつまで忘れていることかと考えずにいられなかった。ブルーノがカリムの背中をぴしゃりと叩くと、モムがうしろめたそうにおずおずと近づいてきて、握手を求めた。

「ラフルの話はほんとうなんですか、セーヌ川に人々が投げこまれたという」ブルーノはたずねた。

「そうだ、一九六一年、十月のことだった。わたしたちの同胞が二百人以上も。歴史的事実だよ。調べればわかる。テレビ番組にもなったくらいだ」

ブルーノは頭を振った。信じられないからではなく、くりかえされる人間の愚行にうんざりし、悲しくなったのだった。

「とても残念です」

「それが戦争なんだ」モムが言った。「だけどこういうことがあるたびに、戦争は終わっていないんじゃないかと不安になるんだよ」カリムがビールで祝杯をあげに〈バル・デ・ザマトゥール〉のほうへ連れていかれるのを見やった。「一杯だけ飲んだら、帰ってラシダを安心させてやれと言ってやらなきゃな。帰らせてくれてありがとう。それに無理を言ってすまなかった、ブルーノ。心配のあまり熱くなってしまった」

「わかります。親父さんのことでつらいときに、今度はこれですから。でもこの村の人たちはみんなあなたがたの味方ですよ」

「わかってる」モムがうなずいた。「村の半分に数のかぞえかたを教えたのはわたしだ。みんなちゃんとした人たちだ。ほんとうにありがとう」

「ラシダによろしく」ブルーノは言って、村長に報告しに、パリ通りをひとりで歩きだした。

19

ブルーノはディナーのために着替えた。鶏に餌をやりながらなにを着るか考え抜いた結果、チノパンとカジュアルなシャツにジャケットがちょうどいいと判断した。ネクタイは大げさすぎる。ワインセラーからラベルのないラランド・ド・ポムロールを一本取ってきて、車の座席の買っておいた花束の横に寝かせた。これで忘れる心配はない。シャワーを浴び、ひげを剃り、服を着て、ジジに餌をやり、出発した。パメラとクリスティーンはなにを食べさせてくれるのだろう。英国料理についてはこれまでにさんざん聞かされており、まったく期待できそうにないものの、パメラはどこから見ても洗練されているし、ペリゴールで暮らすほど趣味もいい。とはいえ、やはり不安で、それは胃袋のためばかりではなかった。今夜の招待はオフィスに直接手紙で届けられ、宛名は〝わたしたちのディフェンダーへ〟だった。それ以来役場《メリ》の女たちのおしゃべりな舌は止まることがない。

疲れる一日だった。フランスの新聞とテレビ局の半分が、《フランス・ソワール》紙が〝サンドニの独身警官〟と名づけたブルーノにインタビューを申しこんできた。どれも断り、お気に入りの〈ラジオ・ペリゴール〉だけに応じたものの、独身警官はばかみたいに殴り倒されたのであって、状況を一変させたのはイザベル・ペロー刑事官の存在だったとブルーノが話すと、聞き手はがっかりしたようだった。その後イザベルが電話をかけてきて、《パリ・マッチ》が空手着姿の彼女を写真に撮りたがり、警察のまぬけな広報担当者がたいそう乗り気になっているとぼやいた。けれどもブルーノが翌日の夕食に誘うと、イザベルは受けた。彼女が言うには、ブルーノの痣になった目と打ち身をよく見たいからとのことだった。

パメラの地所に車を駐めたときには外はまだ明るかったが、屋内のいたるところに明かりが灯っていた。中庭のテーブルでは古いオイルランプの炎がそっとゆらめき、静かなジャズが流れている。英国人の声が「来たわよ」と言うと、ロングドレスに髪を高く結いあげたフォーマルないでたちのパメラがあらわれた。運んできたトレイにはヴーヴ・クリコらしきボトルとグラスが三脚。

「わたしたちのヒーローね」テーブルにトレイをおろして、彼の両頰に大きな音をたててキスをする。

「あなたがあの若いスキンヘッドにしたことを見てしまったので、これ以上近づかないほうがよさそうです」ブルーノが微笑を含みながら言うと、パメラは花とワインを受け取ってテーブルにおいてから両手で彼の両手をとった。

「その目のまわりの痣、そんなにすごいのを見るのは初めてよ、ブルーノ。しかも傷を縫ったのね！　知らなかった、でもあの男ったらクラブで殴ったんだもの、そうなっても不思議はないわ」出てきたクリスティーンのほうを振り向いた。「ブルーノの傷を見て」

クリスティーンが近づいてきて、両頰にキスし、しかと抱きしめてブルーノを彼女の香水風呂に沈めた。「ありがとう、ブルーノ。ほんとうに、わたしたちを助けにきてくれてありがとう」

あそこにはほかにも護るべき女性たちがいたとか、イザベルがいなければあんなに首尾よくいかなかったとか、あのいまいましい出来事すべてはおそらく自分が招いてしまったのだという返事が頭をよぎった。でもどれもなにかちがうような気がしたので、ただ無言でふたりに微笑みかけた。

「今日の午後ラジオであなたがしゃべるのを聴いたわ」クリスティーンが言う。「それにわたしたち、新聞を全種類買ったのよ」

「おふたりを巻きこんでしまい、申し訳なく思ってます。それに暴動や人種差別問題でサンドニに悪評が立ってしまったことが残念で」ブルーノは言った。「観光業界はキャンセルが出ているところもあるので、この夏あなたのゲストハウスに悪い影響が出ないといいんですが、パメラ。イギリスの新聞にも記事が載ったとか」

「BBCでも流れたわ」とクリスティーン。

「うちはだいじょうぶよ」パメラがシャンパンのボトルをブルーノに手渡す。「この家の住所にサンドニとは載せていないの、郵便番号しか。載せてるのはこの家の名前と、サントマ・エ・ブリヤモンという村落の名前、それにヴェゼール谷だけ。英国人の耳にはそのほうがフランスっぽく聞こえるから」

「この家に名前があるとは知らなかった」ブルーノは泡が溢れだすのを防ぐためにボトルの底

の窪みをそっと叩いた。

「なかったけど、わたしがポプラ荘《レ・ファブリエ》と名づけたの」

「ル・マーケティングかと思った」クリスティーンが笑って、グラスにシャンパンを注ぎはじめた。クリスティーンも黒っぽいロングスカートにブラウスで、髪はカールしたてのようにつやつやしている。ふたりともブルーノのためにドレスアップしてくれたのだ。ネクタイを締めてこなかったのが悔やまれる。

「ところで、ご親切にもぼくを招待してくれたこの英国式ディナーがどんなものになるのか、教えてもらえるんでしょうか」

「出てからのお楽しみよ」とパメラ。

「わたしにも内緒なの」とクリスティーン。「なにが出てくるか聞かされてないけど、パメラの料理は絶品だから。わたしがあなたのためにしたのは、一日コンピュータに向かって、例のアラブ人サッカー・チームについて調べたこと」

「今日《ル・マルセイエーズ》のスポーツ欄編集長にあたってみたんです。ぼくが新聞に写真の載ったあのサンドニの警官だとわかると、とても協力的だったんですが、新聞社のファイルにはなにも残っていませんでした。引退したジャーナリストたちに古い資料でなにかわからないか訊いてくれるそうです。一九四〇年の該当する月に発行された分に目を通してくれさえしたんですが、アマチュア・リーグの記事はないようだと」

「ところが、わたしはあるものを見つけたの」クリスティーンが言った。「論文のデータベースをチェックしてみたのよ。スポーツや移民の歴史のような分野はどんどん新しい研究論文が出てるから。まあ、みんな論文を書かなきゃならないからね。それで役に立ちそうなのが二点見つかった。ひとつは〝スポーツと融合：フランスにおける移民のサッカー・リーグ　一九一九―一九四〇〟というタイトルで、もうひとつは〝新天地で社会を立てなおす：フランスにおけるアルジェリアの社会組織〟。インターネットで本文は読めないけど、執筆者たちの名前はわかったから、前のほうをたどってみたの。モンペリエ大学でスポーツ史を教えている男性だった。あなたの追っているチームのことを知っていると思うって。マルセイユにマグレブ・リーグというアマチュアのリーグがあって、一九四〇年に優勝したチームの名前がオラニアンズだそうよ。ほとんどの選手の出身地だったアルジェの町オランにちなんで。これがその人の電話番号。電話で話した感じはとてもよかったわ」

「すばらしい」ブルーノは感嘆した。「それを全部コンピュータで調べたんですか？」

「ええ、それに論文のプリントアウトはもう手元にあって、いますぐにでもあげられるわ。メールで送ってもらったの」

「なんてご親切に。今夜寝る前に読みます。でもさしあたって、夜はまだまだこれから、グラスにはシャンパンがなみなみと注がれている。ぼくは美しいご婦人ふたりといて、英国式の食事を楽しみに待っている。だからもう犯罪と暴力の話はここまでにしましょう。楽しい晩にしようじゃないですか」

「まずあなたが英国料理をどう思っているか聞かせて」パメラが言った。「最悪を知っておきたいわ」

「火を通しすぎたローストビーフ、辛すぎるマスタード、パン粉入りのソーセージ、ふにゃっとした分厚い衣におおわれた魚、長時間煮すぎてぐずぐずになった野菜。ああ、それに、どんな味もだいなしにする茶色の瓶に入った変な風味のソース。それがみんなでラグビーの国際大会を観にトゥイッケナムに行ったとき食べたものです。卵とベーコンたっぷりの朝食はだれもが気に入ったけど、あとの食べ物はひどかったと言わざるをえませんね。ただ、最近のイギリスの国民的料理はインドのカレーだと聞いてますが」

「とにかく、パメラの料理であなたの考えも変わるわよ」とクリスティーン。「でもその前に、このシャンパンをどう思う？」

「申し分ない」

「これは英国産」パメラがボトルをまわしてブルーノにラベルを見せた。「ブラインド・テイスティングでフランスのシャンパンに勝ったのよ。女王も晩餐会などでこれを出すの。クリスティーンが一本持ってきてくれたんだけど、あけるのにいい機会だと思えたので。白状すると、生産者はシャンパーニュ地方出身のフランス人だけど」

「それでも感心しました。英国はやはり驚きに満ちていますね、とくにぼくたちフランス人にとって」

ブルーノは少なからず居心地悪さを感じていた。今夜になにを期待すればいいのか、自分がなにを期待されているのかわからない。英国人の家で食事をするのも、凜々しい女性ふたりを相手に食事するのも初めてだ。どちらかとふたりきりのほうがまだ気が楽だったろう。戯《たわむ》れあったり、たがいに発見したりというおなじみの領域に立てばいいのだから。ひとり対ふたりは、数で負けるというよりバランスが悪い。英国人とフランス人をネタにしたお決まりのジョークでは、夜の終わりまで到底もちそうにないし。でもこれは願ってもない機会なんだ、と己に言いきかせた。どんな夜にするかはぼくたちしだいじゃないか。それにクリスティーンの調査で新情報が得られたおかげで、今夜はすでに有意義以上のものとなっている。

女性たちにいざなわれて屋内に入ったブルーノは、フランスの農家に英国人がどんなふうに手を入れるか興味津々で見まわした。そこは広々とした奥行きのある部屋で、天井は屋根まで吹き抜けになっており、上の階には手すりつきの小さなギャラリーがあった。部屋の突き当たりには巨大な古い暖炉。二組のフランス窓、壁一面を埋めつくす書物、大きくて見るからに座り心地のよさそうな肘掛椅子が、革張りと更紗《チンツ》張り、合わせて六脚。

「いい部屋だ」ブルーノは言った。「でもあなたが初めてここへ来たときはこうではなかったんでしょう?」

「ええ。屋根と梁《はり》の何本かを直さなきゃならなかったので、二階の半分をとっぱらって、天井を高くすることにしたの。この部屋の向こうが食堂よ」

食堂はもっと小ぢんまりしてくつろげる部屋で、ゴールドとオレンジの中間色で塗られ、年代物に見える黒っぽい木の大きな楕円形のテーブルに椅子が八脚並んでいた。片側に三人分の食器がセットされ、赤白のワインそれぞれのグラスが用意してあった。壁の一面には古い写真がほどよく間隔をあけて飾られている。ブルーノが持ってきた花はテーブルの上の大きな陶器の花瓶に移されていた。広いリビングのほうと同様に床はテラコッタ・タイルで、そこかしこに敷かれた濃い赤やゴールドのラグが、テーブルにおかれたランプや二台の枝付き燭台のやわらかな光を受けて輝いている。長いほうの壁に、鳶《とび》色の髪にはっとするほど白い肩をした女性の大きな油彩画が掛かっている。イヴニングドレスはいまより旧い時代のものらしい。その女性はパメラと瓜ふたつと言ってもよかった。

「わたしの祖母」パメラが言う。「スコットランド人なの。今夜のディナーでわたしがちょっぴりずるをしたのはそういうわけ。あとで説明するけど、とにかくおかけください。はじめましょう」

彼女はキッチンに行って、白い大きな蓋付き容器《チューリーン》に入ったあたたかいスープを運んできた。

「リーキとジャガイモのスープです」と説明した。「わたしが焼いたパンに、これもまた英国産ワインで、ケント州のテンタデンというところのリースリングよ」

パンは皮が厚くて茶色で、嚙むともっちりと弾力があり、ブルーノは気に入った。ボリュームのあるスープにもよく合っている。ワインはアルザス産を思わせる味で、彼はふたたび感動を言葉にあらわした。

「さて、これがずるした料理」パメラが言った。「魚のコースはスコットランドのスモークサーモンです。だからイングランドとはすこしちがうけど、クリスティーンと話した結果これも英国料理よねってことになって。バターとレモンはフランス産、黒胡椒はどこ産のものだか見当もつかない」

「すばらしいソーモン・フュメだ、ふだんここで食べているのより色が薄くて、とても繊細な香りがする。うまい！」ブルーノは女たちに向かってグラスを掲げた。

パメラが皿を片づけ、つぎに大きなトレイを運んできた。トレイにはあたためた平皿、赤ワインのカラフェ、蓋《ふた》をした皿に野菜が二種、金色の生地で包まれた熱々《あつあつ》のパイがのっていた。

「さあ、どうぞ、ブルーノ。伝統的英国料理の王様、ステーキ&キドニー・パイよ。青い豆とニンジンはうちの菜園のもの、赤ワインはコーンウォールのキャメル・ヴァレーという生産者のもの。イギリスの気候で上質な赤ワインは作れないと言われているけど、これはその説がまちがいだってことの証明よ。では、天にも昇るようなにおいを嗅ぐ心の準備をしてね。さあ、顔を近づけて、パイにナイフを入れます」

ブルーノは恭しく指示にしたがい、パメラが深皿からパイの最初のひと切れを持ちあげると、大きく息を吸って濃厚でコクのある香りを楽しんだ。「すばらしい《マニフィック》」と言って、パイの中身をのぞきこんだ。「なぜこんなに黒いんですか？」

「黒いスタウト・ビールのせい」パメラが答えた。「いつもはギネスを使うんだけど、それだとアイルランドだから、英国のスタウトにしたわ。それに厚切りのビーフと腎臓、玉葱《ロニヨン》にニンニクを少々」パメラがブルーノの平皿にパイを山盛りにすると、クリスティーンが豆とニンジンを添えてくれた。パメラはワインを注いで、席に戻って腰かけ、ブルーノの反応を観察した。

彼はどろりとしたソースから小さな角切り肉を食べ、つぎに腎臓《キドニー》も味見した。うまい。パイはさくっと軽くてほろほろ崩れ、肉の味がしみこんでいる。莢(さや)に収まったまだ若い豆も、ニンジンも、完璧なゆで具合だ。なんともすてきな食べ物だった。満足感があって、おいしくて、昔ながらのなつかしい料理。フランスのおばあちゃんが作ってくれそうな料理だ。さて、つぎはワイン。鼻を近づけて、フルーティなブーケを楽しみ、キャンドルの灯りのなかでグラスをゆっくりとまわし、グラスの縁から流れ落ちる液体の、王冠を逆さまにしたような図柄を見つめる。少量口に含んだ。彼が飲んだことのあるうちでもっとも北の赤ワイン、予想したようなロワール地方の赤のガメイ種よりは重く、余韻に心地よい力強さがあった。いいワインだ。どことなくバーガンディを思わせ、ボディはこの肉料理に負けていない。ブルーノはナイフとフォークをおいて、グラスを取り、もうひと口飲んでから、女性ふたりを見た。

「イギリスの食べ物についてのこれまでの発言をすべて撤回します。パメラ、あなたが作るなら、目の前に出されるどんな英国料理でも食べたい。それにこのパイ、これはぜひ作りかたを教えてほしい。フランスでは出会えない料理です。このつぎはぜひわが家で、おふたりのためにぼくに作らせてください」

「やった！」とクリスティーンが叫び、ブルーノが驚いたことに、英国女たちはそれぞれ右手を高々とあげ、たがいの手のひらをぴしゃりと打ちあわせて成功を祝った。不思議な英国の習慣だと思いながら、ブルーノはふたりに微笑みかけ、自分のグラスにもう一杯コーンウォールのワインを注いだ。コーンウォールと言えば。ふと思いだした。フランスではコルヌアイユと呼ばれていて、古くから伝わっている言語はフランスのブルターニュ半島で話されているブルトン語にそっくりで、だから元をたどればフランス語なのだと学校で習ったっけ。それでこのワインの説明がつく。パメラの国の名称、グレート・ブリテン《グランド・ブルターニュ》だって、意味はただの〝大きいほうのブルターニュ〟じゃないか。

サラダは、やはりパメラの菜園の野菜が使われ、新鮮で美味だったが、しゃきしゃきのレタスにルッコラという組みあわせは、ブルーノにはとくに英国的とも思えなかった。けれどもチーズはクリスティーンがイングランドから持ってきた太い円筒形のスティルトンで、深いコクがあり、それは見事だった。おしまいに、パメラが菜園の苺を使った自家製アイスクリームを出し、ブルーノは満腹になったこと、すっかり英国料理ファンになってしまったことを告白した。

「なのにどうして隠してるんです?」彼はたずねた。「なぜ英国ではたいていあんなにひどい食べ物を出して、ひどい評判に甘んじているんですか」

女たちは同時に口を開いた。「産業革命よ」とクリスティーン。「戦争と配給ね」とパメラ。そしてふたりとも笑った。

「あなたの説を披露して、クリスティーン、そのあいだに最後のお楽しみを取ってくる」

「実際、明らかなのよ」クリスティーンが説明をはじめた。「英国は十八世紀の農業革命と産業革命を経験した最初の国で、そのせいで農業はほとんど消滅するところだった。小規模農家はより手間のかからない牧羊農家に転向していった。それと同時に、上等な農具や発達した農業技術のせいで労働力は需要が減り、資金はますます必要になった。それで小規模農家や農場労働者は土地を失い、一方で新しい工場に労働者が必要になったの。英国は見る見るうちに都会的な産業国になり、大都会の市場には輸送や貯蔵が容易で、手早く用意できる食べ物が求められるようになった。多くの女性が加工や製造の工場で働いていたからよ。その後北米やアルゼンチンで新しい農地がどんどん開拓され、自由貿易政策のもとで英国の農家は価格競争に敗れ、英国はいつしか安い食品の輸入大国となったわけ。外国からは肉の缶詰や大量生産のパンが入ってきた。それと並行して、何世代も受け継がれてきた伝統的な農家の料理が消えていった。家族は新しい工業用住宅に分散していったので」

「似たようなことがいまのフランスで起きているという意見もあるでしょうね」ブルーノは言った。パメラのほうを向くと、黒っぽい大きなボトル、水の入ったジャグ、小さなグラス三個をのせた小ぶりのトレイをテーブルに運んできた。「戦争に責任があるというあなたの説を聞かせてもらえませんか、パメラ」

「ちょっと待って、ブルーノ」とクリスティーン。「ナポレオン戦争の時代に缶詰の食料を発明したのはあなたがたフランス人で、それは戦争を介してひろがったのよ。一八五〇年代のクリミア戦争、一八六〇年代のアメリカ南北戦争、一八七〇年代の普仏戦争では缶詰食品が頼りだった、大勢の兵士を食べさせるにはそれが唯一の方法だったから。ちょうどつい先日、ここのスーパーマーケットで〈フレイベントス〉の缶詰を見かけたわ——どうしてその名前がついたか知ってる?」

ブルーノは首を振ったが、この話題に俄然興味を惹かれて、思わず身を乗りだしていた。むろん徴集兵たちの大所帯には缶詰食品が不可欠だったろう。第一次世界大戦の塹壕戦は缶詰がなければ成り立たなかったのではないか。

「フレイベントスはウルグアイの町の名で、一八六〇年代にそこからヨーロッパへ肉エキスの輸出がはじまったの、皮革産業で処理されるあらゆる動物たちの余った肉を利用するために。そして肉はたちまち皮を追い抜き、巨大産業になったのよ」

「驚いた」ブルーノは言った。「あなたがフランス史の専門家なのは知ってましたが、食品の歴史にも詳しいとは」

「学生たちにはこうやってグローバル化について教えてるから」とクリスティーン。「歴史が自分たちの暮らしに意味をもたらしているという実例を示さないとだめなの、それには食べ物の歴史についてしゃべるのがいちばん手っ取り早いのよ」

「ぼくもあなたのような教師に出会えていれば。ぼくたちの歴史の授業は王と女王と教皇とナポレオンの戦いの話ばかりだった。こんなふうに歴史を考えたことはなかったな」

「クリスティーンの歴史についての意見には全面的に同意するわ」パメラが言った。「でもなにもかもいちだんと悪くなったのは第二次大戦と配給のせいよ、配給は戦後十年間近くも続いたの。安い輸入食品に長いこと頼ってきた英国はドイツの潜水艦作戦で飢餓に陥りかけた。国民に配られる卵は週に一個、肉やベーコンや輸入の果物はほとんど手に入らなかった。レストランで家庭よりおいしい料理が食べられるという伝統さえ、ほとんど消滅してしまったの、食事に請求できる金額がかぎりなく低くなってしまったから。一世代かけてやっと元に戻り、人人がまた旅行したり外国の食べ物を楽しんだり、レストランに行ったり料理本を買ったりする経済的余裕が生まれたの」トレイから黒っぽいボトルを持ちあげた。「では、食後酒《ディジェスティフ》としてコニャックの代わりにこれを試してみて。スコッチ・モルト・ウイスキーよ。これをふつうのウイスキーとくらべるのは、偉大なシャトーのワインをテーブル・ワインとくらべるようなもの。これはラガヴーリンといって、祖母が生まれた島で作られているの、だから草炭《ピート》と海の味がするわ」

「コニャックみたいにちびちび味わうんですか」

「父に教わった飲みかたは、まずにおいを嗅ぐ、ゆっくりとね、それからごく少量口に含んで、消えてしまうまで口のなかで転がす。それから口で深く息を吸いこむと、フレーバーが全部喉へおりてくのが感じられるの。あとはふつうにひと口」

「あたたかさがずっと下へおりていく」深く息を吸ったあとで、ブルーノは言った。「なるほどこれはおもしろい」ゆっくりと啜《すす》ってから、また言った。「とても変わったスモーキーな味わいだけど、すばらしい食事と楽しい会話の締めくくりとしてすごく満足感のある食後酒《ディジェスティフ》ですね。今夜はずいぶんたくさん教わった気がします。おふたりとも、ありがとう」

どちらがより魅力的か決めようとしながら、ふたりに向かって乾杯した。彼女たちが今夜ずっと、すこしばかりこちらをからかっているのには気づいていたので、ちょっぴりお返ししてやろうと思った。

「それじゃ、まとめてみましょうか。はたしてぼくは今夜ほんとうに英国料理を食べたのか否

「スコットランドのモルト・ウイスキーにフランスの腎臓、フランスのビーフにフランスのシャンパン。今夜のディナーで唯一純然たる英国産だったのはチーズですね。そしてすべてにすばらしい腕をふるった女性はとびきり趣味のいい英国人です、ペリゴール地方で暮らすような」

パメラの表情にごくうっすらと動揺がよぎった。「スコットランドのサーモン、コーンウォール産のワイン、イングランドで作られたシャンパーニュ製法のシャンパン。フランスのサラダと野菜と苺、

20

口中に残る心地よいウイスキーの風味を感じながら、ブルーノはパメラの敷地の端まで車を転がしていった。電波の届きやすそうな丘の頂で停車し、携帯電話を取りだして時刻を見た。十時半をすこしまわったところ。遅すぎるというほどではない。ジャン゠リュックに電話をかけた。ラグビー・クラブの強力なサポーターで、筋骨たくましい彼は、地元憲兵隊員のなかでいちばん気心の知れた友人だ。女の声が電話に出た。

「フランシーヌ、ブルーノだ。今夜は出てるのかな」

「こんばんは、ブルーノ。気をつけたほうがいいわ。デュロックのやつ、このところ毎晩のように取り締まりをやらせてるの。酒気帯び運転の逮捕記録を破りたいのかしらね。待ってて、ジャン゠リュックにつなぐから」

「また外で飲んでんのか、ブルーノ？」そういう友の声もワインでいささか呂律《ろれつ》が怪しい。

「おまえはもっといい手本を示さなきゃだめだぞ。そうなんだ、あんちくしょう、また取り締まりをやらせてるんだよ。昨日の晩はおれとヴォランにペリグー・ロードを見張らせて、自分はレゼジーへの分岐点に張りこんだんだ――フランソワーズとな。あいつはフランソワーズに惚れてるかもしれないが、彼女はあんな下衆野郎に耐えられないよ。おれたちみんなそうだけどな。あいつにひと晩おきに夜勤をやらされて、みんないいかげん我慢の限界だ。いいか、こうしよう。今夜はジャック坊やがパトロールに出てる。おれが電話して居場所を確かめて、おまえにかけなおすよ」

ブルーノはその場で待ち、今夜一緒だったふたりの女性たちに思いをさまよわせた。クリスティーンはいわゆる美人で、ブルーノ好みの黒に近いブラウンの髪と目、潑剌《はつらつ》として頭の回転がいいところもどこか親近感を抱かせる。英国訛りがなければ、フランス人といっても通用しそうだ。でもパメラはちがう。美人というより凜々しくて、ゆったりとした優雅な歩きかた、ぴんとのびた背筋、筋の通った鼻はまぎれもない英国人のものだ。それにしても彼女には説明しがたい魅力があったな、とブルーノは思った。静かで満ち足りていて、そのへんの女とは別格で、しかも料理の腕は一流だ。さて、こっちはふたりのためになにを作ろうか。たぶんペリゴールの料理は食べ飽きているだろうし、少なくともぼく自身がそうだから、ニンニクのポタージュ《トゥーラン》やフォアグラ、家鴨《あひる》を使った料理は避けてかまわないだろう。でもオイル漬けのトリュフがまだ残っているので、トリュフときのこのリゾットにしたらおもしろそうだ。うちのキッチンでぼくが鍋のリゾットをかき混ぜているあいだ、あのふたりの女性がカウンターのところに優雅に立っていて――

電話が鳴って、彼を夢想から揺り起こした。「ブルーノ、ジャン＝リュックだ。ジャックに電話したら、橋の上にいた。デュロックはまたレゼジーの分岐点に行ってるとさ。あっちでいい獲物を見つけたようだな。いまどこなんだ？　洞窟のそば？　なら橋を渡って戻ってこられる。通るときにジャックに手をひと振りすれば、向こうはおまえの車がわかってる。または給水塔のほうをまわって、見晴らしのいい道を帰ってもいいけどな。今夜はおまえだけか、それともほかに若いのも何人かいるのか?」

「ぼくだけだ、ジャン＝リュック。ありがとう。ビール一杯借りができたよ」

ブルーノは遠回りのルートを選び、幅の狭い橋を渡って、尾根伝いに給水塔のほうへのぼっていきながら、デュロックが知るよしもないサンドニのもろもろの事情を思って口の端をほころばせた。フランスの田舎のルールはいくぶん勝手がちがうことを、あの男はいつか学ぶのだろうか。デュロックが若いフランソワーズに目をつけているとは耳寄りな話だった。フランソワーズはかわいらしい顔に安産型の腰をしたアルザス地方出身のぽっちゃり系のブロンドで、お尻に小さなタトゥーを入れているという噂だ。ジャン＝リュックによれば、それは彼女の身元確認をするときの特徴として個人ファイルに載っているのだという。どんなタトゥーかをめぐって、ほかの憲兵隊員たちは何度となくひそかに賭けをした。蜘蛛《くも》か、十字架か、ハートか、はたまた恋人の名前か。ブルーノはフランスのシンボル、雄鶏に賭けた。まだだれも賞金を獲得していないが、フランソワーズの肌と秘密をあらわにするのがデュロックでないことを願いたい。情事こそデュロックに必要なものなのかもしれないが。だがあの男は用心深く教科書にしたがっているので、階級が下の隊員との恋愛を固く禁ずる憲兵隊の規則をよもや破りはしないだろう。それとも、破る? 彼がフランソワーズに惚れていると同僚たちが疑っているなら、すでに危険な領域に足を踏み入れているということだ。そうした考えをしまいこんで、ブルーノは丘をのぼり、わが家へと車を走らせた。角を曲がると、玄関の前にお座りして番をしている忠実なジジの姿が見えてきた。

論文のプリントアウトを持ってベッドに入り、章の見出しをさがして一枚目から最後までめくってみたが、目次がないのでかすかに眉をひそめた。思ったより時間がかかりそうだ。けれどもなかの丸ごと一章はマルセイユとマグレブ・リーグに割かれていて、後者はその名前から察するに北アフリカ出身の選手やチームで成り立っていそうだった。ごろんと仰向けになって読みはじめた。少なくとも、読もうとした。それはブルーノがかつて読んだどの文章ともちがっていた。最初の二ページに書かれているのは、マルセイユの北アフリカ人の生活およびスポーツによる人種の統合について過去の学者たちがどんなことを述べてきたかだった。三度読みかえして、やっと理解できたように思った。要するに、統合は異なる少数民族グループのチームがたがいにプレイするときに生まれるのであって、同じ民族内でプレイしているだけでは生まれないってことか。ならば筋が通ってる。だったらなぜストレートにそう言わない？

ブルーノは論文との格闘を続けた。マグレブ・リーグは一九三七年に設立された。社会主義政策、有給休暇制度や週四十時間労働を公約として、レオン・ブルムの人民戦線内閣が成立した翌年のことだ。そのことなら学校で教わった。ブルムはユダヤ人の社会主義者で、彼の内閣は共産党員の票を頼みにしていた。富裕者層のあいだでは〝ブルムよりヒトラーのほうがまし〟というスローガンが叫ばれていた。

マグレブ・リーグは、ブルムの青少年スポーツ省に属する社会福祉活動員らが発足させたスポーツ団体のひとつだった。ほかにもカトリック青年リーグ、青年社会党員リーグ、労働組合リーグ。イタリア・リーグまであった。ニースからイタリア国境までの南東フランスは、一八六〇年までイタリアのサヴォイア公国の一部だったからで、皇帝ルイ・ナポレオンがオーストリアと戦って統一イタリアに貢献した報酬として、それらの地域はフランスになったのだ。それも学校で習ったと、ブルーノはおぼろげに記憶していた。ところがカトリック青年リーグ、青年社会党員リーグ、労働組合リーグの青年たちはいずれも北アフリカ人相手にプレイしたがらなかった。イタリア人だけがともにプレイすることに同意し、スポーツ省はふたつのマイノリティを統合する手段としてこれを奨励した。変わらないこともあるんだな、とブルーノは暗い気持ちになった。でもそこで思いなおした。いや、変わったことだってある。一九九八年のワールドカップで優勝したフランス代表チームはどうだ。北アフリカ出身のフランス人、ジダンがキャプテンを務めたじゃないか。それにサンドニの若きスポーツマンたちがこうしたナンセンスから脱却し、肌が黒い相手とも茶色い相手とも、英国の少年たちとさえも楽しくプレイしていることを思い、ブルーノはささやかながら満足をおぼえた。

マグレブ・リーグの選手たちは熱意こそあれテクニックがあるとはいえず、イタリアの青年チームには全敗だった。そこで、もっとよい試合をするために、イタリア人たちは北アフリカ人たちに技術指導を申し出た。なんて心の広い人たちだろう、とブルーノは思った。そしてイタリア・リーグのメインコーチはマルセイユ・チームの選手で、名前はジュリオ・ヴィラノーヴァだった。

ブルーノはベッドから起きあがった。ヴィラノーヴァとはモムがおぼえていた男の名前だ。これがモムの父親のチームだったのだ！　ブルーノはむさぼるように続きを読んだ。サッカー選手が今日稼ぐ現実離れした高額年俸など望めない、当時のプロ・チームにいたヴィラノーヴァは、レオン・ブルムのスポーツ省からわずかな報酬をもらって快くマグレブ・リーグのコーチをした。当時のだれかがうまいことを思いついたんだな、とブルーノは思った。ぼくがテニスとラグビーの少年《ミニム》選手たちにしている指導に対して、だれかが商品券でもいいから報酬をくれたらうれしいのに。夢でも見てろ、ブルーノ。だいいち、自分が好きでやってることじゃないか。

ヴィラノーヴァの指導のもとに、マグレブ・リーグのチームはぐんぐん上達し、試合に勝ちはじめたチームもあった。なかでも最高だったのはオラン出身の青年たちから成る、オラニアンズで、一九四〇年三月のマグレブ・リーグ・チャンピオンシップで優勝した。その直後にドイツが侵攻して六月にはフランスが敗北し、北アフリカの青年たちのためのスポーツ団体は解散した。論文はさらに続き、もしも戦争に邪魔されなかったらという仮定のもとに可能性を分析していた。オラニアンズとマグレブ・リーグの成功は彼らにカトリック青年や青年社会党員のリーグとプレイするチャンスをもたらし、そこから統合のプロセスがはじまっていたかもしれない、というのだった。

だがヴィラノーヴァも社会福祉活動員たちも十九歳以上の選手たちも、すでに陸軍に徴兵されていた。残されたアラブの少年たちは非公式に自分たちだけでプレイするようになり、マグレブ・リーグは崩壊して、思い出だけが残った。ブルーノは論文の残りのページをすばやくめくって写真や選手名簿、あるいはオラニアンズかヴィラノーヴァについてもっと言及がないかさがしたが、なにもなかった。とはいえ、論文の執筆者の電話番号はあるし、それは朝になったら追うべき手がかりだ。おいしい食事をし、ハミドのチーム名を見つけて大いに満足され、デュロックの検問を出しぬいたことにも深く満足して、ブルーノは明かりを消した。

翌朝はオフィスに着くと同時に執筆者に電話をかけた。モンペリエ大学でスポーツ史を教えているその男はブルーノの質問に好奇心をそそられ、自分の論文が自身や教師としての経歴のためだけでなく、だれかの役に立つとわかってよろこび、ぜひ協力したいと言った。ブルーノは北アフリカ出身のハミド・アル＝バクルという老人の殺人事件を捜査していることを説明し、その老人が自宅の壁に一九四〇年のサッカー・チームの写真を飾っていたのだと話した。警察は非常に関心をもっていて、詳しく知りたがっていること。被害者の息子は父親がそのチームに所属していてヴィラノーヴァという人物のコーチを受けていたと信じていること。被害者はその写真のなかでボールを持っているのでキャプテンまたはチームの主力選手だったと思われることも話した。まだほかに情報はありませんか？

「そうだな、ぼくの研究ノートのなかにチーム名のリストがあったと思います」教師は言った。「選手のだれかが戦後有名になったかどうか調べたかったんですが、ひとりもフランスのプロ・チームには入れなかったようです。北アフリカでプロになった選手がいたかもしれませんが、向こうの調査まで続けるだけの資金がなくて」

「一九四〇年のオラニアンズの選手名簿は見つけられますか？　それにチームの写真をお持ちじゃないでしょうか。またはヴィラノーヴァに関することでなにかもっとほかに——いまのところわかっている名前はそれだけなので」

「調べてみないとわからないけど、今夜帰宅するまでは取りかかれないんですよ。研究ノートは家にしまってあって、今日は午後もずっと授業があるので。写真を何枚か持ってるのは確かだけど、関係があるかどうかはなんとも言えませんねえ。調べておきます。それとヴィラノーヴァは戦争中にスポーツから離れてしまったようですよ。ぼくがあたった名簿のどこにも二度と名前は出てこなかったし、一九四五年に復活したスポーツ省にも見当たりませんでした。今夜かけなおします。それでいいですか？」

電話を切ると、ブルーノは見当違いの足跡を追っているのかもしれないと思った。それでも、あの消えた写真は警察がつかんでいる少ない手がかりのひとつだし、もしここからなにか新たな証拠に行き着けばJ＝Jやイザベルは感心してくれるだろう。正直に認めるならば、自分はイザベルをよろこばせたいのだと、ブルーノは自覚していた。

ブルーノが知るかぎり、いまのところ捜査にめぼしい進展はない。タイヤ痕は一致したものの、すでにわかっていることを裏づけたにすぎない。ジェルトローとジャクリーヌがハミドのコテージを見おろす森の空き地にいたという事実を。そうでなくてもふたりはセックスのために何度か森へ行ったことを認めており、その一方でハミドに会ったりコテージを訪ねたりしたことはきっぱり否定し、鑑識が再度現場を洗ってもふたりの証言をくつがえす新たな証拠は出てこなかった。ふたりの話で唯一大きな穴は、殺しのあった日にサンドニにいたかどうかでジャクリーヌが嘘をついた点だ。彼女は最初リシャールを迎えにきて自分の家に連れていっただけだと言ったが、それも嘘だった。リシャールはリセをずる休みして、ラランドの彼女の家にずっといたはずだ。個々に質問したときは、少年は事件当日サンドニにはまったく行っていないと断言し、ジャクリーヌのほうは嘘がばれたときでさえ頑として証言を翻《ひるがえ》さなかった。J＝Jとイザベルは、彼女のサンドニ往復はドラッグと関連があるのかもしれないと考えている。受け取りか運びをやっていて、警察よりも麻薬のディーラーたちを恐れているのだろうと。

ふと思いついた。ヨーロッパのエクスタシー・ピルのほとんどはオランダから流れてくると言われている。ブルーノは電話を取って、村の下流の川岸で大きなキャンプ場を経営しているフラン・デュアメルにかけた。

「ボンジュール、フラン、ブルーノですが、ひとつ訊きたいんです。モトクロス・ラリーでキャンプ場に泊まった例のオランダの若者たち、どのくらいいましたか」

「やあ《サリュ》、ブルーノ。丸々一週間だね。金曜の夜遅くにやってきて、翌週の日曜に帰った。三十人ほどの団体で、でかいキャンピングカーが二台、普通車が二台、あとはオートバイだ。対戦するほかのチームのキャンピングカーも来ていたから、その週末はほぼ満杯だった。シーズンの口切りとしては申し分なかったよ」

「フラン、キャンプ場入口に木の棒を渡して、夜警をおいているのは知ってますが、昼間の警備はどうなってますか。車のナンバーを控えたりといったことは？」

「やってるとも。保険に必要なんでね。敷地内に入るすべての乗り物は記録につけてるよ」

「ビジターもですか？　ここらへんの地元の車も？」

「全部だ。ビジター、配達トラック、あんたでさえな」

「お願いがあるんです。その訪問者の記録で五月十一日を見て、〝24〟のナンバーの地元車が載っていないか調べてもらえませんか」ジャクリーヌの車のナンバーを教えて、ページのめくられる音に耳をすましながら待った。

「もしもし、ブルーノ？　うん、あったよ。その車なら十二時に入って、三時半に出ている。だれだか知らんが、ゆっくりランチをとりにきたようだな」

「運転していたのがだれか、もしくはだれを訪ねてきたのかわかりませんか」

「いや、ナンバーしかわからん」

「泊まっていたオランダ人の若者たちの名前は？」

「わかるとも。名前、住所、車やバイクのナンバー、クレジットカードも何枚か。支払いはほとんど現金だったが、カードで払ったやつもいるから」フランはためらいがちな口調になり、ブルーノは彼の新たなジレンマに気づいてこっそり頬をゆるめた。これでオランダ人から受け取った現金収入も申告しなければならないのかと思っているのだ。

「心配無用ですよ、フラン。これはそのオランダ人たちと訪問した人物に関することで、あなたや税金とは無関係ですから。名前や住所その他の情報が載った書類をひとまとめにしておいてもらえますか、二十分後にそちらへ行ってコピーをとりたいので」

「なんの捜査だか教えてくれよ、ブルーノ。あのアラブ人殺しに関係あるんじゃないよな?」

「ただの直感なんですが、フラン、ドラッグがこの地域に入りこんでいるルートを調べてるんです、それだけですよ。では二十分後に」


フランの書類を手に、ブルーノはやりかけの仕事を片づけたほうがいいと考え、そのまま村を抜けてベルジュラックへ向かう街道沿いのレスピナスの自動車修理工場へ行った。工場はトタルのガソリンを扱うスタンドを併設していて、スーパーマーケットで売られているガソリンよりは若干高めだが観光客には便利な場所にあり、ジャクリーヌが給油したのもそこだった。スタンドはレスピナスの妹が切りまわし、レスピナスと彼の息子といとこは巨大な納屋のような修理工場でエンジンやギアボックスやボディワークを幸せそうにいじくりまわしている。レスピナスは車なら全部好きだが、なかでもシトロエンのクラシックにぞっこんだ。流線形のステップでドアが前向きに開く一九四〇年代のモデル7、つつましやかだが丈夫で長もちするドゥーシヴォー、それにゴージャスな女神と呼ばれる六〇年代の名車たち——エアロダイナミックなフォルムのモデルDSは、声に出すとフランス語の女神《デース》に響きが似ている。

いつものように、レスピナスは車の下で小さな台車に寝そべり、マッチ棒を噛みながら鼻歌を歌っていた。ブルーノが大声で呼びかけると、丸々太った陽気な彼は台車を転がして出てきて、ブルーノの手を油まみれにする代わりに前腕を突きだして握らせた。

「新聞であんたを見たよ。テレビでも。もうれっきとしたセレブだな、ブルーノ。あの連中相手に立派な働きをしたとみんな褒めてる」

「今日は警察の仕事で来たんです、ジャン＝ルイ、おたくでクレジットカードを利用したひとりのことで。五月十一日のガソリンの販売記録を見せてもらえますか」

「十一日？　妹が休みの日だったな、とすると給油のほうは倅《せがれ》がやってたはずだ」工場のほうを振りかえって、ひゅっと口笛を吹くと、若いエドゥワールが朗らかに手を振りながら出てきた。父親に生き写しだが、息子のほうは歯が全部ある。もう十八歳になるけれど、ラグビーを習いだしたときからブルーノを知っているので、近づいてブルーノの両頬に挨拶のキスをした。

「いまでもクレジットカードの利用控えに車のナンバーを書きとめてるのか」ブルーノはたずねた。

「かならずね、知ってる地元の人以外は」とエドゥワール。

ブルーノがジャクリーヌの車のナンバーを言うと、エドゥワールはファイルを当日までめくった。

「あった」エドゥワールが言った。「三十二ユーロ六十サンチーム、午前十一時四十分。支払いはクレジットカード。おぼえてるよ、すげえいい女だったから。けど、戻ってきたときは男たちと一緒だった」

「戻ってきた？」

「うん、昼休みのあと、よくあるでかいキャンピングカーでオランダ人のグループと。おれが満タンにしたんだ。ほらこれだ、ジャスト八十ユーロ、午後二時四十分、VISAカードで払って、これがナンバー」エドゥワールが言った。ブルーノがリストと照らしあわせると、キャンプ場にあった一台と一致した。

「ほかにバイクが二台いて、そっちもおれが給油した」エドゥワールは続けた。「そいつらはきっと現金払いだったんだ。こんなにきれいなフランス人の女の子が外国人グループとなにをやってるんだろうって、不思議に思ったよ。いかつい感じの男たちだった。支払いをしたやつが財布の入ったジャケットを取ろうとして後部ドアをあけたとき、彼女が一緒に乗ってるのが見えたんだ。それっきりそいつらは見かけてないと思うけど、彼女のことはおぼえてるから見ればわかるよ」

「おまえがテニスをやめていなかったら、去年のトーナメントで会っていたかもしれないぞ。彼女はクラブに来てプレイしたんだ」

「そっか、テニスかラグビーのどっちか迷ったけど、なら選択をまちがえたかもな」エドゥワールは言った。「でもブルーノも知ってるとおり、おれはずっとラグビーのほうが得意だったし、チームの仲間が好きだしね」

21

ブルーノは鼻高々で修理工場をあとにし、イザベルに会いに観光案内所二階の間にあわせのオフィスへ直行した。戦場から戦利品の数々を持ちかえった古代戦士のごとき気分なのを態度にあらわさないよう努めながら、まっすぐ彼女の机に歩み寄り、薄い三冊のファイルをおいて、言った。「新しい証拠だ」

イザベルはダークカラーのパンツに男物っぽいデザインの白いシャツ姿で、鉛筆を持ち、耳にイヤフォンをして、物思わしげに座っていた。ブルーノを見て最初はぎくりとし、ついでうれしそうな顔になった。イヤフォンをはずしてブルーノにはなんだかわからない小型機器の電源を切り、立ちあがって彼に挨拶のキスをした。

「ごめんなさい。前回の取調べの録音を聞いてたの。J=Jがメールで送ってくれたのよ。新しい証拠って言った？」

「まず、消えた写真の正体がわかった」もったいぶらずに、極力さりげない調子で言った。

「オラニアンズというチームが、一九四〇年にマルセイユのマグレブ・リーグで優勝したときのものだった。ジュリオ・ヴィラノーヴァというプロ選手がコーチをしていたらしい。そのへんのことについて論文を書いたスポーツ史を研究している男が、チームの選手名簿をさがしてくれそうなんだ。これがぼくのとったメモと、その男の電話番号だよ」持ってきたファイルの一冊を押しだした。

「それに、事件当日のジャクリーヌの行動を追ってみた」つぎのファイルに指を一本おく。中身はオランダ人の名前のリストに、クレジットカード番号、キャンプ場のビジター記録のコピー。それにはジャクリーヌの車のナンバーも含まれていた。ジャクリーヌの車がキャンプ場にあるあいだに現場を離れた車両すべてのナンバーも記録してある。

「もうひとつ。殺人が起きたと思われる時間帯に、ジャクリーヌはその訪問中のオランダ人グループとずっと一緒だったと考えられる。この三つ目のファイルは彼らが給油に使ったクレジットカードのコピー、ジャクリーヌが彼らといるのを目撃した人物の氏名、ついでにその人物はそれより早い時刻に彼女が自分の車に給油するのも見ている」

イザベルは自分用のコーヒーをブルーノにも注いでから、机に戻って、三冊のファイルに目を通した。「それじゃなぜジャクリーヌはわたしたちに言おうとしないの、オランダ人の男たちに会いにキャンプ場へ行っただけだと」

「ぼくもまったく同じ疑問を抱いた。きみはドラッグに関係あるんじゃないか、彼女は売人たちが怖くて話せないんじゃないかと思っていただろ？　そういえば、エクスタシー・ピルのほとんどはオランダで作られていて、彼女はオランダ人グループが滞在中にキャンプ場を訪ねている。グループは車やキャンピングカーやバイクで来て、主な目的はモトクロス・ラリーだったが、その後もとどまっていた——薬をばらまくには悪くない隠れみのだ。ここに名前のリストがある、何人かにはクレジットカードの番号も添えてある。そのなかにきみのオランダの同僚や欧州刑事警察機構《ユーロポール》のお仲間が知っている名前がないかどうか、調べたいんじゃないかと思って」

「これはお手柄だけど、わたしたちがここですべきことは殺人事件の捜査なのよ、ブルーノ、麻薬密売組織をまたひとつ暴くことじゃなくて。あのエレガントな若きムッシュー・タヴェルニエはこのドラッグがらみの逮捕をジャクリーヌに圧力をかけて勾留を引き延ばす手札としか考えていないみたい。それに、政治。国民戦線活動家たちの信用を傷つけることがタヴェルニエの関心事なの」

「でも犯罪には変わりないし、ぼくはサンドニで危険な薬が出まわることが心配だ。それになんだかひっかかるんだ、ジャクリーヌがキャンプ場にオランダ人グループを訪ねたと認めて自分の身を護るより、殺人捜査の容疑者でいるほうを選んでいることが」

イザベルはうなずいた。「J＝Jに話して、タヴェルニエに報告を送るわ。オランダの警察に問いあわせるにはJ＝Jのサインが必要だし。そのオランダ人たちは全員とっくにサンドニを去って、わたしたちの手の届かないところにいるんでしょうね」ブルーノは相変わらず机の前に立ったまま、うなずいた。「それにあなたも気づいているでしょうけど、これであの娘には殺人推定時刻のアリバイができたと」

「たぶんね。ジャクリーヌは自分の車をキャンプ場に残して、オランダ人のキャンピングカーの一台に同乗して出かけてるんだ。ビジター記録を見てごらん、彼女の車がキャンプ場にあるあいだにほかの車が出入りした時刻が書いてある。その若者たちのなかに極右とつながりをもってる人物がいないか、オランダの警察に訊いてみたらいいんじゃないかな」

「あなた、ほんとうに地方警察にとどまりたい、ブルーノ？　あなたみたいな人材が本物の警察に欲しいのに」イザベルは片手で口をおおった。「ごめんなさい、そういうつもりで言ったんじゃないの。いまが本物の警官ではないって意味じゃないのよ。ただ、あなたにはまちがいなく国家レベルで通用する能力があるということ。根っからの警官なのよ。J＝Jもそう思ってるわ」

「そうだね、J＝Jは会うたびにここでのぼくの暮らしがうらやましいと言うけど」ブルーノは角が立たないように笑いながら言いかえした。「ぼくが役に立つのは地元の知識あってこそなんだ、わかってるくせに」

「J＝Jはあなたが大好きだから口ではそう言うの。でもあの人は自分の仕事も愛してて、それにすべてを捧げてる、たとえそのなかに嫌いな部分があっても」

「タヴェルニエ、とか？　政治活動とか？」

「話をそらさないで、ブルーノ。国家警察に移ってみたら？　それを一生の仕事にするのよ。ここにいるのが無駄だと言うつもりはないけど、キャンプ場についてあなたが仕入れてきたこの新証拠を見て。ほかのだれひとり思いつかなかったわ。それに写真のことも突きとめた。あなたは捜査官になるべきよ。あなたみたいな人が必要なの」

イザベルの声にはなにか切実な響きが聞きとれた。これは気軽なよもやま話ではなかったようだ。ブルーノは口を閉じて考えながら、彼女の姿勢にあらわれている抑えつけたエネルギーを観察した。机に向かってまっすぐ腰かけ、背もたれには寄りかからず、両腕を机において、かすかにあごを突きだしている。これは誘いなんだ、とブルーノは思った。それにかならずしも警察のキャリアのことばかりじゃない。とすると、守りに入っているとか現状に自己満足していると思われないためには、どう答えればいいのか。

「ぼくはここで幸せなんだ、イザベル」理解してもらえるかどうかわからずに、ゆっくり話しはじめた。「忙しいし、人の役に立っていると思えるし、大好きな場所で暮らして、大勢の好きな人たちに囲まれている。そういう生きかたに満足しているし、J＝Jがなぜぼくに会うたびにうらやましく感じるのかわかる。ぼくはJ＝Jが好きだ、でも彼の人生は欲しくない」

「もっと欲しくはないの？」

「もっとなにを？　お金？　金なら楽しく暮らすのにじゅうぶんなだけあるし、ささやかだけど貯金もできる。友だち？　たくさんいる。仕事の充実感？　それもあるよ」イザベルの表情から、うまく伝わっていないのがわかって口をつぐんだ。こんな会話を警察のオフィスでするのは妙な感じだ。ブルーノはふたたび試みた。「ぼくが考えてることを聞いてくれるかな、イザベル。この世には二種類の人間がいると思うんだ。一日八時間働いて、仕事を楽しめなくて、自分のやっていることにあまり自尊心をもっていないタイプ。もうひとつは、仕事とそれ以外の暮らしが幸せに結びついていて、そのふたつにあまり区別を感じていないタイプ。その場合、生計を立てるためにやっていることがちっとも苦じゃないんだ。このへんにはそんなふうに生きている人が大勢いる」

「わたしはちがうと言いたいの?」挑むような口調になり、ブルーノを射るように見た。

「きみは有能で野心があって、自分の才能で行けるところまで行きたいと思っている。挑戦が好きなんだ。それはきみの資質で、ぼくはすごいと思ってる」ブルーノは心から言った。

「でもわたしたちは異なる価値観をもった異なる人種で、わたしたちの人生は異なる軌道を進んでいく。そう言ってるのね。そうなんでしょ」

「軌道? うまいことを言うね。そう、ぼくらのキャリアはおそらくべつの軌道を進むだろう、きみにはその種の意欲があるから」不意にまるでちがう種類の会話に引きこまれてしまった気がした。もはやべつの言語を話していて、言葉の意味も変わってしまったように。

「意欲ってなによ」イザベルはなおも言った。彼女が鉛筆を握りしめているのにブルーノは気づいた。

「中枢へ向かうための。きみの才能を存分に活かすための」

「わたしが権力を求めてるってこと?」すっかり目がつりあがっている。ブルーノはさっと両手をあげた。

「イザベル、イザベル。ぼくだよ、ブルーノだ、これじゃまるで尋問だよ。きみに誘導尋問されているけど、ぼくはきみが好きすぎて反論できないんだ」鉛筆に巻きついた指からふっと力が抜けたように見えた。「ぼくが言いたいのは、きみが元気の塊《かたまり》だってことだよ、イザベル。エネルギーとアイデアに満ちていて、物事を形づくり、変えたがる。ぼくはずっと変えずにおきたいタイプの人間だけど、そこそこ長く生きてきたから、きみのような人のほうが世のなかに必要とされることは知ってる、たぶんぼくみたいなタイプよりも。だけど人にはそれぞれ使い途があるんだ。神様《ル・ボン・デュー》はぼくらをそういうふうに創られたんだよ」

「わかったわ、ブルーノ。尋問はおしまい」イザベルはにっこり微笑んで、鉛筆を机においた。

「ディナーの約束をしたでしょ、おぼえてる?」

「忘れるはずないさ。この近辺ならビストロ、ピッツァ、あまりおいしくない中華、きみがそろそろうんざりしてるかもしれないペリゴール料理のレストラン数軒から選べる。それにミシュランの一つ星がついた店が二軒あるけど、どっちも車で行かなきゃならない。どこでもまかせるよ」

「わたしはもっとくだけた感じを考えていたの、外でピクニックみたいな。あなたの料理がおいしかったから」

「今夜は空いてる?」イザベルはにわかにうれしそうな、子供のような表情になって、こくんとうなずいた。「七時に迎えにいくよ。ここ? それともきみのホテルがいい?」

「ホテルで。お風呂に入って、着替えたいの」

「よし。めかしこむなよ。ピクニックの線でいこう」


急がなくては。そういうのは好きじゃないが。まずサンドニで打ち上げる花火三回分の契約を交わしている会社と、最終的な打ちあわせがあった。シーズンの訪れを告げる六月十八日のイベント、七月十四日の国家全体の記念日、それに八月末に村が誕生日を祝うサンドニの祝日。その会社は三回の花火で六万ユーロを要求してきたが、花火の本数を少々減らし、交渉を重ねた結果、四万八千ユーロにまでさげられた。五万ユーロの予算を若干下回る額だ。つまりスポーツ・クラブ基金にまわせる金額が増えることになる。つぎは地元の実業家に片っ端から電話をかけて、テニス・クラブのトーナメント用パンフレットにいつもどおり広告を出してくれるよう説得しなければならなかった。それぞれが今シーズンは景気が悪いだのキャンセルが多いだのと愚痴をこぼしたが、最終的には話がついた。それから財布をなくした観光客がいて、調書をとらなければならなかった。村長に殺人事件捜査の進み具合を報告し、インタビューの依頼二件を断り、暴動についての村長の証言に目を通した。四時にはテニス・クラブへ行って、着替えをし、五歳児のクラスにぎりぎり間にあった。

子供たちはもうラケットを握れるようになり、ほとんどの子は手と目が連動しはじめてたいがいのボールは打てるようになっている。ブルーノがコートのベースラインにみんなを並ばせ、自分は反対側のコートのネット際に立って、大きな金属製のボールかごを隣におき、バウンドするやさしい球をトスすると、子供たちは順番に前へ走り出てボールを受ける。運よくブルーノのほうへ打ちかえせれば、彼がラケットに軽くあてて返すので、その子はもう一球打つ権利が得られる。たいがい二球がやっとだが、どのクラスにもひとりかふたり着実に打ちかえしてくる天才がいるもので、ブルーノはそういう子たちを伸ばしてやろうと目をかけている。けれどもプラタナスの木陰に立って見守っている若い母親たちにはどの子も未来のチャンピオンで、ボールを打つ前には声援を、打ったあとには拍手を送る。ブルーノは声援や拍手にも、彼女たちの苦情にも慣れっこだ。うちの小さな天使に投げる球は強すぎるだの、高すぎるだの、低すぎるだの、遠すぎるだの。あまりにも耳障りになると、そろそろミルクとクッキーを用意する時間ですよと声をかける。苦情は毎回そこで打ち切りとなる。

父親がキャンプ場を経営しているフレディ・デュアメル少年はブルーノに四球打ちかえし、天才の片鱗をうかがわせている。アフメドの息子たちのひとり、ラフィークもだ。べつの息子はラグビーの天才だが。保険会社に勤めるパスカルの娘アメリはバックハンド・ショットも打てる。パパから教わっていたにちがいない。子供たちには十回ずつ順番がまわった。みんな注意深く数えており、三周目が終わるとバスケットが空になることも知っていて、コートじゅうに散らばってボールを拾い集め、かごに戻す。そのときがいちばん楽しいんじゃないかと、ブルーノは思うことがある。子供たちが大好きなもうひとつの瞬間は九周目が終わったときで、毎回のお約束どおりブルーノがレッスンの終了を宣言すると、生徒たちは口ぐちにブルーノは数がかぞえられない、まだ十周目が残ってるよと叫ぶのだ。そこでブルーノは指を折って数えてみせ、みんなの言うとおりだと認めて、全員にあと一回ずつ球を投げる。

各レッスンは彼が一応試合と呼んでいるもので締めくくる。子供たちがたがいに競いあいたくてうずうずしているのはわかっているからだ。屋外コートは三面あるので、半面に四人ずつ立たせて、めいめいが自分の小さな四角いテリトリーを守り、そこに落ちたボールに責任をもつようにする。そのころには母親たちをクラブ・ハウスへ追いたてておやつの用意をさせるのだが、さもないと母親たちの党派心《パルチザンシップ》は手のつけられない状態になる。ブルーノは各コートに高いロブを打ちこみ、球が落ちて弾んだところからゲームはスタートする。

第二コートで試合開始の球を打つ瞬間、ブルーノは母親のひとりがまだ見つめているのに気づいたが、振り向いて見るとそれはクリスティーンだった。第三コートの試合もはじめさせると、ブルーノはフェンスのほうへ歩いていって、ボンジュールと挨拶した。

「昨夜はすばらしいディナーをごちそうさまでした」なんの用事があって来たのだろうと思いながら、会話の口火を切った。クリスティーンは頑丈そうな靴にゆったりしたスラックス、ポロシャツという散歩のいでたちだった。

「料理したのはわたしじゃなくてパメラよ。あなたが広場であんなふうに戦うところを見たあとだから、すごく不思議。いまここにいるあなたは子供たちみんなの大好きなおじさんみたい。フランスの警察官て驚くほど幅広いスキルをもってるのね。地方の警察官はテニスのレッスンが任務の一部だなんて知らなかった」

「任務というわけではなく、むしろこの村の慣習ですけど、楽しんでます。村の子供たちひとりひとりを知るという意味もありますし。ティーンエイジャーになって、問題を起こす年ごろになるよりずっと前に。犯罪予防として重要なんです。犯罪と言えば、あなたが見つけてくれた論文はほんとうに役に立ちましたよ。消えた写真を追跡するのに、あれこそぼくの求めていたものでした」

「よかった、うれしい。ねえ、お邪魔する気はなかったの。ここにいるなんて知らなかった。

もうあなたの子供たちのところへ行ってあげないと」

ブルーノは幼い声の騒ぎに気を取られ、すでにそちらを向いていた。第二コートでボールがセンターラインに落下し、子供ふたりが自分の球だと主張しているのだった。ブルーノがそこを収めると、第三コートでも似たような争いが起こるのが見えたので、黙ってネットの脇に立ち、みんなが落ち着くまで監視した。視界の隅に、まだフェンスの向こう側でためらっているクリスティーンが見えた。ブルーノは時計に目を落とし、指を一本掲げた。ちょっと待って。

五時になるとブルーノはホイッスルを鳴らし、子供たちはボールを集めて、おやつをもらいにクラブ・ハウスへ走っていった。

「すみません」ブルーノはクリスティーンに言った。「ぼくもすぐ行って合流しないといけないんです」

「いいのよ。たまたま通りかかったらコートがあったので、ちょっと見ていこうと思っただけだから。あなたがいるとは知らなかったけど、こうして会ったから訊くわね。ボルドーで調べてほしいことはない？　木曜に向こうへ行って、一泊してくるの。前に話したジャン・ムーラン記念館に行くのよ、おぼえてる？　レジスタンスの研究のために」

ブルーノはうなずいた。「考えさせてください、明日連絡します。なにをさがしているのか自分でもよくわからないので。ハミドに関するもっと詳しい情報、かな。一九四四年にトゥーロンのあたりで陸軍に入隊するまでどこに属していたのか。チームのほかの選手の名前がわかれば、手がかりが突如浮かびあがってくるかも。それに、あのジュリオ・ヴィラノーヴァのことも」

「なにをさがせばいいか、わかりそうな気がするわ。あの論文は読んだから。もうあなたの子供たちのところへ戻って。子供の扱いがとても上手なのね、きっといい父親になるわよ」クリスティーンは投げキスをして、洞窟へ続く道のほうへぶらぶらと歩いていき、ときどきかがんで野の花を摘んだ。ブルーノは揺れるヒップで目を楽しませつつ、しばらくその姿を見つめていた。彼女は振り向いて、こちらに気づき、手を振った。クリスティーンは〝あなたの子供たち〟という表現を二度使ったが、それが子供のいない女性から無意識に出た言葉だとはブルーノには思えなかった。手を振りかえしてから、クラブ・ハウスに入っていくと、いつものように大勢の五歳児と同じ人数の母親たちによる蜂の巣をつついたような騒ぎに迎えられた。後者は愉快そうにブルーノを見て、女子生徒の一団のようにくすくす笑って目玉をまわし、新しい女友だちについて彼を質問攻めにした。

22

ホテルのロビーのほの暗い明かりのなかで、イザベルの姿は目を惹き、男っぽくも見えた。シャワーでまだ湿っている髪を額からオールバックにし、着ているものは黒ずくめだ。黒いフラットシューズ、黒のスラックスとブラウス、それに黒の革ジャケットを肩にひっかけている。それらを引き締めているのは真っ赤な太いスエードのベルトだった。

「すてきだよ」ブルーノは彼女の両頬にキスした。イザベルはごく薄くアイメイクをし、ベルトと同系色の口紅をつけていて、香水ではなく爽やかなシャンプーの香りがした。ブルーノは彼女を自分のバンに連れていった。少なくとも前の座席は念入りに掃除してきた。助手席に乗せると、スペアタイヤの上にくくりつけてある大型クーラーボックスのにおいを嗅いでいたジジが顔をあげた。ジジは座席の上から顔を出して、イザベルの耳をぺろりとなめた。ブルーノは車を出して、橋を渡った。

「あなたの家のほうじゃないのね」イザベルが言った。「どこへ連れていってくれるの？」

「着いてのお楽しみだよ。きみが十中八九知らない場所、だけど知っていたほうがいい場所だ。そこまでの風景もきれいだしね」このディナーについては熟考を重ね、自宅へ連れていこうかとも思ったのだが、結局それはやめにした。たびたび一緒に過ごし、もうおたがい好意を抱いているのははっきりしているので、今夜はどっちにしろ性的な緊張感を避けられない。彼の自宅で、寝室がほんの目と鼻の先にあったら、悩ましさはいや増す。イザベルは男と関係をもつかどうか、いつどこでそうするかを自分で決めるタイプの女性と見えるが、こちらの縄張りで逢っていながら口説かなかったら、われながら妙な気がするだろう。おそらく向こうにとっても。望ましいのは中立地帯であり、イザベルはピクニックを希望している。ならばピクニックだ。

給水塔を通過して長い丘をのぼっていき、河岸一帯を見渡せる最高に眺めのいい高台に出ると、イザベルは期待どおり感謝の言葉を口にした。ブルーノは細い脇道に車を入れた。さらにひとつ低い丘をのぼり、ほぼ垂直に切り立った高い絶壁のふもとに出た。すり減った砂利の敷かれた小さな一角に車を駐め、助手席にまわってイザベルにドアをあけてやり、ジジを放してやった。クーラーボックスから小さめのピクニック・バッグを出すと、彼女がグラスのぶつかりあう音を聞きつけた。

「ぼくの友だちに会ってほしいんだ」ブルーノが先に立って小道を歩き、角を曲がると、断崖の足元に寄り添う小さな家があらわれた。ドアがひとつ、窓がふたつのその家は、崖の大岩そのものが屋根になっている。家の床下から小川が流れ出ていて、さらさらと音を立てながら溝を伝って丘を下っていく。家の正面の細長いテラスに古びた金属のテーブルと椅子が三脚あり、その向こうに小さな菜園が見えていた。ドアの側柱のフックに白黒の毛をした雑種犬がつながれていて、ジジを見つけるとうなった。けれどもマナーをわきまえているブルーノの犬が許可を求めるかのように尻尾を振り、そろそろと身を低くして近づくと、二匹はたがいに礼儀正しくにおいを嗅ぎあった。

「犬たちも長いつきあいなんだ」ブルーノは説明した。「ぼくたちは一緒に狩りにいくから」

ドアが開いて、小柄な老人が顔をひょいと突きだした。「ああ、ブルーノか」二、三分前に会ったばかりのような口調だった。「よう来た、よう来た。で、そちらのお連れさんは?」

「イザベル、こちらはモーリス・デュシェーヌだ。〝魔術師の洞窟〟の所有者にして管理人、生まれてからずっとこの崖の家で暮らしてる。モーリス、この人は国家警察のイザベル・ペロー刑事官、仕事仲間だけどよき友人でもあるんだ」

「わが家へお迎えできて光栄じゃ、マドモワゼル」高齢でひどく腰が曲がった老人は、進み出てイザベルの手を握った。彼女を見あげるのに顔を横に傾けなければならなかったが、その一瞬の視線にブルーノは鋭さと茶目っけを見逃さなかった。

「べっぴんさんだの、ブルーノ、わが家へたいそうなべっぴんを連れてきおって。それにわしのすばらしいジジ、猟犬の王子よ。こいつはうれしい、じつにうれしい」

「さあ、座って一緒に一杯やりましょう、モーリス。そのあとあなたのお許しをいただいて、イザベルを洞窟へ案内したいんです。すみませんが、水をすこしいただけますか。イザベルはパリから来て、きっとあんな水を味わったことがないので、ぼくたちが責任をもって教育してあげなくては」

「いいとも、いいとも。かけててくれ、すぐ戻る」老人は背を向けて、ひょこひょこと家のなかへ引っこんだ。イザベルが椅子に腰かけ、ブルーノはバッグからラベルのついていない黒っぽいワインボトルを一本と小さなグラスを三個取りだし、それぞれに注いだ。イザベルは深く座りなおし、首をめぐらして広大な谷の風景を見た。蛇行する川沿いに木立が並び、向こう岸にはさらに崖が連なっている。

「さあさあ持ってきたぞ、母なる自然と父なるペリゴールから生まれた最高の水じゃ」老人がトレイに水差しと歳月を経てくすんだタンブラー三個をのせてきた。「岩から湧き出た水が直接わが家の台所や浴室に流れこむんじゃよ。つねに流れていて、決して涸れない。それにブルーノはわしの大好きなアペリティフを持ってきてくれたらしいの。この男が毎年自分でこさえるんじゃよ。こいつはきっと去年仕込んだんじゃろう」

「いいえ、モーリス、あなたに敬意を表して、そしてイザベルのために、あなたの好きな九九年のを持ってきました。さあどうぞ、友情に乾杯しましょう、でもその前にまずイザベル、説明しておくと、これは胡桃ワイン《ヴァン・ド・ノワ》といって地元産のまだ青い胡桃《くるみ》とベルジュラックのワインとぼくの桃からできたオー・ド・ヴィーで作るんだ。パリでは手に入らないよ」

「おいしい」とイザベル。「それにここの眺めはなんてすばらしいんでしょう、ムッシュー・デュシェーヌ。でもここは冬のあいだ寒くありません？」

「寒い？　いやいや。水はまず凍らんし、岩で雨や雪もしのげる。薪はたっぷりあるから、地面に雪が積もるような冷える晩でもストーブだけあればだいじょうぶじゃ。さて、わしの有名な水を味見してくれませんかの。もっとたっぷりあればここを水源としてボトル詰めして、ムッシュー・ペリエより金持ちになれるに」

イザベルはひと口飲んだ。ひんやり冷たく、泡を感じないほど繊細な発泡性《ペティヤン》で、山の湧き水にありがちな石灰質の味もまったくない。イザベルは気に入って、また口に含み、舌で転がしながら口内全体で味わった。

「生まれたての味だわ」彼女が言うと、老人はうれしさに体を前後に揺すった。

「生まれたての味。そうじゃ、うまいことをおっしゃる。うむ、おぼえとこう。パリでも好まれると思いますかな、マドモワゼル？」

「パリ、ニューヨーク、ロンドン――どこでだって大人気になりますよ」イザベルは言った。

ブルーノはその熱のこもった口調に心を動かされた。

「洞窟を案内していいですか、モーリス」許可を求めた。「懐中電灯は二本持ってきました。胡桃ワインはさしあげます、この春にぼくが作ったパテもありますよ」バッグからゴムで密封した大きなガラスの広口瓶を出して、テーブルにおくと、老人はブルーノに古めかしい鍵を渡して、ブルーノの自家製の酒をおかわりした。

ブルーノとイザベルは菜園を通りすぎて、しだいに細くなる、転落防止に頼りないロープが一本張ってあるだけの曲がりくねった小道を歩いていった。それから絶壁の岩の飛びだした部分をまわると、そこには目にも鮮やかな緑の芝生がひろがっていて、その奥の岩壁に古い鉄製のドアがあった。ブルーノは鍵でドアをあけ、イザベルに懐中電灯を一本渡して、足元に気をつけてと言った。腕をとって導き入れ、闇に目が慣れるまですこしのあいだ立ち止まる。ジジは洞窟の暗い内部に腰が引けて、低くうなりながら入口にとどまった。ブルーノはイザベルがすぐそばにいるのを大いに意識しながら、ごつごつした岩を足で慎重にさぐりつつ、彼女を前方に導いた。

「ここは〝魔術師の洞窟〟と呼ばれてる、でもここを知ってる人はほとんどいないし、観にくる人はもっと少ない。モーリスはそのほうがいいんだ、だから目印もおかないし、観光案内所に宣伝させることはこれからもない。でもここにはこの地方の洞窟画のなかでもとびきりめずらしいものがあるんだ」

足を止めて、イザベルをわずかに自分のほうへ向けさせると、彼女は小さくはっと息を呑み、キスを待ちうけるかのようにやや身を寄せてきた。けれどもブルーノは懐中電灯で高いところを照らし、よく見てごらんと言った。動く光を目で追っていた彼女は、不意にそれが生きものの輪郭を照らしているのだと気づいた。うずくまる、ずんぐりとしたその生きものは力強く、威嚇《いかく》しているようにも見える。

「熊なの？」イザベルがたずねたが、ブルーノはそのまま光を動かしつづけた。するとその隣にまたべつの形があらわれたが、ブルーノは光をもてあそぶように上下させて、はじめは岩の一部に思われた奇妙な曲線を照らした。イザベルは黒っぽく描かれたその形に目を凝らした。

「マンモスね！」と驚きの声をあげた。「牙が見えるわ、あれが鼻でしょ、それにどっしりした肢《あし》」

「二万年前の絵だ」ブルーノはそっと言って、光線をさらに動かし、四本の肢で立って顔をこちらへ向けている小さな生きものにあてた。

「やけに人間っぽい顔ね」とイザベル。「猿なの？　類人猿？」

「尻尾はない」ブルーノは臀部のほうへ光を向けた。「これはほんとうにめずらしいんだよ。ペリゴール地方で見つかっている洞窟壁画のなかで、人間の顔に見えるものはこれだけなんだ。ほら。目に、あごの曲線に、頭の形、口をあけているみたいな隙間」

「すてきだけど、なんだか邪悪な感じがする」

「だからモーリスは〝魔術師〟と呼んでるんだ。手で袋をつかんでいるみたいに見えるだろ？　モーリスはあれを魔法の袋だと言う」ブルーノが黙ると、イザベルは自分の懐中電灯でごつごつした岩肌の傾斜した天井をぐるりと照らしてから、マンモスに戻った。「もうひとつ見せたいものがある、とても感動的なんだ」ブルーノはイザベルを導きながら岩の柱をまわって、先ほどよりも狭い洞窟に入り、腰の高さですばやく光を走らせ、目当てのものを見つけた。それから光線を小さな手にあてた。昨日つけたと言ってもおかしくないほど、細部までくっきりとした子供の手のひらと指の跡だった。

「まあ、ブルーノ」イザベルが彼の手をつかんで、ぎゅっと握った。「子供の手の跡ね。なんだか涙が出ちゃいそう。奇跡だわ」

「遊んでいる小さな子の姿が見えない？　親たちがマンモスや魔術師を描いているあいだ、子供が染料を手につけて、永遠に消えないしるしをつけるところが」

「二万年前だなんて」イザベルはささやいたかと思うと、ふと衝動にかられたように両手でブルーノの頬にふれ、キスをした。口と口がふれあっているあいだ、ふたりの懐中電灯は洞窟のあちらこちらを目的もなく照らした。ブルーノがキスに応え、彼女の唇に残っているワインを味わうと、彼女は手を動かして彼の頬をなでた。やがてイザベルが身を引いた。懐中電灯の光のなかできらめく双眸《そうぼう》が問いかけるような微笑を含んでいた。この人はこれまでにもほかの女性をこの洞窟に連れてきたのかしら、彼女たちにも同じ魔法が効いたのかしらと、自問しているかのように。

モーリスと彼の犬にいとまを告げて、ふたりが手をつないで車に戻ったとき、日没までにはまだ優に一時間はあった。

「つぎはどうするの?」イザベルがたずねた。

「つぎはきみのピクニックだ」ブルーノはきっぱりと言って、細く曲がりくねった道をのぼっていった。車は洞窟を抱える崖に囲まれた広い高台に出た。そのままてっぺんに廃屋が立つ小高い丘のほうを目指したが、実際そばまで行くと丘は遠目に見たときよりずっと大きく、廃屋は空に向かっていかめしくそびえていた。

「荒れ果てたお城ね」イザベルがうれしそうに叫んだ。

「ブリヤモンの古城へようこそ、八百年前に建てられたサンドニの領主の邸宅だ。英国人に二度奪われ、二度の略奪にあい、四百年前には宗教戦争で同胞のフランス人たちによって破壊された。フランスで最高の眺望を誇っていて、ぼくの知るかぎりできみのピクニックには最適な場所だ。ぼくが食事の準備をするあいだ、ジジと見てまわっておいで。塀をよじのぼったり、階段をのぼったりしないように——安全ではないからね」

前方を飛び跳ねていきながら、この人間はなぜこんなに時間がかかるのかとたびたび振りかえっているジジを、ブルーノは見送った。丘をのぼって崩れかけた城壁を過ぎ、中央の塔に占拠されている傾斜した広い芝生へ向かうイザベルも。城壁の三面はまだ残っているが、内部は丸見えだった。じゅうぶん頑丈そうに見える石の階段が三方の壁それぞれの内側へ続いている。ブルーノが熾《おこ》している火から目をあげると、イザベルは壁の外側をゆっくり歩きまわり、高台の外を眺めていた。そこからの景色は洞窟から望むよりもさらに雄大で、ヴェゼール川が隣の谷から流れてくるドルドーニュ川と合流している。

頭上を燕たちが飛び交うなか、イザベルはブルーノのそばへ戻ってきた。彼は石を積みあげた内側に小さな火を熾し、その上に持参した金属のグリルを渡した。はらわたを抜いた新鮮な魚二尾が炭の上で湯気を立てている。地面には大きなラグを敷いて、クッションを並べておいた。大きなトレイにはシャンパングラスが二脚。木のボードの上に焼きたてのバゲットと、ずっしり重い楔形のカンタル・チーズ、四角い塊《かたまり》のパテも用意した。イザベルがクッションにひざまずくと、ブルーノはクーラーボックスに手を入れて、シャンパンのハーフボトルを取りだした。

「信用できる警察官ね。運転しなきゃならないから、飲むのはハーフボトルだけ」イザベルはラグの上でくつろいだ。「ピクニックがいいと言ったとき、こんなすてきなのは想像もしてなかったわ、ブルーノ。その魚はどこで手に入れたの？」

「友だちのバロンから。ぼくがホテルへきみを迎えにいったのは、バロンがこの鱒《ます》を釣ってからほんの二、三十分後だった」

「もしなにも釣れていなかったらどうしてた？」

「きみはバロンを知らないけど、彼は釣りの天才でね。彼の餌にひっかかるという栄誉を求めて魚たちが行列するんだ。でも魚で満腹にならなかったときのために、二月に自分たちで解体した豚でぼくが作ったソーセージがクーラーボックスに入ってる」

「それも一本食べない？」イザベルが手を叩いた。「味見したいわ。自家製ソーセージなんて食べたことないと思うの」

「いいとも、ブリヤモン家の麗しきレディのお望みとあらばなんでも」ブルーノはイザベルにシャンパンのグラスを手渡してから、巨大なクーラーボックスに顔を突っこんで、長いひと巻のソーセージを取りだし、慎重に炭の上にのせた。

「それじゃ多すぎるわ。ひと口試したいだけなのに」

「うん、でもジジにも食べさせないと」ブルーノはグラスを掲げた。「ぼくの救い主に乾杯、心からの感謝をこめて。広場ではぼくがとことんぶちのめされる前に助けてくれてありがとう。どこであんな戦いかたをおぼえたのか、いつかぜひ聞かせてほしいな」

「わたしはあなたと、あなたのすばらしい想像力に。わたしにはこれ以上の晩も、これ以上のピクニックも思いつかない。これを一緒に楽しみたい人もほかにいないわ」イザベルは身を乗りだして、彼の唇のあいだに舌を差し入れる短いキスをし、はにかむように微笑んで座りなおした。

「うれしいよ」ブルーノは言って、めいめいのグラスにシャンパンの残りを注いだ。「飲んじゃって。陽が沈んで暗くなりすぎて、なにを食べているかわからなくなる前に」

「あなたのことだから、ブルーノ、それはもう考えてあるんでしょ。あの廃墟のお城から松明《たいまつ》を持った家来の老人たちが行進してくるのよ」

「ぼくはふたりきりでいるほうがいいな」彼は笑って、ピクニックボックスから出したブリキの皿をイザベルに手渡した。火のそばへ行って魚とソーセージをひっくりかえし、ちらりと振りかえった。「パテは勝手に切って食べて。ぼくにパンをすこし折ってくれるかな」クーラーボックスのほうへ引きかえすと、新しいグラス二脚とロゼのボトルを出した。「シャンパンをハーフにしておいたのはこういうわけなんだ」

「このパテはどうなってるの——中心がやわらかくて、黒っぽい粒が入ってる」

「この作りかたが好きなんだ。鴨のパテで、中心の丸い部分はフォアグラ、黒い粒はトリュフだよ」

「おいしいわ。作りかたはお母さまから教わったの？」

「いや、サンドニの友だちから」早口に答えた。一瞬の間があいた。どう続けようか。「教えてくれたのはぼくの仕事の前任者、ジョー爺さんだ。食材や料理のことをずいぶん教わった。田舎の警察官のありかたについても。実際、いまぼくが知ってることのすべてはジョーと村長とバロンから教えられたんじゃないかな。ぼくには家族がいなかったから、いまではこのサンドニの人たちが家族なんだ。だからここが大好きなんだよ」

魚はちょうどいい具合で、こんがり焼けた皮が身からはがれ、骨は引っぱるとすっと抜けた。イザベルはブルーノが鱒の腹に入れておいた薄切りニンニクを取りだし、彼はピンクがかった白い身に搾りかけるよう半分に切ったレモンを手渡した。付けあわせは刻んでソテーした背脂《ラルドン》入りのポテトサラダだ。

「なにもかも揃ったキッチンでだってこんなごちそうはできそうにないわ。なのにあなたはこのなにもない場所で作っちゃうのね」

「昔はこの丘の上の城で豪勢な晩餐会が開かれていたんだと思うけど。ソーセージはもうよさそうだ。陽が沈んでも真っ暗になるまでにはまだ一時間はあるよ」

「洞窟の住人たちはなにを食べていたのかしら」ぼんやりと思いにふけりながら、指でソーセージをひと切れつまむ。「とてもおいしいけど、お腹がいっぱいになってきたわ」イザベルが皿をおろすと、ジジがやってきてにおいを嗅ぎ、問いかけるようにブルーノを見た。ブルーノはジジの目の前に皿をおいて、頭をなで、食べる許可を出した。

「なにを食べていたかは考古学者たちのおかげでわかってるんだ。トナカイだよ。そのころはパリに氷河があった。氷河期で、トナカイがうじゃうじゃいた。考古学者が当時のごみの山を発見したところ、ほとんどがトナカイの骨で、魚もいくらか交じってたらしい。洞窟のなかで生活はしていなかった——洞窟は絵を描くためにとっておいたんだ。動物の皮で作った小屋に住んでいたらしいよ、たぶんアメリカ先住民のティーピーみたいなものに」

　魚の骨を火のなかへ放りこみ、使った皿と食器をビニール袋に入れた。それをクーラーボックスにしまうのと入れ替わりに小さなかごに入った苺を取りだして、チーズの横においた。

「これでおしまい、これが最後のコース。ピクニックの締めは苺でないと」それから焚き火に枝を数本追加し、炎がひときわ明るく燃えあがると、ふたりとも苺をはさんでラグの上に寝そべった。太陽はいまにも地平線に届きそうだった。

「きれいな夕陽」イザベルが言った。「沈むのを見ていたいわ」苺を押しのけて、ブルーノに身を寄せてくると、背中を彼の胸に、尻を腹部にぴたりと合わせた。ブルーノはうなじにそっと息を吹きかけた。焚き火の向こう側で、ジジが慎み深く眠っている。ブルーノが腰に腕を巻きつけると、イザベルはいっそう隙間なく体を押しつけてきた。とうとう太陽が見えなくなると、彼女はブルーノの手をとって、ブラウスの内側のふくらみへとすべりこませた。

23

ブルーノは自分のベッドで目を覚ました。前夜の出来事にまだ全身が火照っている。夢見ていたとおりの、新たに知った魅惑的な女性の体を求めて手をのばし、ベッドが空なのをつかの間意外に思った。それから、まだ目を閉じたまま、前夜焚き火のそばでどんなことをしたか思いだしてにやけた。しぶしぶ服を着て、とりすましたホテルまで彼女を送っていったのだが、おたがいをいくら味わってもまだ足りないかのように百ヤードごとに車を停めてはキスをくりかえしたのだった。

ベッドから飛び起きて、ふだんどおりのエクササイズに取りかかった。頭がすっきりして冴えわたり、活力がみなぎっている。シャワーを浴び、ラジオをつけて、外出する恰好に着替え、新しい一日によろこびを感じた。朝食をとり、犬と鶏にも餌をやってから、モンペリエでスポーツ史を教えている講師に前夜電話して書きとった名前のリストを熟視した。

講師には一字一字スペルを読みあげさせ、ミスのないようにしたはずだが、もういっぺんじっくり目を通した。完全なリストはいまごろ役場《メリ》の彼のファックス機に届いていて、もう一度チェックしなければならないが、どこかになにかまちがいがあるのは明らかだ。そうでなければなぜオラニアンズの優勝したチームの最終的な名簿にハミド・アル＝バクルの名前がないのか説明がつかない。優勝の記念写真に誇らしげに写っていたあの若者は？　むろん、名前を変えたというならべつだが。

電話が鳴り、ブルーノは受話器に飛びついた。恋する者の本能がイザベルだと告げている。

「いま起きたところ」彼女だった。「ここにあなたがいないなんておかしいわ。もう会いたくてたまらないの」

「ぼくもだよ」とブルーノは言った。恋人同士の楽しくてたわいない会話が続き、電話という電子的な親密さのなかで聞く相手の声に満たされた。イザベルの部屋のどこかでほかの電話が鳴った。「携帯のほうにJ＝Jが朝の報告を聞きにかけてきたんだわ。麻薬の件でベルジュラックへ行かなければならないと思う」

「今夜は？」

「あなたのものよ。じゃ、あとでね」

ブルーノは庭を見やって、夜眠っているあいだに雨が降ったのだと気づいた。少なくとも雨はふたりが帰るまで待ってくれたのだ。また顔がにやけているのを感じた。だがリストはまだ電話のそばにあり、ブルーノをせっついている。チームのキャプテンとして載っている名前を見た。ホシン・ブディアフ。その隣に、ブルーノは括弧でくくって〝フセイン〟と書きこんでいた。モンペリエの講師が言うには、つづりは異なるが同じ名前で、フセインのほうが一般的だということだった。講師はチームの写真を見つけられなかったが、ブディアフの写っているべつの写真をファックスで送ると約束してくれた。それが謎を解く助けになるかもしれない。ブルーノは時刻を見た。モムはまだ出勤していないだろう。彼の自宅へ電話した。

「ブルーノ、きみにもういっぺんお詫びしたい。すまなかった、そして感謝しているよ」モムはほとんど即座にまくしたてた。

「いいんです、モム、もう忘れてください。あの、訊きたいことがあって。お父さんの消えた写真について調べているんですが。ブディアフという名前に聞きおぼえは？　フセイン・ブディアフは？　お父さんの友人だった可能性はあるでしょうか」

「ブディアフ家は親戚だ、アルジェリア時代の」モムが答えた。「父が連絡をとっていたのはその一家だけだが、親しかったわけではない。父のコテージでいろいろ整理しているときに手紙があったような気がする、家族の近況程度だが——死んだとか、結婚したとか、子供が生まれたとか。手紙を書いて知らせるべきなんだろうが、わたしは一度も連絡をとったことがないのでね。父は戦争後、二度とアルジェリアには戻れないと思っていたから」

「若いころのお友だちをだれか知りませんか、サッカー関係の友だちや、チームメイトを。おぼえている名前がないでしょうか」

「とくにないが、試しに名前を言ってみてくれ」

ブルーノはオラニアンズの名簿を読みあげた。モムはほとんど反応しなかったが、どことなく聞きおぼえがあると言った名前ふたつの隣にブルーノは小さな×印をつけた。電話を切って、またイザベルにかけた。

「あなただとわかったわ」楽しそうな笑い声。「いまシャワーを浴びたところで、ちょうどあなたのことを考えてたの」

「ごめん、これは仕事の件なんだ。きみが話をした軍の資料室の男。電話番号がわかるなら、ぼくがかけても話してくれるかな。手元にオラニアンズの選手名簿があるんだけど、不思議なのはそのなかにハミドの名前がないことなんだ。チームのだれかほかの人間をたどれないかと思って。ひとりかふたりはまだ存命かもしれない」

イザベルが電話番号を教えてくれた。「もし詳しく教えてもらえなかったら、わたしから話してみるわ。若い女性に話すほうが好きそうなお爺ちゃんみたいだから」

「それはだれにも責められないよ、イザベル。助けが必要になったらきみの携帯電話にかける。じゃあ、今夜」

ブルーノの期待どおり、オフィスに着くとモンペリエからのファックスが届いていた。彼はリストに目を通した。載っている名前は同じだ。つぎに写真を見た。粒子が粗く、不鮮明だった。特定できない新聞の写真で、サッカーのユニフォームを着た三人の男が写っている。まんなかがヴィラノーヴァで、腕を両隣の若い北アフリカ人にまわしており、そのひとりはフセイン・ブディアフ、もうひとりはマッシリ・バラキネというモムがうっすら記憶していた名前の男だった。今度はどこかに手が届きかけている感じがした。イザベルに教わった軍資料室の番号にかけると、おぼつかない声が電話に出た。

「こちらはドルドーニュ県サンドニの警察署長、クレージュと申します、ムッシュー。すでに同僚のイザベル・ペロー刑事官がご協力いただいた捜査に関しまして、もうすこしお伺いしたいのですが」

「きみはわたしがテレビで観た警察官かね、あの暴動の？」

「はい。わたしであったかと思います」

「それならなんなりとお申しつけを、ムッシュー。退役軍人、第七十二師団のアルノー・マリニャン下士官《スーソフィシエ》は貴君に敬服しておるのです。して、ご用件は」

ブルーノは事情を説明し、関係者の名前を教え、一九四四年にトゥーロン付近に上陸したアフリカ奇襲戦隊との関連をマリニャンに思いださせた。そして資料室に若きハミド・アル＝バクルの写真があるかどうかたずねた。

「うむ、思いだした。その人物の支払帳に本人確認写真があるはずだ、もしアフリカ奇襲戦隊のがなくても、転属後のがきっとある。あとでかけなおすのでそちらの電話番号を教えてくれませんか、それと支払帳の写真のコピーを送れるようにファックス番号も。申し訳ないが原本は送れんのです。それに魅力的なご同僚にどうかよろしくお伝えくだされ」

ブルーノはイザベルが電話でもたらしたらしい効果にほくそ笑み、つぎはどの線を追いかけようかと頭をひねった。パメラの番号にかけようとして、ふと中断し、机から便箋《びんせん》を一枚取って先日の英国式ディナーの礼状を手早くしたためた。手紙を収めた封筒を〈発送〉トレイに入れてから、パメラに電話して、感じのいい社交辞令をかわしあい、クリスティーンを呼んでもらった。彼女にボルドーで調べてもらいたい新たな名前を教え、たがいの携帯電話番号を確認しあって、電話を切った。すかさず電話が鳴った。J＝Jだった。

「ブルーノ、ジャクリーヌの行動についていい仕事をしてくれたことに、礼を言いたかったんだ」と切りだした。「あの娘が一緒だったオランダの若者たちはあちらじゃ有名人だったとわかった。麻薬にポルノに盗難車——ありとあらゆるものにかかわってる。連中の罪状を見たかぎり、フランスなら独房に監禁して鍵を捨てちまうところだが、オランダの刑務所はどうだかな。要するに、ジャクリーヌにきみが集めてくれた証拠を突きつけたら、昨夜《ゆうべ》口を割ったんだ。昨日夜遅くイザベルに知らせようとしたんだが、連絡がとれなくてな。田舎は携帯の接続がよくないんだろう。とにかく、ジャクリーヌは麻薬についてはすっかり白状したんだが、相変わらず殺人に関しちゃ知らないの一点張りなんだよ」

「現状では上出来じゃないですか、J＝J。リシャールはどうでした？　麻薬にかかわってたんですか？」

「ジャクリーヌは否定してるから、このままリシャールを勾留してはおけないだろう。本人の話に揺さぶりはかけられんし、ジャクリーヌが薬について一部始終白状したとなると、殺人についても嘘は言っていないんじゃないかって気がしてきてな。おれにまかされるなら、リシャールは今日にも釈放するが、それを判断するのはタヴェルニエだ。ところで、おまえさんたちは一昨日《おととい》あの御仁になにをしたんだ。頭から湯気を立てて戻ったと思ったら、何時間もパリに電話してたぞ」

「村長がこってり油を絞ったのではないかと。タヴェルニエの父親の旧い友人として。タヴェルニエが憲兵隊にカリムを逮捕させたんですよ、祖父の遺体を発見した青年を。暴行罪容疑で。カリムがあの暴動で国民戦線のやつらに突っこんでいったからだと」

「なにをしたって？　どうかしてるんじゃないのか。フランスの半分があの暴動を見て、だれもがきみらサンドニの若者をヒーローだと思っているのに」

「タヴェルニエはちがいますよ。法律にしたがってその青年も公平に罰するべきだと言ってます」

「公平に？　ちんぴらの集団と、法を順守する市民をか？　頭でも打ったんだろう。とにかく、きみがうまく片をつけてくれたらしいな。なにかほかには？」

「例のサッカー・チームの写真に関して、進展が見られそうです。逐次報告しますよ」

「あれはまあ脇道だけどな、ブルーノ、でも続けてくれ。殺人犯はまだ見つかっていないのに、ほかの手がかりはなにひとつないんだ」

　電話を切ると、廊下でモムに挨拶しているミレイユの声が聞こえた。もう学校に出勤している時刻のはずだが。ドアから顔を出すと、モムがロベールのオフィスに入りかけていた。ロベールは社会保障《セキュ》の書類業務を担当している。ブルーノが手を振ると、モムは握手しに近づいてきた。

「いまは寄ってられないんだ」モムが言った。「午前中の休み時間にちょっと抜けだして、父の保障資格喪失の書類にサインしにきたんだよ。でも会えてよかった」

「十秒だけください、モム。見せたい写真があるんです」いったん引っこんで机からファックスを取ってきた。モムが写真のだれかを知っていると期待はしていないが、せっかくたまたまここに来ているのだし……。

「こんなものをいったいどこで手に入れたんだ」モムが言った。「これは若いころの父だ。そうでなきゃ一卵性の双子だよ。名前はなんだって？」老眼鏡を取りだす。「フセイン・ブディアフ、マッシリ・バラキネ、ジュリオ・ヴィラノーヴァか。ブディアフ家ならうちの親戚だから家系的に似ているんだろうが、それにしても驚くほどそっくりだ。それにバラキネ。どこかで聞いたような気がするんだが。ヴィラノーヴァは父が話していたコーチだ。しかし、このフセイン・ブディアフ——これは父の若いときだとわたしでも断言してしまいそうだよ」

自分宛の手紙を開封し、さらに匿名の隣人に対する密告三通を読んで、ブルーノはため息をついた。サンドニばかりでなくフランスのどの自治体《コミューヌ》でも、住民のこうした一面ははなはだ気分のよくないものだ。彼らは日常の鬱憤を晴らすため、たがいに隣人を関係当局に訴えようと手ぐすね引いている。苦情の手紙は通常は税務署宛だが、いくらかはブルーノのところにも来る。一通目はある老婦人からの定期便で、彼女は村の若い女性たちがいかに〝ふしだら〟か報告してくる。ブルーノもよく知っているその婦人は以前セントゥー神父の家政婦だったのだが、おそらくは熱狂的なまでの信仰心と女としての激しい嫉妬心に引き裂かれているのだろう。二通目は隣人が建築許可をとらずに古い納屋に新しく窓をつけたという苦情で、それだと近所の家々が丸見えだというのだった。

だが三通目は深刻な事態に発展するかもしれなかった。それはアミューズメント・パークをクビになった、救いがたい飲んだくれのレオンに関することだった。レオンはマリー・アントワネットの人形を断頭台におきまちがえ、ただ首を刎《は》ねるのではなく胴体を真っぷたつに切断して、見ていた観光客を恐怖に陥れ、そのうえ酔った勢いでマリーにのしかかって見物人を震えあがらせてしまったのだ。今回レオンが密告されたのは、現在うしろ暗い《オ・ノワール》仕事をしている彼が、廃墟を購入した英国人家族にみずから修復を申し出て、税金も保険もなしに現金払いで請け負うと説得したからだった。

ブルーノはまたため息をついた。どうせ税務署に密告されるぞとレオンに言ってやるべきなのか、それとも金の無駄遣いだとその英国人家族に教えるべきか。たぶん両方だ。そしてその英国人には合法的に安くパートタイム労働者を雇って、なおかつ労働者保険も利用できる制度を教えてやろう。レオンには養う家族があるのだから、社会保障制度の有利な方法を教えてやったほうがいい。レオンの仕事先になっている住所を見ると、サンフェリスの小村で、農家の納屋からチーズが盗まれているとの報告を受けた地域だった。

もういっぺん、違法な窓に関する手紙を見た。それもサンフェリスだ。おやおや、人口二十四人の村落に犯罪の波が来たのか。ブルーノはもういっぺんため息をつき、制帽と携帯電話と手帳をつかむと、ついでにパートタイム労働者の合法的雇用のしおりも持って、田舎警官の平常業務に一日の残りを費やしに出かけた。階段を半分おりたところで窓の写真を撮るカメラがいるだろうと思いついた。完全装備でバンまで歩きながら、ふだん自分がこういう日々を送っているのだと知ったらイザベルはあまり感心しないだろうなと陰気に考えた。

三時間後、ブルーノは戻った。当の英国人家族はほとんどフランス語がしゃべれず、ブルーノの英語力はかぎられていたものの、レオンに合法的な支払いをする大切さを彼らに印象づけ、レオンの能力的限界を発見するのは自分たちにまかせることにした。違法な窓を取りつけたとされる家の持ち主は不在だったが、ブルーノは写真を撮って、開発計画局へ提出する報告書用にメモをとった。盗まれたチーズの事件にいちばん時間がかかったが、それは被害者である年寄りの農夫が、おかげで商売が成り立たないとくどくど訴えたせいだった。ブルーノはくりかえし根気よく、農場の自家製チーズはEUの要求する衛生基準に達しないことが多々あり、合法的に販売できないので、正式に告訴するなら家庭消費用のチーズとして届け出なければならないと説明しなければならなかった。それから同じことをもういっぺん頭から、農夫のかみさんにも話してきかせた。保険会社は非合法なチーズの盗難に支払いを拒む権利に飛びつくだろうとブルーノが指摘したところで、かみさんはようやく納得した。

オフィスに戻ると電話が鳴っていた。あわてて受話器を取った勢いでカメラや鍵や手帳がテーブルに散乱した。軍の資料室の元下士官《スーソフイシエ》だった。

「このブディアフという名前だが」老人は言った。「貴君のさがしておられる名前はフセインで、それだと記録は残っとらんのです。しかしながらアフリカ奇襲戦隊のモハンマド・ブディアフとその記録なら見つかりましたぞ。この男は伍長で、一九四一年にコンスタンティン市で入隊し、歩兵隊に加わった。その後四三年に奇襲戦隊に志願入隊し、指揮官の推薦で許可されておる。解放戦争に参加し、一九四四年十月にブザンソンで戦死。配偶者や子供は記録されていないが、年金の支払先は夫を亡くしてオランに住んでいる母親で、支払いは彼女が一九五三年に死亡するまで続いた。こちらにわかることはそれだけですが。お役に立ちますかな？」

「ええ、もちろんです」ブルーノは反射的に言った。「そのファイルには兄弟とか、ほかの親類が載っていませんか」

「いや、その母親だけで。しかしそのモハンマド・ブディアフ伍長は貴君のフセイン・ブディアフの親戚と見なしてかまわんのじゃなかろうか。関心がおありなのはハミド・アル＝バクルだと承知しておりますが、ここにひとつ偶然がありましてな。アル＝バクルは四四年八月にその奇襲戦隊に非正規入隊していて、それはモハンマド伍長の口添えできわめて容易であったようなのです。改名した可能性はないですかな。たんなる臆測だが、しかるべき理由があって新兵が入隊時に名前を変えたがるケースはしばしば見られるのですよ。もちろん外人部隊では始終やっていることだが、よそでもめずらしくはない。貴君のさがしているアル＝バクルが元はブディアフという名前で、名前を変えたかったのなら、兄弟かいとこがすでに在籍している部隊に入るより楽な方法はないでしょうな」

「なるほど、ありがとうございました。法的手続きでその写しが必要になったら、またご連絡してもよろしいでしょうか」

「むろんです。さて、お送りした支払帳の写真は届いていますか？」ブルーノはファックス機を調べた。届いていた。陸軍の支払帳の最初の二ページ、フランス陸軍にはハミド・アル＝バクルの名で通っている若者のパスポートサイズの写真が載っていた。その下に両手の拇印、陸軍のスタンプ、その前のページには名前、住所、日付、生年月日といった情報。住所はマルセイユのヴュー・ポール、ポワソニエ通りとなっていて、生年月日は一九二三年七月十四日だった。

「ええ、届いています。ありがとうございます」

「けっこう。もう一度言わせてもらうが、あの騒動ではよくぞやってくれました。貴君のような警察官がもっと大勢いてくれたら。昔兵士だったんですな？」

「そんなに昔でないといいんですが。でも、そうです、戦闘工兵でした」

「あのボスニアのひどい戦闘に行かれたと」

「そのとおりです。どうしてわかったんですか」

「貴君のファイルを調べずにおられなかったのです。いい働きをしましたな」

「運がよかったんです。そうでない兵士がたくさんいました」

「いつでも遠慮なく訪ねてきてくだされ、クレージュ軍曹。では失礼」

受話器をはずすと耳が汗ばんでいた。ブルーノは目の前のファックス用紙と写真二枚に意識を集めた。フランス陸軍のハミド・アル＝バクルはサッカー選手のフセイン・ブディアフと瓜二つだ。同一人物の可能性はあるだろうか？　それならモムが写真を見たときの驚きに説明がつくし、モムの驚きは本物だった。ハミドが名前を変えたのだとしたら、なぜそんなことをしたのか。実の息子にも本名を隠すほど真剣に正体をごまかしていた訳は？　それに、この過去の秘密がハミドが殺された理由なのだろうか。若いサッカー選手が陸軍に入隊して名前を変える決断をしてから、六十年も経っているのに？

今夜イザベルと話しあえる、と思うと顔がゆるんできたが、犯罪について話したり意見を述べたりする時間はあまりないだろうと思いなおした――それを言うなら、どんな話題であろうと。洞窟でこちらがするより一瞬早く自分からキスしてきたイザベルを思いだす。それから愛らしく身も心もゆだねるように彼の手をブラウスにすべりこませ、あたたかな乳房に……。そこで電話が鳴って白昼夢を破った。

「ブルーノ？　クリスティーンよ、ボルドーからかけてるの。いまジャン・ムーラン記念館の資料室にいるんだけど、あなたもこっちへ来たほうがいいと思う。ハミド・アル＝バクルについてはなにも見つからなかったけど、ヴィラノーヴァと新しく登場したフセイン・ブディアフの足跡はたどれたわ。これはダイナマイトよ、ブルーノ」

「どういう意味です、ダイナマイトとは？」

「機動部隊《フォルセ・モビル》という部隊について、聞いたことはある？」

「いえ」

「ねえ、ブルーノ、こっちへ来て自分の目でこれを見るまでは信じられないと思う。あなたのさがしているヴィラノーヴァとブディアフは戦争犯罪者だったのよ」

「戦争犯罪者？　どこで？　どういうことです？」

「込み入りすぎてて電話じゃ説明できない。あまりにも背景が複雑で。こうするといいわ、いまからパメラの家に行って、わたしの部屋の机にのってる本を貸してくれと頼むの。ペンはある？　書名を言うわね。その本の索引で〈機動部隊〉をさがしてみて。一冊はギー・ペノーの『ペリゴール地方のレジスタンス史』、もう一冊はジャック・ラグランジュの『ドルドーニュの一九四四年』。いまからパメラに電話して、あなたのために見つけといてもらう。とにかくまず機動部隊について書かれてることを読んで、わたしに電話をかけなおして。そうしたら――やだ、電池が切れそう。充電して、電話を待ってるわ。ボルドーで泊まっているのは〈オテル・ダングルテール〉、英国ホテルよ、おぼえやすいでしょ。ほんとうに、あなたはここへ来なくちゃだめ」

24

広々とした居間は陽を浴びた壁が金色に輝いていて、パメラの祖母の肖像画が静かなまなざしで彼を見おろしていた。ブルーノはこのヴェゼールの谷でほぼ六十年前に起こった恐ろしい戦争と占領の時代へ投げこまれていた。クリスティーンの簡素な本のページからなにかが燃えるにおい、火薬のにおいが立ちのぼってくるかに思われ、彼が生まれるよりずっと以前の出来事が突如としてすぐ身近に、恐ろしいほど迫って感じられた。

機動部隊とは民兵団《ミリス》に属する特殊作戦部隊のひとつだった。民兵団《ミリス》とは、一九四〇年以降ドイツによる占領下でフランスを統治したヴィシー政権の、大いに恐れられていた軍事組織だ。ドイツ軍の指揮下で、ヴィシー内閣のフランス人高官によって組織され、承認された民兵団《ミリス》は、ユダヤ人を一斉検挙して死の収容所へ送り、フランスの若者を徴用してドイツの工場で強制労働させた。一九四二年を境に戦争の風向きがドイツに不利になると、対独抵抗運動が高まり、レジスタンスの各組織は強制労働徴用を逃れて丘陵地帯へ逃げこむ何万もの若いフランス人でふくれあがった。彼らは田舎に潜伏し、レジスタンスの兵士となり、コルシカの丘陵地帯の足を踏みこめないほど密生した灌木を指す〝マキ〟という名で呼ばれた。

この未加工の素材とも言うべきマキのもとへ、パラシュートで武器や医療品、無線通信士、英国からのスパイや軍事指導員が降り立った。ド・ゴール将軍率いる自由フランス軍、英国の特殊作戦部隊、あるいは英国諜報部MI6も。英国がマキに望んでいたのは彼らがドイツの占領軍を破壊すること、もしくは特別作戦本部《SOE》を設立したウィンストン・チャーチルの言葉を借りるなら、〝ヨーロッパを燃え立たせる〟ことだった。だが連合国の上陸が近づくにつれて、英国の主要な目的はフランスにおけるドイツ軍のコミュニケーションを分断し、海岸で上陸を阻むドイツの軍勢を遠ざけ、彼らの目をフランス内陸部でのマキとの戦闘に向けさせることになった。ド・ゴール派はマキを武装させて、レジスタンス軍にフランスを解放させ、敗北と占領という屈辱を受けてきたフランスの名誉を回復させたがっていた。が、一方で、レジスタンスが戦後のフランスを統治する政治的勢力になることも望んでいた。共産主義というライバルに権力を握らせないためだ。ド・ゴール派と共産主義者は、たいがいパラシュートで落とされる物資をめぐって争いになり、ときには銃を持って戦うこともあった。

　民兵団《ミリス》とドイツの指導者たちは主要地域のレジスタンスをつぶすために新たな作戦を編みだした。同様のゲリラ部隊と百戦錬磨の経験を積んでいるドイツの特殊部隊や反アルチザン部隊が、ロシアの前線やユーゴスラヴィアから入港した。だが新しい作戦の要となったのは、マキが食料面で頼っている農夫や田舎の住人たちを脅してレジスタンスを兵糧攻めにすることだった。息子の行方がわからなくなっている田舎の家族は暴行を受け、ときには殺され、女はレイプされることもあった。農作物や家畜は押収され、農場や納屋は焼き打ちにあった。田舎をこうした恐怖時代に陥れたのはこの任務専用に招集された機動部隊で、ペリゴール地方ではペリグーを拠点にしていた。

パメラの平和な家で、ブルーノは没頭し、愕然としながら先を読みすすめた。ドイツ軍の占領が暴力的だったことは知っている。レジスタンスの大勢が殺され、ヴィシー政権がフランス人同士で殺しあう内戦に加担するようになったことも。オラドゥール＝シュル＝グラヌ村でおこなわれたような虐殺のことも。その村では、あるドイツ人将校の死に対する報復として、ナチス親衛隊が数百人もの女子供を教会に監禁して放火し、炎から逃れようとする者をマシンガンで撃ちまくったのだった。この地方のそこかしこに点々と見られる小さな記念碑を、ブルーノは知っている。ドイツ軍の行動を遅らせるために橋を防御して死んだひと握りのフランス青年たちを記念する飾り板、祖国のために射殺された人々の名を刻んだ小さなオベリスク。だけど機動部隊のことはいまのいままで知らなかった。自分ではよく知っているつもりだったこの片田舎に襲いかかった、残忍な意図的暴力のことは。

ペリゴール地方の機動部隊を指揮していたのは、かつてマルセイユでプロのサッカー選手をしていたヴィラノーヴァという人物だった。ああ、なんということだ。ごく最近知るようになったその名前が目に飛びこんでくると、ブルーノは嘆息した。ヴィラノーヴァは田舎を恐怖に突き落とす方法に改良を加えた。フランスの小作農民をより効果的に怯《おび》えさせるために、略奪やレイプや農場の焼き打ちを北アフリカ人にやらせたのだ。彼らは追加の給与と配給、それに襲った農場の女たち全員と奪えるだけの略奪品を約束されて、マルセイユやトゥーロンの移民が住むスラムからその任務のために雇われた。そうした地区では失業や貧困から絶望感が蔓延していたし、アラブ移民の若者たちを含む地元サッカー・チームにヴィラノーヴァの知りあいが多かったからだ。

この話がどこへ向かっていくのか悟って、ブルーノはぞっとした。殺人の犠牲者ハミド・アル＝バクル、フランスの戦争の英雄が、フランス人を恐怖に陥れていた戦犯のフセイン・ブディアフでもあったという仮説を証明せざるをえなくなる。明朝ボルドーへ行って、機動部隊やヴィラノーヴァ、ブディアフ、その他のメンバーについて証拠を集めなければならない。いまやブルーノもクリスティーンと同じくらい確信しかけているこの仮説は、たしかにダイナマイトだった。立証するには完璧で議論の余地ない証拠が要る。また、機動部隊の犠牲者の名前も調べださなければならないだろう。苦しめられた家族――ヴィラノーヴァの北アフリカ人部隊でいまも生存しているだれかに対し、復讐したがるだけの理由がある人々――を特定するために。そうした人たちにはまちがいなくアラブの老人を殺す動機がある。彼を見て、戦争の暗い日々に見た人物だと気づいたならば。

そしてモムはどうなる？　愛する父や祖父が戦犯だったと聞かされたら、モムやカリムやラシダはどうなるだろう。ナチの操り人形だったヴィシー政権に雇われ、ナチの命令で行動していたテロリストだったと知ったら？　戦争の英雄として、教育と展望と家族の誇りをもつフランス人として、家族を築いた勇気ある移民として尊敬していた男が、じつは死ぬまで嘘をつき通した獣だったと知ったら、どれほどのショックを受けるか。そんな重い事実を知って、家族はどうしてサンドニにいつづけられるだろう。こんなことが発覚したら、サンドニの小さな北アフリカ人コミュニティの残りの人々はどんな反応をするだろう。

ブルーノは想像する気にもなれなかった。ひとたびこのすべてを知ったらフランスの大衆が北アフリカ人にどんな態度をとるか、そして国民戦線の票数がどれほどふくれあがることか。腰かけたまま前かがみになって両手で頭を抱え、唇を噛みながら、なんとか筋道を立てて考えようとした。計画を立てなければ。村長に話し、J＝Jとイザベルにも伝え、明日の朝いちばんにボルドーへ行く手筈を整えるのだ。クリスティーンとも話をして、この村をこんな爆弾に対して備えさせるにはどうすればいいのか助言をもらわなくては。

「だいじょうぶ、ブルーノ？」いつのまにかパメラが部屋にいた。「クリスティーンがあなたはとてもつらい事実を知らされることになるので、強いお酒が必要になるって。でもたしかに茫然自失の態ね。顔色が紙みたいに真っ白よ。ほら、ウイスキーを飲んで――この前の晩あなたが飲んでみたラガヴーリンとはちがうの。プレーンなスコッチ。だからごくりとひと口」

「ありがとう、パメラ」豪快にひと口あおり、炎のような刺激にむせそうになったが、気分はよくなった。「飲み物をありがとう。それにふだんどおりでいてくれてありがたいです。悪夢を見ていたみたいだ、占領時代の恐ろしい事実を読んでいて。現在の、気持ちのいい家に戻れてほっとしました」

「それはハミドの事件に関係があるらしいとクリスティーンは言ってたけど、詳しくはなにも聞かされてないの。過去ってなぜかどこまでもついてまわるのよね」

「そうですね。過去は死なない。むしろ致命的な力を保ちつづけるのかもしれません。さてこれで必要なものは手に入れました。この本を持って、もうおいとまします。オフィスに帰って仕事に取りかからないと」

「ほんとにだいじょうぶ、ブルーノ？　なにか食べるものはいらない？」

ブルーノは首を振って、クリスティーンの本を抱え、パメラの家を出た。車を走らせながら、平穏な田舎の風景をこれまでとはちがった目で眺めた。あのような事件を目の当たりにし、生生しく記憶している土地を。燃える農場から空へ立ちのぼる煙のにおい、虐殺された父親たちの地面にしみこんだ血のにおいを思った。フランスの警官たちが指示して田舎の道路に軍の車両集団を配置しているさまを思い浮かべた——車には黒い軍服姿の、レイプと略奪を許可されて雇われたアラブ人たちがぎっしり乗っている。そして、ひと抱えの武器とともに山に隠れ、自分たちの家や家族にぶつけられる残虐行為をなすすべもなく見つめている、餓死寸前のフランス人青年たちのことを思った。哀れなフランス。哀れなペリゴール。気の毒なモム。

それに、自分たちを責め苛んだ相手に遅れに遅れて復讐を遂げたフランス国民を、警察はどう扱えばいいのだろう。少なくともこれでハミドの胸になぜ鉤十字が刻まれていたかはわかった。あれは殺人者の政治的信条ではなく、亡骸の正体をあらわしていたのだ。

ブルーノは村はずれの川沿いにある村長の自宅へ直行し、クリスティーンの本と、若きブディアフがヴィラノーヴァと写っている写真を見せて、殺されたアラブ人の戦争の英雄が機動部隊にいたと信じられる理由を説明した。村長はすぐに納得したが、やはり証拠をしっかり固めなければならないという点でブルーノと同意見だった。ふたりは腰をおろして、サンドニや周辺地域でレジスタンスに参加していた家族を思いだせるかぎり書きだし、不完全なリストを作成した。あとはパリの国立レジスタンス記念館の記録を調べれば肉付けできそうだった。

「すると国家警察はこれからサンドニの家族を片っ端から調べて、ハミドが機動部隊にいたことを知っていたかもしれない者をさがしだすのか。この件がわたしたちの手に負えなくなるのを、いったい全体どうすれば食い止められるんだ、ブルーノ」

「わかりません。なにかいい手はないか考えようとはしてるんですが。警察はまず高齢者から取りかかるでしょう、ハミドの正体に気づいたかもしれない人物から。何週間もかかりますし、大勢の捜査員が必要で、いずれマスコミや政治家がからんできます。国全体のスキャンダルになりかねません。村長の政治的コネを総動員して、この一件ではだれも得をしないんだということをパリの大物たちに気づかせていただかなくては。ドイツの金をもらったアラブ人たちにフランス人家族が焼けだされ、脅かされたという事実を右派がチャンスとばかりに利用するなんて、政治的悪夢でしかない。個人的には、ぼくだって腹立たしくてまともに頭が働かないほどなんです」

「そうわたしをもちあげんでくれ、ブルーノ。この件ではもうさんざん頭を悩ませてきて、どうすべきかわからないのはきみと変わりないんだよ。と言うより、きみの直感のほうを信用しているんだ。わたしは政治にどっぷり浸かりすぎているからな」

「これを切り抜けるには政治が必要なのかもしれません。でもとにかくぼくは捜査チームに話しにいかないと」

「まだ話していないのか？　それじゃ彼らはまだ機動部隊のことを知らんのか？」村長が詰め寄った。それからしばし間をおき、思案しながら続けた。「では、どこまで話すか考える時間はあるわけだ」

「時間なんかありませんよ」ブルーノはすばやく否定した。村長の頭に浮かびかけているどんな考えもつぶす覚悟で、さらに言った。「ぼくがこの件を調べているのは知られていますし、イザベル、ペロー刑事官は軍の資料室をあたってハミドの謎だらけの軍務記録を掘りさげているんです。見つかるのは時間の問題でしょう。だからぼくはもう行かなくては」

　ブルーノは村長を残して部屋を出た。夫人の誇りである装飾過剰ぎみの居間で背中を丸めて座っている村長は、どことなく縮んでしまったように見えた。ブルーノはバンに歩いていきながらイザベルに電話をかけ、役場《メリ》のオフィスで落ちあって、彼女に証拠を見せた。ふたりはJ＝Jに連絡し、翌日の朝ボルドーで会う約束をした。ボルドーのホテルにいるクリスティーンに電話をかけ、ジャン・ムーラン記念館館長の携帯電話番号を教えてもらい、翌朝の訪問の段取りをつけた。タヴェルニエに知らせるのは自分の仕事ではないと判断した。J＝Jがやってくれるだろう。

　ブルーノはかつてないほど気持ちが沈み、食べ物のことも考えられなかったが、イザベルが村のピッツァ・レストランへ連れていってくれたので、機械的に食べ、ワインを飲みすぎた。彼女は村のゴシップも気にせず、車で家まで送り、ベッドに寝かせてくれた。ブルーノの鶏たちに餌をやり、服を脱いでベッドの彼の隣へもぐりこんだ。未明に目が覚めると、イザベルは彼をシャワーに追いたてて、ポットでコーヒーを淹れた。それから自分も熱い湯の下に加わり、石鹼の泡まみれで忙しく愛しあい、しまいにはバスルームの床で情熱的に果てた。あとで彼女がコーヒーを持ってくると、ふたりはベッドに戻った。今度はもっとゆるやかに向きあい、まだたがいの肉体に夢中になっているころ、雄鶏が時をつくった。ふたりともそれで笑いだし、ブルーノは自分がまた人間に戻ったことを知った。もう一度シャワーを浴び、ブルーノが庭に水をまいてジジに餌を与え、新しくコーヒーを淹れているあいだに、イザベルは着替えをしにホテルへ帰った。彼女がフォーケのカフェの焼きたてクロワッサンを買って戻ると、ふたりは彼女の車でペリグーへ向かった。ブルーノは道中ずっとイザベルの太腿に軽く手をのせたままでいた。

「きみはまったくたいした人だ」ニヴェルサックで新しい自動車道に乗ると、ブルーノは言った。「これで二度ぼくを救ってくれた。しかも今回はぐでんぐでんのだらしないぼくを見たあとなのに」

「あなたはそれだけの価値がある人だもの」イザベルは彼の手をとり、腿のあいだにはさんで締めつけた。「それにこの先まだいやな瞬間が待ってるのよ、わたしたちが犯人を逮捕するとき、あなたにも手伝ってもらわなくちゃ。いまから心の準備をしておいたほうがいいわ。ハミドが何者で、どんなことをしたんだとしても、彼を殺したのは法に背く行為よ」

「わかってる。でもやられたのがきみの家族や農場や母親だったら、きみだって彼を殺していただろう。それが正義だ」

「正義かもしれない、けど法律じゃない。わかってるでしょ」

わかっているし、だから悲しいのだった。それでも悲しみは前夜彼をつかまえていた絶望とはべつのものだった。少なくとも絶望は消えていた。


ブルーノとイザベルは午前九時にジャン・ムーラン記念館の階段で、J＝Jとボルドー市警察の渉外担当者に会った。クリスティーンはすでに資料室を管理する高齢のフランス人歴史学者と館内にいた。記念館の名称になっているジャン・ムーランとは、フランスのレジスタンス指導者たちのなかでもっとも有名なひとり、共産主義者とド・ゴール派と愛国者たちを統合しようと努力したが裏切りにあってゲシュタポにつかまった人物だ。市の中心部に立つその建物は、黒い歴史を内部に秘めた白い石の優美な新古典主義建築だった。一般にはレジスタンス博物館として知られ、フランス国内で使用されていた品々が展示されている。木靴、小麦粉の袋で作ったウェディングドレス、食糧切符、その他戦時中の日常生活をしのばせる品。秘密の無線機器のための自転車漕ぎ式発電機。ガソリンが手に入らなかった当時、炭素ガスで走らせるために巨大なボンベをルーフに積んでいた自動車。英国がレジスタンスのためにパラシュートで投下したさまざまな武器——ステンガン、バズーカ砲、手榴弾、粘着爆弾——も展示されていた。地下新聞は自由に閲覧できるように並べてある。レジスタンスが歌っていた歌が控えめな音量ながら途切れなくかかっている。シャルル・アズナヴールのラブソングから、レジスタンスの挑戦的で勇ましい賛歌《パルチザンの歌》まで。

だがブルーノは記念館の精髄は上の階にあるのだと気づいた。そこには書類や録音された資料が保存され、職員の研究員たちがいて、フランス史におけるこの苦難の時期の記憶を絶やすことなくいまの世に伝えている。

クリスティーンとJ＝Jは機動部隊の断片的な記録をふるいにかけ、フセイン・ブディアフとマッシリ・バラキネが一九四二年十二月にマルセイユで民兵団《ミリス》の特別部隊に徴用されたことを突きとめた。二か月間の基礎訓練ののち、彼らは機動部隊に配属された。ヴィラノーヴァ大尉が指揮する百二十人からなる部隊で、マルセイユ地区の〝対テロ作戦〟と称される任務が専門だった。一九四三年十月、英国とアメリカがイタリアに侵攻してヒトラーの同類ムッソリーニを戦争から叩きだしたあと、ドイツ軍はかつて〝自立〟ゾーンだったヴィシー政府直轄の地方へも占領を拡大し、機動部隊はゲシュタポの支配下に入った。規模もふくれあがり、ヴィラノーヴァの部隊は〝テロリストの支援者に対する懲罰的措置〟を任務とし、一九四四年二月にペリグーへ配置された。

ブディアフの名前の給与明細、ヴィラノーヴァの部隊への移動命令、ブディアフやバラキネを含む給与支払名簿、〝テロリスト支持者の基地〟を破壊するための爆発物や追加の燃料を含む特別装備の請求書も見つかった。館長は、機動部隊の支払管理担当部門の記録と照合して、ブディアフが五月に班長に昇進した記録を見つけた。ヴィラノーヴァのトラックの一台がレジスタンスの奇襲で破壊されたあとのことだ。昇進の記録一式には新たな民兵団《ミリス》の給与明細、写真つきの身分証が含まれているが、ブディアフはそれらを受け取っていない。民兵団《ミリス》の記録は一九四四年六月、連合軍のノルマンディー上陸とヴィシー政権の完全崩壊とともに途絶えていた。

ブルーノとイザベルは機動部隊の任務報告を調べた。ペリグーを本拠地としておこなわれた一斉懲罰は、北はリムーザン地方、西はサンテミリオンやポムロールのワインの里、東はブリーヴ、南はヴェゼールやドルドーニュの渓谷にまでおよんでいた。サンドニ一帯を襲ったのは一九四四年三月で、息子が強制労働奉仕に加わらなかった農家が標的になった。五月初旬にもふたたび襲ったが、それはドイツ国防軍の対パルチザン部隊、ベーマー連隊がサルラの丘でマキの基地を奇襲攻撃して滅ぼしたあと、レジスタンスの囚人を尋問して得た極秘情報に基づいていた。尋問されたのちにひとり残らず射殺された囚人たちの名前に、ブルーノは目をとめた。息子が強制労働徴用を忌避した家族の名前、機動部隊が配備されていた町や村落の名前。そのなかにサンドニはなかったが、サンフェリス、バスティニャック、メリスー、ポンサック、サンシャマシー、ティリエといった周辺の村落はどこも襲われていた。

館長の机に写真がひろげられ、比較された。サッカー選手のフセイン・ブディアフが機動部隊の新たに昇進した班長のフセイン・ブディアフでもあることは疑いの余地がなかった。そしてもし彼がハミド・アル＝バクルでないなら、双子の兄弟か亡霊だ。だがお役所仕事とはとかくどこも同じになりがちで、フランス陸軍の給与明細はアル＝バクルの両手の拇印を載せており、民兵団《ミリス》の給与明細もそれとまったく同じ書式でブディアフの両手の拇印を載せていた。それらはどこから見ても同一だった。生年月日と出生地も同じ、一九二三年七月十四日、アルジェリアのオラン。異なるのは住所だけで、ブディアフのはペリグーの兵舎になっており、マルセイユではなかった。

「するとこれがおれたちの殺人の被害者か」とJ＝Jが言った。「こんちくしょうが」

「ちょっとお待ちを」館長が言って、大きな書棚に歩いていき、分厚い一冊を抜きだした。索引をめくりはじめ、やがて満足そうに顔をあげた。「やっぱり、そうじゃないかと思いました。ポワソニエ通りはマルセイユのヴュー・ポールにあったのですが、ノルマンディー上陸の前に爆撃で破壊されていて、正体を隠したい者にとっては都合のいい住所なんです」

彼らはヴィラノーヴァの署名が入った機動部隊の任務報告書に戻った。五月八日にサンドニ周辺でおこなわれた襲撃にはブディアフが率いる班も参加している。彼らは十四か所の〝テロリスト物資補給基地〟、すなわち農場を破壊したと報告している。一九四四年の五月八日か、とブルーノは思った。フランスが第二次大戦の戦勝を祝った日は、機動部隊がサンドニ周辺の村落を襲った日からちょうど一年後だったのだ。毎年五月に村の戦争記念碑前でおこなわれる式典を、もうこれまでと同じ目では見られないだろう。

その瞬間、漫画本のコマや映画のスローモーションのように、際立って鮮やかな一連のイメージが記憶によみがえった。今年のパレード。殺されるほんの三日前、ハミドは家族と群衆のなかにいて、旗を手に戦争記念碑に近づくカリムを誇らしげに見つめていた。世捨て人同然だった、街なかではついぞ見かけたことのなかったハミド。買い物に出かけたり、カフェで噂話をしたり、ほかの老人たちとペタンクで遊ぶこともなかった。自分の家族とだけ往き来し、用心深く人目を避けていたハミド。つぎに自転車屋のジャン＝ピエールと、靴修理屋のバシュロが見えた。たがいに決して口をきかないけれど、五月八日のパレードには並んで旗を持つレジスタンスの元闘士たち……ブルーノの心の目に、今年のパレードでのふたりがはっきりと映った。なにかを伝えあうように無言でじっと見つめあっていたジャン＝ピエールとバシュロ。英国人の孫が演奏した葬送ラッパで思わず涙ぐみながら、ブルーノは老人たちがその旋律や思い出を通して心を通わせたのだと思ったのだった。あれは心の通いあいなどではなかったのかも……。

頭のなかで注意深く場面を再現し、それからベーマー連隊による囚人の尋問記録を調べた。のちに銃殺される、捕らわれた男たちのリストを見ていく。三番目の名前はフィリップ・バシュロ、十九歳、住所はサンフェリス。ジャン＝ピエールの姓はクライエだが、囚人のリストにクライエの名はなかった。けれどもクライエの分家はいまもポンサックで農場を経営し、娘はラブラドール犬のブリーダーをしている。ブルーノがその農場を知っているのは、そこが数少ない新しくて裕福な農場のひとつで、EUの衛生基準を満たす白いタイルの特別な納屋を備えているからだった。ブルーノは中座して資料室を出ると、階段をおりて館内を抜け、外の広場へ出ていった。そこで携帯電話を取りだして、村長にかけた。

「やはり彼でした」ブルーノはジェラール・マンジャンに報告した。「写真と拇印がありました。ハミド・アル＝バクルは機動部隊のフセイン・ブディアフ、一九四四年五月にこの村でたくさんの農家を焼きはらった部隊の班長でもあったんです。疑問の余地なし、証拠は確実です。でももっと悪いことに、襲われた農家の一軒はバシュロの家族でした。バシュロの兄が尋問されたあとにやられたんです。あと、ポンサックの一軒がクライエ家の農場じゃないかと思うんですが、役場《メリ》のだれかに村民の補償記録を調べさせていただけませんか。たしか被害にあった家族はみな戦後なんらかの補償を受け取ったはずです」

「そうだ」村長が言った。「ドイツ軍が戦争被害への補償として大金を支払ったあとで、クライエ家はだれがなにをもらったかで訴訟を起こしたんだった。わたしが知っているのは、家族の半分はその訴訟のせいでいまだにもう半分と口をきかないということぐらいだが、完全な記録をさがしだして電話するよ。これはわたしが思っているほうへ向かっているのかね、バシュロとジャン＝ピエールのほうへ」

「と言うにはまだ早すぎますが、いま警察の面々はそばにいないんです。ぼくひとりで外をぶらぶらしているところで。これはここだけの話ですよ、サンドニの問題ですから。ぼくはいまから資料室に戻って、たぶん証拠をすべて順番に並べて、コピーをとって、館長に認定してもらうでしょう。もちろん機動部隊の犠牲になった家族の名前も調べだします。しまいには被疑者の長いリストができて、それをつぶしていくには相当な時間がかかります。当時を知っていそうな人たちの多くはもう亡くなっていますし、記憶は昔どおりではないでしょうから」

「わかったよ、ブルーノ。ところで、その老人たちが参加するパレードの準備は進んでいるのかね」

六月十八日のパレード。レジスタンスの記念日、一九四〇年にド・ゴール将軍がロンドンからフランスに呼びかけた日だ。戦いつづけよ、フランスは戦闘に敗れたかもしれないがまだ戦争には負けていないと。バシュロとジャン＝ピエールは例年と変わらず旗を持つだろう。

「もちろんです。晩の花火の打ち上げもすべて手配済みです」

「そのほかは静かであってくれることを祈ろう」村長は言った。足取り重く、けれど正義感を胸に、ブルーノは建物内に戻った。

25

三人は車を連ねてペリグーの国家警察地方支部に帰った。ブルーノはJ＝Jの車に同乗し、そのうしろからイザベルが後部座席にコピーした書類の分厚いファイルを積んで続いた。ブルーノはイザベルと乗るつもりだったのに、J＝Jが彼の大きなルノーの助手席のドアをあけて「乗れ」と言ったのだ。

J＝Jはボルドーを出て自動車道に乗るまで待ってから、口を開いた。「この件でおれをだましたら、ブルーノ、一生ゆるさんぞ」

「牢屋にぶちこむと脅すのかと思いました」ブルーノは言った。

「できるなら、そうしてやるとも」J＝Jが低くうなるように言った。「きみはもうだれがやつを殺したのかわかってて、ほかのだれにもばれないと確信している。だから出ていって村長に電話をかけた。お得意の地元情報だ。そうなんだろ」

「いえ、それはちがいます。いくつか疑いは抱いているとしても、あなたもぼくもほかのだれも、まず証明できないだろうと思ってるんです。法医学的な証拠がないんですから。リシャールとジャクリーヌを有罪にするだけの証拠がないなら、どうやってほかのだれかを犯人と断定できるでしょう。本人の自白もないのに。こうした昔のレジスタンスの闘士たちはゲシュタポの尋問でも口を割らずに耐え抜いたんですよ。警察にぺらぺらしゃべるわけがない。もしこの事件が公になれば、きっと弁護士たちが行列しますよ、祖国のために無料で弁護すると言って。老いた英雄の弁護を買って出るのは名誉ですからね。野心的で頭の切れる若手弁護士はこういった事件でキャリアを築ける。わかるでしょう、J＝J。そうなればタヴェルニエだって是が非でも犯人たちの弁護人になろうとしますよ。予審判事を辞めて、メディアが注目する大きな裁判を闘い、フランス国会へと駆けのぼるんです」

　J＝Jは同意ととれる低い音声を発し、車内に沈黙がおりた。

「くそくらえだ、ブルーノ」J＝Jがついにこらえきれなくなった。「それがおまえさんの望みか。未解決の殺人が。人種差別殺人というどす黒い疑念を放置することが？　この先何年もサンドニをむしばむことになるんだぞ」

「考えましたが、思いきってそうすべきなんじゃないかと。もうひとつの選択肢と秤にかけるなら」ブルーノは言った。「それにほかにも気がかりなことがあって。ぼくらは被害者を不用意に戦犯呼ばわりしていますよね。たしかに彼や機動部隊がここでやったのは忌まわしいことです。でも、ちょっと考えてみてください。被害者は当時十九か二十《はたち》の子供で、戦争の最中にマルセイユの貧民街で暮らしていたんですよ。仕事も家族もなく、周囲からはおそらく汚いアラブ人と蔑まれていたでしょう。チャンスをくれたただひとりの人物がサッカーのコーチ、ヴィラノーヴァだったんです。ヴィラノーヴァを通じていきなり仕事も軍服も、日に三度の食事も給料ももらえた。初めて人間になれた。銃と仲間と眠る兵舎を得て、尊敬する男、国家権力をうしろ盾にもつ男からの命令を実行していたんです。機動部隊が解散したあと、彼は犯した罪を償った。フランスのために、今度はこの国の軍服を着て戦った。ベトナムでも。アルジェリアでも。前線で戦う立派な部隊にいました。そしてこのフランスの軍人として生涯を終えたんです。故郷と思えるところはフランスだけだったから。戦争犯罪者でしたが、償いに全力を尽くしました。ちゃんとした家庭を築き、子供たちに教育を受けさせて、いまや息子はサンドニのすべての子供に計算のしかたを教えている。孫は立派な青年で、もうじき曾孫《ひまご》も生まれる。ぼくたちはこのすべてをクソの嵐のなかに引きずりだしたいでしょうか」

「クソの嵐はいいな」

「なんにせよ、これはあなたやぼくが決めることじゃないんです、J＝J。この事件はトップまで、パリまで行きますよ。お上はレジスタンスの英雄だった老人たちを裁きたがらないでしょう、彼らが農場を焼かれ、母親をレイプされ、兄弟を殺された六十年後にアラブ人の戦争犯罪者を処刑したからといって。どうにかしますよ。内務大臣、法務大臣、国防大臣、それに首相がエリゼ宮に集結して、共和国大統領に説明するにちがいないです。今後数週間にわたり、テレビや新聞のトップニュースはナチと結託した武装アラブ人ギャング集団が愛国心あふれるフランスの家族を脅かした話題でもちきりになると。しかもその後、そのアラブ人たちは正義の裁きを逃れてフランス陸軍に身を潜めたんですからね。そしてなにより、フランス国民をあざむいて戦功十字章をもらい、戦争の英雄になったんです。それが国民世論に、世間の噂に、つぎの選挙にどんな影響をおよぼすか想像できますか。国民戦線はいったいどうするでしょうか」

「それを決めるのはわれわれじゃないよ、ブルーノ。おれたちは自分の仕事をし、証拠を集め、あとは司法当局にまかせるだけだ。法律しだいなんだ、おれたちじゃなく」

「よしてください、J＝J。法律じゃなく、タヴェルニエしだいでしょう。あらゆる政治的観点を考慮し、コネのある大臣全員と相談しなければなにひとつやらない男です。ぼくらがこの話を説明すれば、タヴェルニエは即座にこの事件が政治的自殺行為になると理解します。ぼくはシャンパン一本賭けてもいいですよ、タヴェルニエがこの証拠をひと目見て、健康上の理由で長期休暇をとる決心をすることに」

「おれはみすみす負けるとわかっている賭けはしないんだ、ブルーノ。あんなくだらんやつのことで。だが問題はタヴェルニエだけじゃないぞ。どれだけ伏せておいても、いつかは外部へ漏れだす、おそらくあの英国人の歴史家の女から。ところで、あれがきみの新しい彼女なのか？」

「ほっといてください、J＝J。でも今日ぼくがどうしたいか言いましょうか。あなたと一緒にタヴェルニエの会議室へ行って、証拠をひろげて、それから車のうしろにリシャール・ジェルトローを乗っけてサンドニに戻り、一切おとがめなしで両親のもとに帰すんです。あなたはいけないジャクリーヌ嬢を麻薬で有罪にできるし、ジャクリーヌの証拠が認められて例のオランダ人たちを有罪にできれば向こうの警察に協力したことでボーナスポイントがもらえる。国民戦線のちんぴらどもも麻薬で起訴できるんですよ。あなたとイザベルが失うものはなにひとつない」

「そいつは彼女へのいい餞《はなむけ》になるな」J＝Jが言った。「イザベルはパリへ異動になったよ。昨夜辞令が出たんだが、まだその朗報を伝えるチャンスがなくてな。ペリグーからいなくなっちまうのはさびしいが」

「そんな、まさか」腹に一撃をくらったようなショックで、反射的に口走ってしまった。なにか補わないとJ＝Jに感づかれてしまう。心の奥底で、自分に言いきかせた。驚きでもなんでもない。いつかかならずこうなるとわかってたじゃないか。そして努めて平然とJ＝Jに言った。「村長は彼女が大臣のスタッフに任命されるだろうと予言してました」

「わからんぞ。そうなっても意外じゃないがね」J＝Jがうれしそうに言う。イザベルを高く買っているのはまちがいない。「辞令ではただ九月一日付でパリの総局に戻されるってことだが。でも名誉の帰還だぞ――ナポレオンの言葉はなんだったかな――すべての兵士の背嚢には元帥杖が入っている（天下をとる野心をもって、の意）、か？　来年か再来年にはおれの上司になってるかもしれんが、イザベルはこのペリゴールの野暮ったいおれたちのことをいつまでもなつかしく思うだろうよ。こっちにいるうちにフォアグラをたんと食べさせてやらんとな」

タヴェルニエは昇進のニュースをすでに知っており、さもうれしそうな笑みを浮かべて会議室に入ってくると、同志ぶってイザベルの手を握り、「わたしからいちばんにおめでとうを言わせてくれ、ペロー刑事官」と言った。J＝Jがイザベルに異動通知書を手渡したとき、ブルーノはつかの間身勝手な男になりさがり、彼女の反応を注視した。それから己を叱りつけて、目をそらした。彼女の眸《ひとみ》がぱっと輝くのを認めただけで、もうじゅうぶんだった。

「さて、きみらが事件に突破口を開いたそうだが」タヴェルニエが言う。「ボルドーで新たな証拠が見つかったとか。説明してくれ」

ブルーノはヴィシー政府とフランス陸軍からの給与明細のコピーを並べた。続いて、マッシリ・バラキネとジュリオ・ヴィラノーヴァ両者とともに写っているフセイン・ブディアフのファックスで届いた写真、それにサンドニ周辺の襲撃でブディアフが果たした役割を述べている機動部隊の活動報告を加えた。

「この殺人の被害者はヴィシー政府の民兵団《ミリス》に雇われた人殺しでした。名前と身元を変えてフランス陸軍を隠れみのにしていました」ブルーノは腰をおろした。「だから胸にナチスの鉤十字を刻まれて処刑されたんです」

タヴェルニエはまずJ＝Jを、ついでイザベルを見て、最後にブルーノを見た。だれかが全部ジョークだと言うのを待つかのように、もうじき笑うところだと思っているかのように、薄笑いを浮かべて。

「上に警告すべきかもしれませんね、この件については一地方にとどまらず、もっと広い国家的影響を考慮しなければならないことを」イザベルが涼しい顔で言った。「私見ですが、占領下のヴィシー政権が特別に北アフリカ人を雇い、レジスタンスへの報復としてフランス国民に残虐行為をおこなっていたことは、まだだれもが知っている話ではないように思います。いまそれが衆目にさらされようとしているわけです」

タヴェルニエはブルーノが前においた書類にじっと目を落とした。

「給与明細の拇印を見てください」とイザベル。「一致してます。それに鑑識チームがコテージを調べたとき、当然ながら被害者の指紋はすべて採取しました。これです」べつの書類一式をタヴェルニエのほうへ押しやった。

「どういった方針でいきますか」とJ＝J。「同一人物です」

「きみたちになにかこうしたらいいという考えはないのか、どのように進めるべきかという提案は？」タヴェルニエが逆にたずねた。

「この地方でレジスタンス活動をしていた家族の名前は調べられます、機動部隊に襲われた家を含めて」とイザベル。「どの家族にも過去に自分たちを苦しめた相手を殺害する動機があります。つぎにすべきことは必然的に彼ら全員から話を聞くことでしょう、全部で四十家族ほどになりますが。それはサンドニの村内だけでです。範囲はもっとひろげなければなりません」

「そのまぬけな年寄りは、なんでまたわざわざサンドニに戻って見つかる危険を冒したんだ」タヴェルニエが独りごとのように疑問を口にした。

「家族がここにしかいないからです」ブルーノは言った。「名前を変え、アルジェリアの家族を捨て、戦争で弟を亡くし、アルジェリア戦争後に祖国と決別し、妻も亡くしたんです。息子、それに孫息子もこのサンドニで仕事を見つけ、もうじき曾孫が生まれるところでした。老いて、疲れていて、孤独だったから、賭けに出たんでしょう」

「そして昔のあの男だと気づいただれかに殺されたというのか」

「はい」ブルーノは言った。「復讐する権利があると感じている人物に処刑されたのだと思います。少なくとも自分が弁護士ならその線で弁護しますね」

「なるほど」とタヴェルニエ。「ひと晩よく考えてみよう。イザベルくん、きみの言うように、考慮すべき関連事項が山ほどあるし、方々と相談しないといけないのでね」決然とした笑みをたたえて、三人を見まわした。「三人ともたいそう長い一日だったことと思う。じつによく調べてくれた、きみたち警察官の一流の仕事を大いに評価しなければならない。こちらで今後の方針について最善策を決定するまで、ぜひ骨休めしてもらわなければな。だから、レジスタンスの老いた英雄たちに聞き込みするのは当面おあずけだ。ペリグーで最高の夕食を楽しんできてはどうだ。捜査の経費で落としてかまわない。それだけの働きをしてくれたのだから」

タヴェルニエは最後ににかっと笑い、J＝Jに方針が決まったら電話するとつぶやくように約束し、イザベルに軽く一礼して立ちあがると、書類をかき集めて部屋を出ていきかけた。

「もうひとつだけ」とブルーノは言った。「リシャール・ジェルトロー、あのティーンエイジャーの釈放命令書を書いていただきたいんです。もう容疑者でないことは明らかなので」

「ブルーノの言うとおりです」J＝Jが言う。「あの少年と麻薬を結びつけるものはなにもありませんし、われわれにはまだその売人どもをひっ捕らえるのにオランダの警察とやらなければならんことが山積みです。こちらに必要な証言はジャクリーヌからすべて得られました。結果は上々です」

「そうだな」タヴェルニエが言った。「結果は上々だ」ブルーノはこちらに微笑みかけているイザベルに気がついた。タヴェルニエは洒落た黒革のアタッシュケースから便箋(びんせん)とオフィス用印鑑を取りだした。気どった手つきで釈放命令書をしたため、判を押した。「少年を家まで送ってやれ、ブルーノ」

ブルーノが自分のベッドで目覚めると、イザベルはまだ隣で眠っていた。片方の腕を上掛けの外に投げだして、彼の胸にのせている。ブルーノはそっとベッドから抜けだし、足音をしのばせてキッチンに行った。コーヒーを淹れて、ジジと鶏たちに餌をやり、庭に水をまいて、六月十八日のスタートを切った。ラジオをつければ、〈フランス＝インター〉のアナウンサーがド・ゴールの演説をノーカット版で流すだろうとわかっている。一九四〇年に放送されたオリジナルは保存されておらず、ド・ゴールはフランス解放のあとで新たに録音しなおしたのだと、ブルーノはどこかで読んだことがあった。〝フランスは戦闘には敗れた、だがまだ戦争に負けたわけではない！〟

湯を沸かすあいだ、すっ裸のまま庭へ出て、菜園の向こうの堆肥の山まで歩いていくと、空の下で放尿するという男らしいよろこびに浸った。足元で、ジジが片肢《かたあし》をあげ、主人の手本に倣った。用足しの最中に拍手が聞こえ、振り向くと戸口にイザベルが立ってゆっくりと手を叩いていた。前日に彼が着ていた青い制服のシャツをはおり、いちだんと魅力的だった。

「すてき《マニフィック》よ、ブルーノ」大声で言うと、投げキスをよこした。

「そっちもだよ」ブルーノは笑いながら言いかえした。「地方警察——よく似合ってる」

「毎晩毎晩ホテルに帰らず」その後キッチンテーブルで向かいあい、コーヒーを飲みながらイザベルが言った。「わたしの評判はがたがたね」

「きみがボルドーとペリグーで特別捜査に加わっているという噂がどれだけ浸透しているか、知ったらきっと驚くよ。それに、どうってことないじゃないか。きみはパリに帰るんだから」

イザベルは腕をのばしてブルーノの手に自分の手を重ねた。「それはまだ九月のことよ」静かに言った。「麻薬の事件でここにいなきゃいけないし、オランダの担当者のお役所仕事を考えると少なくともあとひと月はかかるわ。それが六月の残りと七月の半分。その後わたしが休暇をとって、それが八月の半ばまで。八月の後半は異動準備のための休暇がとれる。そのころまでにあなたはわたしに飽きちゃってるかもよ」

ブルーノは頭を振った。なにを言っても正しく伝わらない気がした。その代わりに身を乗りだして、彼女にキスした。

「あの写真を片づけたでしょ、あなたとブロンドの女性が写ってる写真。わたしのためにそんなことしなくてよかったのに、あなたにとって大切な人だったのなら。大切だったのならなおさら」

「彼女の名前はカタリナで、大切な人だった」強いてイザベルから目をそらさずに話した。

「でもそれは遠い昔の、いまとはちがうブルーノのときで、戦争の最中のことだ。あのころは基準とかしきたりとかがなにもかもちがうように思えた」

「彼女になにがあったの」とたずねてから、首を振った。「ごめんなさい。答えなくていいのよ。ほんの好奇心だから」

「死んだんだ。ぼくが負傷した夜、カタリナは襲撃されて火をつけられたボスニアの村にいた。死亡した人々のなかに彼女もいた。ぼくらの部隊の大尉が戦闘のあとでさがしにいって、ぼくが退院してから教えてくれたんだ。ぼくにとって大切な女性だと知っていたから」

「マンジャン大尉、サンドニ村長の息子、だからあなたはここに来た。あなたが入院しているあいだにマンジャン大尉は少将に昇進し、その後除隊したんでしょ」

「ずっと知ってたのか」

「J＝Jがその名前に気がついて、パリにいる彼と連絡をとったの。いまは哲学を教えていて、緑の党の希望の星よ。次期は欧州議会に当選するんじゃないかしら。あなたのことはこれまでに出会ったなかで最高の兵士だと言ってたそうよ。いいやつだし、友人でいることを誇りに思ってるって。セルビアの売春宿から女性たちを救いだした話はしたけど、カタリナのことにはふれなかったみたい。少なくとも彼女はあなたと幸せを感じてから亡くなったんでしょ」

「そう」ブルーノは言った。「幸せだったよ」

イザベルが立ちあがり、キッチンテーブルをまわって隣にやってきた。シャツの前を開いて彼の頭を胸に押しつけ、両手で髪をなでて、ささやいた。「わたしもいま幸せを感じてる、あなたと」そして彼にキスをした。

「六月十八日、レジスタンス記念日」しばらくして、ブルーノは言った。「正午に戦争記念碑前でぼくらの主要容疑者たちを一度に見られるよ。ぼくはもう出かけて準備して、時間を見つけてチーズ泥棒をさがしだし、庭師のふりをして小銭を稼いだ男の正体を突きとめ、おそらく迷い猫を木の上からおろしてやる。そのあとで今年の胡桃《くるみ》ワイン用の青い胡桃を集めないと。それ全部が今日一日の仕事だ。それにきみは地元警察署長のゲストだから、特別待遇として式典のあと役場《メリ》の宴会の間での昼食会に招待されてる。そこから今夜の花火も見物するんだ。明日はサンドニの有名な朝市を案内するから、農家の人たちをブリュッセルの新しい〝ゲシュタポ〟から護る手伝いをしてくれてもいいよ」

「ここでそんなにいろいろあったら、パリはさぞ単調に思えるでしょうね」イザベルはすまして皮肉を言うと、ひざまずいてジジをなで、さよならと手を振った。

ブルーノがバンを駐めると、教会から広場への道をセントゥー神父が役場《メリ》目指してせかせかとやってくるのが見えた。握手をかわし、ブルーノは礼儀から肥満ぎみの神父を先に行かせ、階段であがるわけにもいかないので同じエレベーターに乗った。

「ああ、神父さま、それにブルーノ、ちょうどよかった」村長の声がし、見るとこちらに手を振って執務室に呼びよせていた。「さて、神父さま、ご存じのように一九〇五年以来の法律で教会と国家は分離しており、あなたが市民行事に参加できる範囲は厳格に制限されています。しかしながら、今年は通常の式典だけでなく、最近非業の死を遂げた共和国の老兵に哀悼の意を表したいので、よろしければ短い祈りを捧げてもらえませんか。われらの敵をゆるし、和解するために。そうしたからといって共和国が倒れることもないでしょう。ごく短い祈りと祝福を。一分間で。敵をゆるせば、わたしたちはみな心安らかに眠れます。お願いできますかな?一分を超えたら中断してもらわねばなりませんが」

「村長さん、よろこんでやらせていただきます。一分間ですね、われらの敵をゆるすと」

「申すまでもなく、そのあとでまたお目にかかりましょう、昼食会で」村長が言い添えた。

「料理はまた仔羊だと思いますよ」

「すばらしい、じつにすばらしい」神父は言いながら、会釈して出ていった。主のお言葉がついに共和国という俗世の神殿に入りこむことを、見るからによろこんでいた。

「捜査はタヴェルニエにパリから命令が下るまでおあずけです」セントゥー神父がいなくなると、ブルーノは切りだした。「でも将来的に突っこんだ聞き込みがおこなわれるとも思えません」

「いいことだ」村長が言った。「あの古狸たちを裁判にかけるなど、この村にもっとも必要ないことだよ」

「あれからふたりと話しましたか」

村長は肩をすくめた。「なにを言えばいいかわからなかったし、きみだって同じじゃないかね。ふたりとも高齢だ。裁判よりもずっと確実な正義に向きあう日は遠くないと、セントゥー神父がご存じだよ」

「どちらも不幸せなご老人です」ブルーノは言った。「同じ側で闘ったのに、六十年間べつの側で生きて働き、昔の政治的諍《いさか》いのために言葉をかわすことを拒み、妻の不貞を疑いつづけて事実上結婚をだめにした。そう考えると、主はもうあの人たちに生涯の罰をお与えになったのかもしれません」

「そいつはいいな、ブルーノ。彼らにはそう話すべきかもしれん。だがほかにもある――モムと家族だ。どのように話したのかね」

「モムとカリム、ふたりと会いました。新証拠が見つかって、リシャールと少女はハミドの事件の犯人ではありえないと確信するにいたったと話しました。ほかには証拠がないので、警察はあの鉤十字は捜査を攪乱する目的で刻まれた目くらましだという仮定に基づき、新たに捜査に取りかからねばならないと。だからつぎに取り調べるのは、ハミド老人を裏切り者と見なしているイスラム過激派でないといけませんね」

「それで納得したのか」

「モムは最初のうち黙ってましたが。カリムは、じいちゃんは長生きしたし、家族を誇りに思い、もうじき曾孫《ひまご》が生まれることも知っていたんだと言いました。運命として受け入れているようです。するとモムは、ぼくに話してくれた一九六一年の一斉検挙《ラフル》のことをずっと考えていたと言いました。あのころからどんなに時代が変わったかを。カリムが憲兵隊から釈放されたか確かめに村のみんなが来てくれて感動した、わが息子が村の英雄になる日が来るとは思ってもみなかったと言ってました。ぼくが帰るとき、モムは追いかけてきて、さらにこう言いました。自分は数学者として人間に解けない問題があることを知っている、でも人の親切で解決できない問題はないんだねと」

村長は微笑とも苦笑ともつかない笑いを浮かべて、頭を振った。「ラフルがあったとき、わたしは学生でパリにいて、耳にするのは噂ばかりだった。でも当時だれが警視総監だったか、責任者はだれだったと思う？　戦争中ヴィシー政権下のボルドーで何百人ものユダヤ人を捕らえてナチの死の収容所送りにし、機動部隊を指揮下においていたのと同じ男――モーリス・パポンだ。わたしがシラクのもとで働いていたころ、一度会ったことがある。公僕の見本だった、命令にはつねにしたがい、なんだろうと効率よく処理する。どんな政府でもそうした人間が重宝されるものだ。これはわれわれの暗い歴史なんだよ、ブルーノ。ヴィシーからアルジェリアまでの。それがいま全部ひっくるめてサンドニに返ってきたんだ、一九四四年にもそうだったように」

村長の声は穏やかで冷静だったが、話すうちに頰を涙が伝いはじめた。ブルーノは考えた。ひと月前なら、どうすればいいか、なんと言葉をかけたらいいかわからずに、なすすべもなくそばに立っていただろう。でもいまの彼はこの老人をどれほど愛しているかに気づき、近づいて、ほのかにジジのにおいがするハンカチを差しだし、その肩を抱いた。村長はハンカチで洟をかみ、抱擁を返した。

「終わったんですね」ブルーノは言った。

「あらためてモムと話したほうがいいんだろうか。彼だけに内緒で真実を話すべきかね」村長はふだんの自制を取りもどして、一歩さがった。

「ぼくはそうは思いません。そっとしておくのでじゅうぶんかと。そうすればモムはこれからもここで子供たちに数のかぞえかたを教え、ラシダは村でいちばんうまいコーヒーを淹れ、カリムはラグビーでまたぼくらのチームを勝たせてくれるでしょう」

「そしてその下の世代はレジスタンスがやったように、ジャガイモで村の敵の車を動けなくしてくれるか」村長がにやりとした。「彼らはもう三代にわたってサンドニの人間だ。わたしがなにより気がかりなのは、この件が公になったら、モムと家族全員はもうサンドニにいられない気持ちになるだろうということなんだ」

「家族はあの老人が見せかけとちがう人物だったなんて知りもしないんです。このままでいるほうがいいかもしれません」

村長は公職のサッシュを身につけ、ブルーノは制帽のつばを磨き、ふたり一緒に階段をおりて広場へ出ていくと、村の楽隊はもうパレードのために集合しはじめていて、デュロック大尉と憲兵隊は戦争記念碑への行進をエスコートすべく整列していた。ブルーノは副村長のグザヴィエに呼びかけ、ふたりで橋のそばに通行止め《ルート・バレ》の標識を立てて、役場《メリ》の地下室から旗を運びだした。モンツーリ夫婦が寄ってきて、恭しく赤い旗を取り、マリー＝ルイーズはサンドニの旗を取った。ブルーノは微笑んで老女を抱きよせながら、機動部隊が彼女を強制収容所へ送ったあと家族の農場を破壊したことを思いだした。すこしだけ不安にかられて、あたりを見まわしたが、バシュロとジャン＝ピエールの姿はなかった。

見物人が集まりはじめ、ブルーノがフォーケのカフェの屋外テーブルに行くと、パメラとクリスティーンがドゥーガルとテーブルを囲んでいて、めいめいの前に空になったワイングラスがあった。「わたしたちはワーテルローの勝利を祝ってるの」とパメラが笑い、ブルーノは女性ふたりに挨拶のキスをして、ドゥーガルと固い握手をした。そこで振り向くと、軽やかな足取りでこちらへ歩いてくるイザベルが目に入った。人目を欺くためというより純粋にそうするのが楽しくて、彼女の両頰に形式ばったキスをすると、クリスティーンも立ちあがって同じようにした。この英国女性なら村の秘密を守ってくれるだろう、とブルーノは思った。陽気で騒騒しい挨拶とともにムッシュー・ジャクスンとその家族、ラッパをぴかぴかに磨いてきた孫息子が到着し、パメラが彼らをイザベルに紹介した。イザベルは失礼のないようにムッシュー・ジャクスンの英国国旗を褒めた。

正午まであと五分を切ったころ、モムがカリムと家族を連れてあらわれた。ブルーノはいまにもその場でお産がはじまりそうなラシダにキスし、それからカリムを抱擁して星条旗を手渡した。そこへ村長がやってきて加わった。ブルーノは時刻を見た。ふだんならあの老人ふたりはもう着いているころだ。じきにサイレンが鳴る。村長が意味ありげに片眉をつりあげてブルーノを見た。

するとそのときジャン＝ピエールとバシュロが姿を見せた。ゆっくりと、大儀そうに、それぞれパリ通りの反対側の歩道を歩いて広場に入ってくると、べつべつの方向から旗を受け取りに役場《メリ》に向かってきた。ふたりともかなりの高齢《とし》だ、とブルーノは思った。でも一方が介助なしで歩くかぎり、もう一方も腰をかがめて歩行杖を使うことはあるまい。どれほどの怒りと復讐への執念だったのだろう。このよぼよぼの老人たちに若者のような激情をもって人を殺めさせたのは。

　ブルーノはふたりを好奇の目で見つめながら、ジャン＝ピエールには三色旗を、ド・ゴール派のバシュロにはロレーヌ十字の旗を手渡した。ふたりはさぐるようにブルーノを見てから、ちらりと視線をかわしあった。

「おふたりはともに数々のことを切り抜けてこられました。そこにはこのひと月ちょっとに分かちあった秘密も含まれますが。残された時間はかぎられていることですし、そろそろかつてのレジスタンスの闘士が言葉をかわしてもいいんじゃありませんか」静かにたずねた。

　ふたりはむっつりと押し黙っていた。めいめい手に旗を持ち、下襟に小さな三色旗をつけ、機動部隊がサンドニに来た六十年前の五月のある日の記憶を胸に。そして最近の五月、歴史がひと廻りして、もうひとつの命が奪われた日の記憶も。

「なにが言いたいんだ」バシュロがつっけんどんに言い、年来の仇敵ジャン＝ピエールを見た。かわされた視線でブルーノが連想したのは学校の教室だった。割れた窓と自分たちが手にしているぱちんこの関係を頑なに認めようとしない男子生徒ふたり。無実をよそおう欺瞞《ぎまん》と反抗に満ちた表情。視線ひとつがずいぶん多くを語るものだな、とブルーノは思った。戦勝記念パレードで初めてアラブの老人を見つけたとき、ふたりがかわしたあの視線もそうだった。あれはこの老兵たちが数十年ぶりにまっすぐおたがいを見た瞬間であり、あの無言のやりとりから理解、決断、殺人へといたったのだ。どこで会うことにして、最初にどんな言葉がかわされ、いかにして殺人という合意に達したのか。ふたりがそれを処刑と呼び、正当な行為であると、あまりにも長く認められずにきた正義が果たされた瞬間だと考えたことはまちがいない。「言いたいことがあるんなら言ってみろ、ブルーノ」ジャン＝ピエールが低くうなった。「おれたちの良心にはなんのやましいところもないぞ」隣でバシュロが重々しくうなずいた。「主いい給う、復讐するは我にあり」ブルーノは聖書の一節を引いた。

今度は老人たちも目を見かわすにはおよばなかった。背筋をぴんとのばし、あごを高くあげ、誇り高くブルーノを見つめかえした。

「フランス万歳《ヴィヴ・ラ・フランス》！」老人ふたりは声を揃えて言うと、パレードを率いるべく旗を掲げて歩み去った。楽隊の《ラ・マルセイエーズ》がはじまった。

謝辞

著者をペリゴール地方に誘いこんでくれたガブリエル・メルチェスとマイケル・ミルズに、家を快適にしてくれたルネ、その家を活気で満たしてくれるウォーカー家のジュリア、ケイト、ファニー、わが家のバセットハウンド、ボズウェルとベンスンに感謝を捧げたい。この作品はフィクションで、登場する人々はすべてわたしの創作だが、並ぶ者なきピエロのインスピレーションと料理に、バロンの知恵とワインに、レイモンドの物語とアルマニャックの飲めども尽《ボトム》きない《レス》ボトルに、アンヌとティネの友情とテニスと心に残る食事に負うところが大きい。テニス・クラブには野生の猪のローストのしかたを教わったし、みんなして胡桃《くるみ》ワインの作りかたを教えてくれた。豚には捨てるところがまったくないと証明した人物の名前は、EUの規則に鑑みて、ここでは伏せておいたほうがいいだろう。わたしたちの暮らしをあたたかい歓迎で満たしてくれたすばらしい友人や隣人たち全員の名前をあげておいて、住人がいみじくも天国の小さな片隅と呼ぶペリゴールのヴェゼール川渓谷にふれないのは不公平になる。この地に暮らせることを名誉に思う。この作品を本という形に作りあげてくれたジェインとカロライン・ウッドに心の底から感謝を。

解説

吉野仁

フランスの「サンドニ」といえば、大聖堂で有名なパリ北部郊外の都市を思い浮かべる人が大半だろう。だが、本作の舞台となるサンドニは、フランス南西部ペリゴール地方ドルドーニュ県の田舎町である。

学生時代に世界史が苦手だったという人も、おそらく教科書のはじめの方に載っていた「ラスコーの洞窟壁画」はしっかり覚えているに違いない。旧石器時代末期の洞穴遺跡の壁に牛や馬などが描かれていたのだ。この有名な洞穴はドルドーニュ県にある。本作のサンドニはラスコーの南西に位置する村のようだ。ためしにグーグル・アースでこの付近の写真地図を拡大して見ると、蛇行したドルドーニュ川の周辺は、たまに町といえる集落はあるものの、ほとんど緑ばかりの地帯で、そのなかにぽつぽつと家が建っているのが分かる。まさにのどかな田舎の村の風景である。

だが、村には警察署長が常駐しており、ときに凶悪な事件が起こるのだ。本作『緋色の十字章　警察署長ブルーノ』は、そんな田舎の小さな村サンドニでアルジェリア人の老人が惨殺された事件をめぐるミステリである。

主人公のブルーノことブノワ・クレージュ署長は、愛犬ジジと暮らす、三十九歳、独身の男性である。警察署長といっても小さな村なので署員はほかにいない。

したがって、本作は警察ミステリには違いないものの、都会の警察署における捜査過程を追ったタイプとは異なり、どちらかといえば探偵小説の趣《おもむき》が強い。さらには、いわゆるローラーコースター型の派手なサスペンスや極悪な殺人鬼との息づまる死闘が展開されるといった外連《けれん》みはない。なにより大きな事件が起こった場合、国家警察が捜査の主導権をとるため、ブルーノ署長はほとんど蚊帳《かや》の外に追い出された形になってしまう。それでも村人たちの協力を得て、衝撃の真相へと迫っていく。

作者のマーティン・ウォーカーはもともと英国ガーディアン紙に二十五年勤めた経歴をもつジャーナリスト。モスクワ支局長やアメリカ支局長だったこともあるようだ。さらに、これまで何作かのノンフィクションを執筆している。では、そんなベテラン英国人ジャーナリストがいったいなぜ、のどかなフランス田舎町を舞台にしたミステリを書くようになったのだろうか。

ウォーカーの著作には、いわゆる東西冷戦に関する歴史書のほか、『ペリゴールの洞窟』というものもある。もう何年もまえからドルドーニュに小さな家を持ち、夏のあいだ過ごしているようだ。しかもあるインタビューによると、テニス仲間には地元の警察署長がいるという。単にジャーナリストとしての経験のみならず、これらの実体験をもとに虚構の事件を構築し、警察ミステリを書き始めたのだろう。

パリのような大都会ではなくとも事件は起きる。そこに人々が暮らしている以上、物語には事欠かない。なにより、いかなる田舎町であっても、過去の歴史や世界の別の土地とつながっているのだ。

とくにフランスは、ふたつの世界大戦で大きな傷を負った国だ。本作のなかに「フランスの歴史の重さは戦争の歌で量られる」という一文があった。

本作は、ある五月の朝、物語の幕を開ける。日本人には馴染みのない記念日かもしれないが、五月八日は「ヨーロッパ戦勝記念日」なのだ。すなわち、第二次世界大戦において連合国がドイツを降伏させた、ヨーロッパにおける勝利を記念する日。そして事件の被害者となった老人の遺体には、ナチス・ドイツの鉤十字が刻まれていた。このように冒頭から、第二次大戦の記憶というテーマを示し、戦争の亡霊が村を歩き回っていることを示しているのである。

さらに重要な点は、その老人がアラブ人であること。現在フランスでは人口のおよそ一割がアラブ人だという。大半は北アフリカからの移民だろう。洞窟が土地の名所となっているような田舎町でさえ、アラブ人やムスリムが暮らしているのだ。しかも殺された老人はベトナムでフランスの戦功十字章をもらったのち、アルジェリア戦争でも戦った英雄だという。そんなアラブの老人がなぜ残虐に殺されなければならなかったのか。事件の背後には単なる戦争の傷あとだけではなく、さまざまな対立や秘められた複雑な事情が隠れているわけだ。

本作の事件はサンドニという小さな村の出来事をこえて、フランスをはじめヨーロッパのどの国で起こっても不思議ではない要素を含んでいるといえよう。たとえば近年世界的なベストセラーとなったスティーグ・ラーソン『ミレニアム1――ドラゴン・タトゥーの女』においても、スウェーデンの忌まわしい過去、すなわち第二次大戦時のナチス・ドイツとの関係が事件の背後に隠されていた。どの国も同じような闇を抱えているのだ。

こうした重厚なテーマを扱っている一方で、イギリス人作家による小説とは思えないほど、明るく享楽的な主人公の生活がぞんぶんに描かれている。

仲間とテニスや食事を楽しみ、カフェでくつろぎ愛犬と戯《たわむ》れ、ときに庭造りに精を出す。とくに個性的な村の住人たちとの交流が面白い。読んでいるだけで楽しくなるような会話が繰り広げられている。風光明媚なサンドニ村の豊かな自然とそこで暮らす人々の個性が、そのまま主人公ブルーノの魅力とつながり、同時に物語へ豊かな味わいをもたらしているように思える。

もちろん、捜査から大きく離れているかに思える場面も、さりげなく事件解明へつながるエピソードと絡んでいるわけだが、あまりにもブルーノの日常が生き生きと描かれているせいで、ときおり警察小説ということを忘れ、単なる独身男の優雅な暮らしぶりを読んでいるような気分にさえなる。いわゆるコージー・ミステリのごとき読み心地である。

おまけにフランスという美食の国ならではの食事シーンがたっぷりと描かれている。胡桃ワインほかの地元のワインなどの名産品が登場したり、ブルーノ自身がオムレツをつくってみせたりと、思わず生唾が出てしまう場面も少なくない。その描写がていねいで細かいのだ。

たとえばステーキを焼く場面。

「小声で《ラ・マルセイエーズ》を口ずさむ。熟練の賜物で、ぴったり四十五秒で歌い終わるとわかっている。ステーキを裏がえし、焦げ目のついた表面にマリネ液をたらして、もういっぺん歌う。つぎにひっくりかえしてマリネ液をかけながら十秒待ち、もういっぺん裏がえして十秒。そこで焼き網を炭から離し、グリルの煉瓦にのせてあたためておいた皿に肉を移す」単に「ステーキを焼いた」ではなく具体的に書き込まれているからこそ、なにか自分もその場に居合わせているような気分になる。しかも《ラ・マルセイエーズ》がキッチンタイマー代わり、というのに笑ってしまった。

料理にせよ歴史の話題にせよ、ただ蘊蓄《うんちく》を列挙するのではなく、しっかりと語り手の声が聞こえてくるような調子でユーモアをまじえながら綴られている。そこが本作の良さである。

もっとも、そんなブルーノが根っから天真爛漫な男かといえば、かならずしもそうとはいえない。彼は孤児だったという。五歳まで教会の孤児院にいて、その後はパリで母親が自殺したのを機に存在が明らかになったいとこの家で育てられたのだ。また、かつてボスニア内戦が起こったとき、ブルーノは国連の平和維持軍とともに戦地へ赴いている。ブルーノが静かな田舎町で暮らすようになったのも、彼の過去が関係しているらしい。このあたりは、単なる作者の分身ではなく、陰影をもつ主人公を創造し、人間味のある行動と活躍をさせようという意図がうかがえる。ちなみにマーティン・ウォーカー自身は結婚しており二人の娘がいる。

そして、ブルーノは独身の警察署長ということで村人に愛されているが、捜査を通じて国家警察刑事官であるイザベル・ペローと親密さを深めていくなど、彼の女性関係も大いに気になるところだ。

女性のキャラクターといえば、ブルーノが事件現場を確認したのち近所を見てまわろうと訪ねたゲストハウスで、クリスティーンという英国女性と知り合う。彼女は歴史の研究者。こうした人物設定にも作者ウォーカーの関心事が投影されているようで興味深い。

本作の好評を受けて、〈警察署長ブルーノ〉シリーズとして、*The Dark Vineyard*（2009）、*Black Diamond*（2010）、*The Crowded Grave*（2011）の三作が発表されている。

果たしていかなる事件がふたたびブルーノを悩まし、彼はそれらをどのように解決へ導いていくのか。サンドニの村もまだまだ紹介すべき観光地や名物が残されているように思う。洞窟の様子などもっと詳しく知りたい。ぜひシリーズ続編を読んでみたいものだ。

なにより警察署長ブルーノ自身の活躍ぶり、変貌、そして恋愛のゆくえなど、作品を重ねるごとに読みどころも深まっていくことだろう。

訳者紹介　英米文学翻訳家。キング〈シャーロック・ホームズの愛弟子〉シリーズ，ガーディナー「心理検死官ジョー・ベケット」など訳書多数。

緋色の十字章
警察署長ブルーノ

2011年11月11日　初版

著　者　マーティン・ウォーカー

訳　者　山《やま》田《だ》久《く》美《み》子《こ》

発行所　（株）東京創元社
代表者　長谷川晋一

162-0814/東京都新宿区新小川町1-5
電　話　03・3268・8231-営業部
03・3268・8204-編集部
URL　http://www.tsogen.co.jp
振　替　00160-9-1565
フォレスト・本間製本

乱丁・落丁本は，ご面倒ですが小社までご送付ください。送料小社負担にてお取替えいたします。

ISBN978-4-488-27309-5　C0197